前略。
山暮らしを
始めました。
3

テンさん
相川さんが飼っている大蛇。武士のような硬派な喋り方をする。

前略。山暮らしを始めました。

3

浅葱

illustration しの

口絵・本文イラスト
しの

装丁
coil

CONTENTS

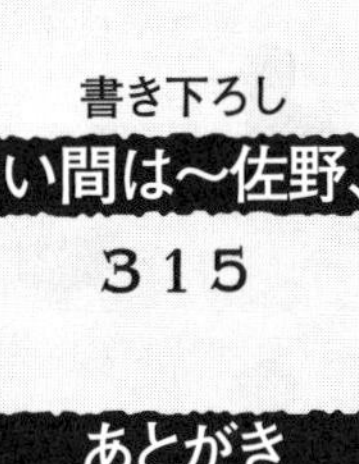

俺は佐野昇平《さのしようへい》。二十五歳、独身。

故郷から離れたところにある山を買い、その中腹にある家で暮らし始めてまもなく半年になる。

個人的な事情によりその山で隠棲《いんせい》しようとしていた俺だったが、引っ越した時期は三月下旬のまだ寒い頃だった。寒さは人を弱くする。（俺がヘタレなだけだって？　ほっとけ）

引っ越して三日で山を下り、麓《ふもと》の村でなんとなく雑貨屋へ寄ったらその日は村の春祭りだと聞かされた。

その春祭りの屋台で、カラーひよこを三羽買った。

これでもう寂しくないだろうと、ひよこを育て始めたら、わずか一か月足らずでひよこは立派なニワトリに成長した。

普通ひよこは一か月で成鳥にならないはずである。

なのにうちのひよこたちはニワトリになり、しかも恐竜みたいな鱗《うろこ》のついた尾が付いている。

（これは飼ってから気づいた）ニワトリに歯はないはずなのにギザギザな歯もあるし、しかも、

「イノシシー」

「イノシシー」

「タベルー？」

うちのニワトリ、なんか人語もしゃべるんですけど？

このニワトリたち、マムシもヤマカガシもイノシシも食べる。しかも自分たちでイノシシを倒すという規格外っぷりを発揮するわ、どんどん成長して体長は一メートルを超すわとめちゃくちゃである。

だんだんそれに慣れてきて、これはもううちのニワトリたちの個性なんじゃないかと思い始めてきた。

そんなニワトリたちとの生活を送っているが、もちろん俺一人で何もかもできているわけじゃない。

この山を買う時に仲介してくれた親戚《しんせき》の友人だという湯本《ゆもと》のおっちゃん、おばさんはとてもよくしてくれる。二人は麓の村に住んでいる。

おっちゃんは退職したというのにとてもアクティブで、うちの山のスズメバチ退治を率先して行ってくれた。危ないからおばさんに止めてもらおうとしたのだが、残念ながら止めてはもらえなかった。

でもおばさんも俺のことを気にかけてくれるし、その料理は絶品である。

そしてうちの西側の山に住むイケメンの相川克己《あいかわかつみ》さんと、東側の山に住んでいる桂木実弥子《かつらぎみやこ》さん（こちらはかわいい女子だ。俺よりも年下である）とも知己になった。

相川さんは大蛇と暮らしている。その大蛇もまた普通ではない。一頭は雌なのだが、上半身は人間の美女の姿に擬態している。初めて見た時は夜だったのでお化けかと思った。もう一頭は雄で、普通の大蛇である。普通の大蛇ってなんだろう。

相川さんはワケアリで三年半ぐらい前に西側の山に引っ越してきたという。知り合ってからその問題は解決したが、原因となった（？）若い女性は未《いま》だ苦手なままである。それでも相川さんはかまわないというので俺も気にしないようにはしている。

桂木さんは、大きなトカゲ（俺は心の中でドラゴンさんと呼んでいる）と二年半ぐらい前からうちの東側の山に住んでいる。

こちらもワケアリで、九月の連休最終日にようやくその原因と決別することができた。俺は全然役に立たなかったけど、桂木さんが笑顔になってよかったと思う。

他にも村の東側にある養鶏場のご夫婦や、そこに出張してくれる獣医の木本《きもと》さんとも知り合った。木本さんにはニワトリたちの予防接種をしてもらったりした。

更には相川さんの知り合いの狩猟関係の方々とも仲良くなった。そのうちの一方《ひとかた》のお宅にお邪魔したらニワトリたちがイノシシを狩ってきて驚いたりもした。

夏の頃には夏祭りの手伝いをしたり、おっちゃんや相川さん、桂木さんに手伝ってもらってごみ拾いウォークを開催した。村の子どもたちが率先して参加してくれたので、村には大分馴染《なじ》んできたと思う。

ごみ拾いウォークには当然ながらうちのニワトリたちも参加し、ごみ拾いに貢献してくれたりした。ニワトリがごみ拾いを手伝うとはこれ如何《いか》に。

かなりでっかく育ったけど、みんな俺のかわいいニワトリたちである。

予防接種は苦手だけどイノシシにも果敢に立ち向かっていくオンドリのポチ、ツンデレのツンが多めだけど思慮深いメンドリのタマ、そして俺の側《そば》にいつもいてくれて全力で大好きを表明してくれるメンドリのユマ。

コイツらいったいどこまで成長するんだろうな？　と首を傾《かし》げながら、でっかくて頼りになるニワトリたちとこれからも暮らしていくのである。

1　今度はシカだそうです

話は九月の連休前まで遡《さかのぼ》る。

うちの山の周辺で行ったごみ拾いウォークの打ち上げが終わった後、養鶏場も山だからなのか不法投棄に悩まされているというので、相川さん、桂木さんと共に話を聞きに行ったりした。

その際連休中は様子を見る、ということで話はまとまった。イベントは何もやらないが近々鳥居を作るかもしれないからよろしくね、と養鶏場の松山《まつやま》さんから連絡がきた。また改めて声をかけてくれるらしい。

桂木さんの山を見に行く件（スズメバチの巣がいくつもあったが、何者かに食われた跡があるという。食べたのがドラゴンさんなのか、それともクマなのか、今度おっちゃんたちと確認しに行くことになっている）についても桂木さんからの連絡待ちである。それ以外はいつも通り雑草と戦い、ポチが泥だらけになって帰ってきたり、タマにつつかれたり、ユマに慰められたりして過ごしていた。平和が一番である。

今朝もタマとユマの卵をもらえることに感謝しながら朝ごはんを食べていたら、桂木さんからへ

たたたタツキがタツキがあああああっ

ルプコールが入った。

「さ、さささ佐野さんっ！　たたた助けてくださいっ！　たたたタツキがタツキがあああああっ！」

「まってまってまって、落ち着いて！　何があった？」

深呼吸をさせ、支離滅裂な話をどうにか聞いてみると、どうもドラゴンさんがシカを獲《と》ってきたらしい。それも二頭。足を咥《くわ》えて引きずってきたらしく、なんかうるさいなと表に出てみたら生きているシカが供えられていたという。

「どどどどうしましょうどうしましょうどうしましょうっ⁉」

「そのシカって生きてるんだよね？」

「はい！　でも足は思うように動かせないみたいで！」

「シカって害獣だよね。桂木さんはどうしたい？　獣医呼ぶ？　それとも食べる？　それによって対応が変わってくるけど」

俺だったら喜んでおっちゃんを呼んで秋本《あきもと》さんに預けちゃうだろうけど、シカは見た目がかわいいし可哀《かわい》そうだからって処分できない人もいるからな。

「食べます、けど……解体とか、どうすれば……」

それならいい。そういえばドラゴンさんがシカを捕まえて食べたのを見てたって言ってたな。その点抵抗は少ないかもしれない。

「湯本のおっちゃんに電話する。また連絡するから、いつも通りにしていてくれ。タツキさんには食べないように言っておいて」

「……わかりました」

　さすがにドラゴンさんが齧《かじ》ったのは、解体してみんなで食べるってわけにはいかない気がする。解体してからあげる分にはいいだろうけど。

　おっちゃんに電話をすると、

「シカを生け捕りにした？　それも二頭？　わかったあきもっちゃんに連絡する！　待ってろ！」

　朝からめちゃくちゃ元気である。いいことだ。

　不安で待っているだろう桂木さんにＬＩＮＥを入れる。

「湯本さんに連絡がついた。詳しいことがわかり次第また連絡する」

　こまめに連絡する必要はないと思う人もいるだろうが、家の前にシカが二頭倒れているわけで。相手が相川さんとか、男性ならそんなに連絡はしないだろうが、不安になって助けを求めてきたのは桂木さんだからケアは必要だと思う。って俺は誰に言い訳してるんだか。

「ユマ、後で桂木さんちに行く。どうする？　一緒に行くか？」

「イッショ、イクー」

「わかった。じゃあもう少し待っててな」

　クマがいるかどうかの確認はまた後日でいいだろう。それほど待つこともなく、おっちゃんから電話がきた。

「おう、あきもっちゃんに連絡がついた。ナル山に取りに行けばいいんだよな？」

「はい。秋本さんも行きますか？」

「いや、取りに行くだけだから俺一人で十分だ」

「俺も行きます」

「わかった。準備ができたら連絡する」

おっちゃんが一緒に取りに行ってくれることになった。俺は軍手や縄など思いつく限りの物を準備しておっちゃんからの連絡を待つことにした。ユマに、ポチとタマへ出かけることを伝えてもらう。もちろんまた桂木さんに連絡した。向こうもなんらかの準備が必要かもしれないから。

一時間も待たずおっちゃんから再度連絡がきたので桂木さんの山に向かった。麓の金網のところで桂木さんが待っていた。泣きそうな顔をしていた。

「ありがとうございます……」

挨拶《あいさつ》もそこそこに、俺とおっちゃんの軽トラを敷地内に入れてからまた鍵《かぎ》をかける。

そして桂木さんの家へ向かった。

「おお……親と子か。これ解体して振舞っていいんだよな？」

「はい。みなさんで食べていただければと思います」

「じゃあまた、昇平に連絡すればいいか。早くても明日の夕方になるだろ。泊まりの準備をしてきてくれ」

「はい。とても助かります。ありがとうございます！」

今日は珍しく獲物の側《そば》にドラゴンさんがいた。おっちゃんがドラゴンさんに近づいた。

「ええと、タツキさんだっけ？　内臓はタツキさんの取り分だが解体しなきゃならねえ。明日また声かけるから、桂木さんと一緒に来てくれ。いいか？」

ドラゴンさんは目を細め、ゆっくりと頷《うなず》いた。理解してくれたらしい。

「全く、お前んとこのニワトリもそうだが話がわかっていけねえな。これに慣れたら他の動物がみんなバカに見えらあ」

「ははは……タツキさんもうちのも規格外ですからね」

おっちゃんを手伝ってシカの足を縛り、軽トラに載せる。つぶらな瞳《ひとみ》に同情を禁じ得ないが、駆除も立派な仕事だ。

「タツキさん、ありがとうな。シカが増えすぎて困ってんだ。また狩ったら連絡してくれ」

「本当にありがとうございます。とても助かります」

「二頭だからなぁ。解体処理にかかる金額は計算しとくから明日秋本に聞いてくれ」

「わかりました」

え？　って思った。うちのニワトリがイノシシを捕った時はかからなかったのに。俺の顔を見ておっちゃんは、「あとで電話する」と言った。事情を説明してくれるということなのだろう。

今まで取られなかったけど、そりゃ無料ってことはないよな。

それに今の今まで気づかなかった自分に愕然《がくぜん》とした。

「じゃあ帰るから。大丈夫？」

「はい。大丈夫です！」

桂木さんに声をかけておっちゃんと一緒に山を出た。今はいちいち鍵を開けたり閉めたりするのに桂木さんも一緒に行かなければならないから、おっちゃんと一緒に出た方が面倒がないだろうと思ったのだ。桂木さんが鍵をかけるのを確認してから帰路につく。

「俺ってホント、甘ちゃんだなぁ」

いろいろな人に助けられて、ニワトリたちにも助けられて生きてるなと反省した。

帰宅してしばらくしておっちゃんから電話がかかってきたので、動物の解体金額等を聞いてみたら、さらりと答えられた。

「解体から精肉までで一頭五千円から一万円てとこだな」

「あのー……俺払ってませんが……」

「あ？　いいんだよ。俺があん時シシ肉を食いたかったんだからよ」

「相川さんのお知り合いの、陸奥《むつ》さんの敷地で捕まえた時も払わせてもらえなかったんですよ」

「んなの敷地の持ち主が出すのは当たり前じゃねえか」

「それを言ったらうちのイノシシは……」

「ああもう面倒だな。細けえこたぁいいんだよっ！　今回は解体分だけ出してもらうから二頭で五千円でいいだろ」

「精肉は？」

「うちで振舞うんだからうちで出す」

俺はため息をついた。おっちゃんは金を気前よく出しすぎだ。

「俺も五千円出しますよ。俺がおっちゃんを頼ったんですから」

「面倒くせえな」

「金のかかることはきっちりしなきゃいけないって言ってるの、おっちゃんじゃないか！」

「お前らはいいんだよ！」

「よくない！」

電話で押し問答になった。結果、次イノシシなどを捕まえた時はきっちり精肉分まで金を払うということで落ち着いた。そういうことなので、ニワトリたちには落ち着いたらイノシシ等を狩ってもらうよう頼もうと思う。（何かが間違っているかもしれない）

夜改めておっちゃんから電話がきた。解体も済んだので明日精肉するらしい。夕方には来るようにと言われた。一番の功労者であるドラゴンさんにはしっかり内臓を取っておいてあるそうだ。桂木さんにはおばさんが連絡するという。んで、俺は相川さんを誘うように言われた。

「桂木さんのところのオオトカゲがシカを捕まえました。明日の夕方湯本さんちでＢＢＱをやるので来ませんか？　泊まりです」

ＬＩＮＥを入れたら即返信が来た。参加してくれるようだ。

「シカ肉って少しぐらいあまりそうですか？　できればいくらか買い取りたいのですが」

「確認してからまた連絡します」

確かに一晩空けるとなると、リンさんやテンさんにお土産を持って帰らなければならないかもしれない。陸奥さんのところでもイノシシを一部とっておいてもらってお土産に持ち帰っていた。

おっちゃんにシカ肉の話をしたら、一応桂木さんに連絡をしろと言われた。確かにシカを狩ったのはドラゴンさんである。またあっちに連絡し、こっちに連絡して、桂木さんからは了承を得、おっちゃんが一部冷凍しておくと言い、相川さんに返事をした。あれ？　これってもしかしなくても、おっちゃんと相川さんがやりとりしてくれればよかったのでは。そうは思ってももう後の祭りだ。

明日を楽しみにして早々に寝た。

あ、明日は三羽とも一緒に出かけることになった。シカ肉、と言ったらポチとタマの目がきらーんと光ったのだ。お前らどんだけ肉食なんだよ。ニワトリって雑食なんだろうけど、うちのニワトリたちは肉が好きすぎる気がする。

翌朝、ポチとタマはいつになくそわそわしていた。夕方になったら出かけるから、それまでは遊んでくれればいいんじゃないかと言ったらツッタカターと駆けて行った。仲が良くていいことである。もし遅くなっても出かける前にユマが迎えにきてくれることがわかっているからだろう。

つーかユマもなんでポチやタマがいる場所がわかるんだろうな？

しかしシカか。ジビエ料理自体ここに来て初めて食べたからよくわからない。ただ、牛や豚のように家畜化されているわけではないから個体ごとに味が違うのが常識のようだ。陸奥さんのところで食べたシシ肉もおいしかったけど、ちょっと固さが気になった気がする。あくまで気がする程度だけど。

そんなことを考えながら草刈りをしていたせいか。

「～～～～っっっ⁉」

軍手をしていたけどやっちまいました。指をざっくり。

「血が、血があああああ～～～‼」

指の根本を押さえるも全く血が止まらない。俺はパニックを起こした。

ユマは心配そうに俺の周りをうろうろしている。

「サノー、サノー？」

うろうろというよりおろおろというかんじだ。それで少しだけ冷静になった。

まずは血を止めないと。カマを持ってとりあえず家の中に入り輪ゴムを探した。それでどうにかして血を止めようと考えた。輪ゴムでうっ血するぐらいまで縛って、痛みはハンパないけど水で洗う。こういう時は破傷風が一番怖い。一応ここに来る前に破傷風の予防接種は受けているが安心はできない。輪ゴムを何度か付け替えて、どうにか血が一旦《いったん》止まった。この場合医者に行って縫ってもらった方がいいのだろうか。でも指って肉があんまりないから縫えないいんじゃなかったかな。でかい絆創膏《ばんそうこう》を買ってあったからそれを貼ったらどうにかなった。

でもよく考えたら止血って、心臓より高い位置に手を上げないといけないいんじゃなかったっけ？でも持ち上げておくのしんどいよなぁ。

「ユマ～」

近くにいたユマに側に来てもらって、手を置かせてもらった。これでどうにか心臓より上に……。

「あー……」

こんなに血がどくどく出たんじゃ酒なんかとても飲めないだろう。肉は大いに食べた方がいいだろうが、酒はやめておこう。そう思ったらなんだか残念だった。

ちなみに、軍手はけっこう切れていた。でもこのゴムの貼ってある軍手だったから指の被害もこれぐらいで済んだのだと思う。捨てる際に「ありがとうございました」と手を合わせた。

それにしても指一本とはいえ、あまりの痛みに左手全体が使えないような状態だ。

「これって……運転できるのか……？」

ユマを見る。

「ユマ、車の操作とかできないよなぁ……」

バカなことを言いました。かといって欠席するのもなぁと悩んだところで、とりあえずおっちゃんに電話をした。指を派手に切ってしまったけどどうしよう、と。

「そりゃ困ったな。お前んとこは三羽共来るつもりなんだろう？」

「ええ……行くつもりなんですよね……」

指をざっくり切ってしまったことをおっちゃんに伝えたらおっちゃんは唸《うな》ってしまった。三羽共行く予定なのに行けなくなりましたとはとても言えない。そんなこと言ったら俺がニワトリたちの餌になりそうである。うちのニワトリ怖い。

「俺も今日は忙しいしなぁ……そうだ、ニシ山の相川君に頼んだらどうだ？」

「ちょっと聞いてみます」

それで無理なら今回は欠席でもいいだろう。利き手は使えるとはいえ片手で運転できるほど軽トラは甘くないし、ましてやうちは山の上だ。行くことはできても帰ることができないかもしれない。最近慣れてはきたけど俺、マニュアルの運転うまくないいんだよな。

で、相川さんに電話をしたんだが。

「え？　指を切った？　大事《おおごと》じゃないですか！」

大事になった。

「でしたら僕が送迎します！　ポチさん、タマさん、ユマさんもですよね。おひとり助手席に乗ってもらって、佐野さんは荷台になってしまいますが……ああでもそうしたら衝撃が……」

「俺は荷台で大丈夫ですよ」

相川さんの軽トラの助手席部分はリンさんが乗るので座席を外してあるのだ。そこはポチに乗ってもらえばいいだろう。

「じゃあ荷台にクッションを敷き詰めますから！　でもその前に、病院には？　もちろん行かれたんですよね⁉」

「いえ、まだです」

「連れて行きます！」

「ええぇ。いや、大丈夫ですよ……」

「何かあったらどうするんですか⁉　破傷風もそうですが……」

「予防接種受けてます」

「敗血症や蜂窩織炎《ほうかしきえん》になる危険性もあるんですよ！　抗菌剤だけでももらいに行かないとだめです！」

すごい剣幕だった。敗血症は聞いたことがあるけど、あれって感染症で臓器障害が起こるんだっけか。こわっ。

すぐに向かうと言われて、ユマと待っていることになった。本当に大事になってしまったなぁ。

というわけで一旦出かけることになったのでユマに、ポチ、タマへの連絡を頼んだ。夕方に出かける予定だけど一度病院に行ってくると。一時間ぐらいで相川さんが来てくれた。そういえば麓《ふもと》の柵《さく》のところの鍵はどうしたのだろうと思ったら、おっちゃんから合鍵を借りてきてくれたらしい。おっちゃんも時間短縮で近くまで鍵を渡しに来てくれたのだという。もう本当に頭が上がらないと思った。しかも相川さんはわざわざ座席をつけてくれたようで、そのまま村の診療所に連れて行かれた。荷台に乗ってみたかったなと思ったのはないしょだ。

「ありがとうございます」

「いえ、佐野さんにはお世話になっていますから」

村の医者にかかったのはこれが初めてである。思ったより若い先生だった。

「うわー、これはざっくりいったねー」

「……はい」

痛いからあんまり触らないでほしい。相川さんが真剣な顔で付き添ってくれているから文句も言えず、消毒と縫合もされてしまった。三針縫った。超痛い。

「お酒は飲まないようにしてねー。これ、溶けちゃう糸だから抜糸に来なくていいから。抗菌薬と痛み止め、それから胃薬いる？」

溶ける糸なんてあるんだな。便利。

「一応ください」

「なんか少しでもおかしいなと感じたらすぐ来てね。はい、おしまい」

「ありがとうございました」

痛いし縫われるし、財布は超痛いし、隣の薬局で薬を買って相川さんの軽トラに乗った。なんか保険に入ってたっけ？　帰ったらちょっと調べてみよう。

「買物をしてから戻りましょう。この時間ならお弁当屋さんが開いてるので」

「え。お弁当屋さんなんてあるんですか」

「ええ、あるんですよ」

相川さんはほっとしたのか、屈託なく笑った。一応予約制らしいが、昼の時間だと置いてあったりもするとか。普通の民家で、料理好きのリタイアしたおじさんがやっているそうだ。

「こんにちは～。今お弁当ありますか？」

「いらっしゃーい。ありますよー。今日は唐揚げ弁当と白身魚フライ弁当です」

出てきたのはおばさんだった。注文してから容器に入れてくれるらしく、残ったら夕飯のおかずになるらしい。とても合理的だと思った。やけに腹が減ったと思ったので弁当を三つ買った。唐揚げ弁当二つと白身魚フライ弁当である。これをうちの山で二人で分けて食べることになった。

「相川さん、一度山に戻られなくていいんですか？」

「大丈夫です。リンとテンにも、もう話してありますので」

「お手数おかけします」

「明日佐野さんを送ってから一度帰りますが、その後は泊まり込みますね。不便でしょうから一週間ぐらい……」

「え？　ちょっと待ってください。そこまでしていただくわけには……」

「片手が使えないと風呂《ふろ》に入るのもたいへんだと思いますよ」

「う、うーん……」

だからって一週間も泊まり込む必要はないだろう。

「ちょっと今はなんとも言えないんで、その話はまた後ででいいですか？」

「はい。まだ実感が湧かないと思いますからかまいませんよ」

相川さんはにっこりと笑んだ。

待っていてくれたユマは、心なしか心配そうな顔をしていた。心配かけてごめん。トトトッと近寄ってきてくれたユマをそっと抱きしめようとして、角度的な問題があったのか羽が刺さった。

「ぐあああ〰〰っっ！」

「キョキョッ⁉」

　ユマがびっくりしたらしく跳び上がった。普段だったらマンガみたいだなんて笑うんだろうが、俺もそれどころではない。

「ご、ごめん……なんとも、ない……」

　ユマを抱きしめることもできないって、なんの拷問なんだろう。涙が出そうだった。

　片手が使えないって本当に不便だ。それだけじゃなくて、けっこう手って無意識にいろんなところにぶつけているものらしい。出かけるまでにあちこちに軽くぶつけては叫んでしまい、その度にユマがぴょんぴょん跳び上がっていた。本当にごめん。

「そういえば血がかなり出たんですよね。患部は消毒されましたか？」

「え？　水で洗っただけですけど」

　相川さんに何気なく聞かれてそう答えたら、相川さんはにっこりと笑んだ。目が笑ってないです。とても怖いです。

「佐野さん、この家に引いてる水って近くの川の水ですよね？」

　正確には川の下から湧いてる湧き水を引いているのだが。

「……あ……」

「塩素の入ってない水で傷口を洗うとか何を考えているんですか⁉　せめて一度煮沸したものならともかくそれもしてない水でしょう⁉」

「はい！　ごめんなさい！」

すごい剣幕で怒られた。確かに水道水の感覚でした。せめて洗ってから消毒液を振りかけるべきだった。でもうち、消毒薬なんかあったかな。

「キンカンならあるけど……」

ボソッと呟《つぶや》いたら相川さんの目が更につり上がった。

「キンカンを切り傷に塗ってもいいいと思ってるんですか？」

「え？　だって昔は何にでもつけたっておばさんが……」

相川さんははーっとため息をついた。

「キンカンは万能薬じゃないいんですよ。ちゃんと効能を読んでから使ってください！　この家には薬箱ってないいんですか？」

「ないですね」

キンカンも言われたから買ったぐらいだ。相川さんは大仰にため息をついた。

「薬関係の物を見せてください……」

と言われたので、一応箱にまとめている物を出した。絆創膏は入っているが包帯もない。相川さんは更に困ったような顔をした。

「佐野さん、置き薬を持ちませんか？」

「置き薬、ですか？」

「はい。この辺りにはドラッグストアもありませんし、医薬品を置いておいて、使った分だけ後で払うという形です。そうはいってもここまで来てもらうわけにはいきませんから、湯本さんさえよければ決まった日に薬箱を持って行ってそこで使った分を払ったり、消費期限切れの薬を交換して

いただいたりという形にはなりますけど」

「ああ、富山の薬売りみたいな……」

「そういうやつです」

確かに風邪とか腹痛なんかの時薬が家にあるとないではえらい違いだ。ここではまず体調不良で動けなくなったら終わりだ。薬が家にあれば助けになるだろう。

「相川さんは置き薬って持ってるんですか？」

「うちも本当はあった方がいいのですが、なにせ山の上なので……」

相川さんが頭を掻《か》いた。相川さんもこの村に知り合いはいるが、普段から交流があるわけでもないので頼みづらかったのだろう。

「じゃあ、一緒におっちゃんに頼んでみましょうか」

うちには置いてなかったけど、友達の家では薬箱を見たことがあった気がする。箱の中にいっぱいいろんな薬が入っているのを見せてもらい、もらった紙風船で遊んだことを覚えている。それを思い出したら少しわくわくしてきた。

「桂木さんはどうしてるのかな……」

彼女は彼女でうまくやっているようにも思う。なんとなくＬＩＮＥを入れて聞いてみたら薬箱を持っているらしい。薬売りが来ることを事前に教えてもらって、知り合いである山中《やまなか》さんの家に持って行くのだそうだ。

「今頃薬箱ですか？」

「うん、今頃なんだよね」

「男の人ってホントだめですねー」

と返ってきた。これはさすがに否定できない。指も怪我《けが》してしまったし、本当にだめだめである。相川さんに泊まりの準備も手伝ってもらい、夕方ニワトリたちを荷台に乗せてもらって、相川さんの軽トラでおっちゃんちに向かった。

「ニワトリ、重くないですか？」

「多分三羽合わせてもうちのリンより軽いですよ」

確かに鳥は飛ぶための身体《からだ》をしているせいか見た目よりは軽い。ダチョウなんかは別だけど。ダチョウってなんであんな風に進化したんだろうな。まぁでも鳥類に分類されてるってだけでダチョウからしたら空を飛ぶ必要はないのかもしれない。

「あ、手土産どうしよう……」

お互いすっかり忘れていた。相川さんと顔を見合わせる。肉はシカ肉だけで足りるんだろうか。わからなければ聞けばいいのだ。おっちゃんに電話してみた。

「おっちゃん、足りないものある？　肉とか」

「おー、昇平大丈夫か？　松山も来るから大丈夫だぞー」

養鶏場のおじさんも来るらしい。それなら鶏肉《とりにく》を持ってきてくれるだろう。

「相川さんに乗せてもらえたから、もうすぐそちらに着きます」

「気を付けて来いよー」

お互いかなりパニックを起こしていたらしい。おっちゃんへの報告を怠っていたことに気づいて反省した。

一応雑貨屋で煎餅《せんべい》を買った。相変わらずだが、いらないと言われたらうちで食べればいいのだ。

2　どうにか宴会に参加してみた

おっちゃんちに着く。すでに桂木さんは来ているようだった。他の家の車もちらほらある。山中さん、秋本さん、松山さんご夫婦は普通に来ているだろう。

「こんにちはー、遅くなりました」

ガラス戸をカラカラと開けて声をかけると、土間にいた全員がバッとこちらを向いた。怖い。

「あの、ええと……」

「佐野さん、手！　手ぇ怪我《けが》したって大丈夫ですか⁉　見せてください！」

「あああああ！　いてっ、痛いってっ！　いたたたたっ！」

桂木さんがすごい剣幕で突撃してきて俺の手を掴《つか》んだ。それも怪我した方の手を。

この娘は何か俺に恨みでもあるんだろうか。

俺の悲鳴を聞いてはっとしたらしく、手は放してもらった。バッと深く頭を下げられる。

「ほんっとーに、ごめんなさい！」

「……うん、気を付けてくれればそれでいいから……」

桂木さんの暴挙により、血が滲《にじ》んだことを報告します。縫ってもらって正解だった。やったね。

（やったねじゃねえよ）

「……だから薬箱のことなんか言ってたんですね」

「うん、まぁ……」

いろいろと準備不足を指摘されるのもアレなので、俺は目を泳がせた。

相川さんがニワトリたちを降ろしてくれたようだ。みんなツッタカターと庭に駆けて行ったらしい。ありがとうございます。そんな相川さんは無言で絆創膏《ばんそうこう》を貼り替えてくれた。頭が上がりません。

「でもよかった……指、なくなってなくて……」

桂木さんはそこまで想像したらしい。いや、指切り落としてたらいくらなんでもここに来ないから。まっすぐ町の病院に行くっての。

「もー、みやちゃんたら心配性なんだから。そんなに佐野君のことが好きなのー？」

山中のおばさんが茶化すように言う。桂木さんは俺の手を見て蒼褪《あおざ》めていたから、場の空気を和ませようとしてくれたのだろう。

だがしかしそれは逆効果だったらしい。

桂木さんは涙ぐんだ。そしてぐっと何かを決意したような表情をした。

あ、なんか嫌な予感が……。

「私、佐野さんの面倒みます！」

「……え……」

「指、治るまで私泊まり込みますから！」

聞いていた男性陣からヒューヒューとはやし立てられた。正直勘弁してほしい。

「若い娘がそんなこと言っちゃだめだろ。大丈夫だよ」

苦笑して宥《なだ》めると今度は周りからブーイングが起こった。だからそんなんじゃないっての。

「でも……」

「佐野さんのことは僕がフォローしますから大丈夫ですよ」

相川さんが口を挟んだ。おい、アンタもいちいち出てくんなと思った。

「……三角関係かしら？」

山中のおばさんもやめて。鳥肌がぶわっと。桂木さんが顔を赤らめた。なんでだ。

「じゃあ、相川さんにお任せします！　お金がかかるようでしたらこちらに請求してくださってかまいませんので！」

「大丈夫ですよ」

相川さんはにっこりと笑んだ。

俺の意見は誰も聞かないのか。みんな、なんだよつまんねえなとかわけのわからないことを言いながら散って行った。何が面白いのか、何がつまらないのか。手は痛いし正直帰りたくなった。

ああでもニワトリたちにシカ肉を食べさせなかったら間違いなくつつかれるだろうな。つつかれるだけで済むならいいが、やっぱり俺が餌になるんだろうか。

ＢＢＱの準備はあらかた終わっていたらしく、庭に面した座敷にみんなで移動した。

「おー、昇平。災難だったな」

「……ええ」

「消毒にはアルコールが一番だ！　飲め飲め！」

「だめですよ。薬飲んでますから」

「そうか、じゃあ肉が焼けたらたんと食えよ！」

すぐに引き下がってもらえてよかった。

「はーい」

男衆は子どもたちをなんとなく見ている。おばさんや桂木さんは肉を焼き始めた。特に何を話すでもなく、淡々とシカ肉や鶏肉《とりにく》が焼かれていく。

内臓は全てドラゴンさんに提供され、切り分けられた肉の一部と野菜くずはうちのニワトリたちに与えられた。本当に何も手伝わなくてすみません。

「おーい、とりあえず乾杯だけするぞー」

「はーい」

それぞれ缶ビールやジュースの入ったコップ等を持って、おっちゃんの音頭を待った。みんなすでに口をつけた後だがいいのだろう。

「今回の肉はナル山の桂木さんから提供されたシカだ。解体と精肉はあきもっちゃん。鶏肉は養鶏場を持ってる松山が提供してくれた。みんなでこうして集まれたことに感謝と、乾杯！」

「かんぱーい！」

みんなで桂木さん、秋本さん、松山さんに頭を下げて乾杯した。俺はオレンジジュースだ。うまい。野菜だの飲み物だのは持ち寄りだ。後日ビールを箱で差し入れることにした。焼けた端から肉だの野菜だのが運ばれてくるのをただ食べさせてもらった。

学生時代のBBQなんてものは男も女もなんかやらなきゃいけない慌ただしさがあったが、田舎はしっかり役割分担ができていていいなと思う。器材など重いものを運ぶのは全て男衆でやり、基本調理は女性たちが担う。子どもの世話は手が空いてる者たちがする。俺は今回食べるだけだが、相川さんは後片付け担当だ。

「俺、なんの役にも立ってないなぁ……」

むしろみんなの足を引っ張っただけだ。

「何言ってんだ。昇平は桂木さんの連絡役になったじゃねえか。手配をしたのは俺たちだが、桂木さんが一番最初に頼ったのはお前なんだ。おかげでシカ肉を食べることができた。役立たずなんてこたあ全くねえ」

「そうですよ。僕も連絡をもらえたからこうして参加させてもらってるんです。でも本当に怪我には気を付けてくださいね」

おっちゃんだけでなく相川さんにも慰められてしまった。俺って面倒臭い奴《やつ》だなぁ。

「佐野さん、食べてますか?」

桂木さんが肉を山盛りにした皿を持ってきてくれた。

「うん、食べてるよ。ありがとう。シカってあんまりクセがなくて食べやすいね」

「そうですよね。牛ほどクセがなくて私も食べやすいと思います。野菜も持ってきますね!」

そう言って桂木さんは戻って行った。

「………」

みんなの目が生暖かい。だからそんなんじゃないんだって。あれはできの悪い妹で……って俺は誰に言い訳をしているんだ。

と思ったらユマがトットットッと近づいてきた。珍しいなと思う。嘴《くちばし》が汚れていたから濡《ぬ》れタオルで拭《ふ》いてやった。

「ユマ、どうした？　足りないのか？」

ニワトリたちがいる方を見やると、まだいろいろ残っているようだ。とはいえ肉は全てなくなっているみたいである。

ユマは俺にすりっと身体《からだ》をすり寄せてから戻って行った。なんだったんだろう、いったい。もしかして痒《かゆ》かったとかじゃないよな。

「肉の催促か？」

「そうかもしれませんね」

おっちゃんがおばさんに声をかけてくれて、肉を追加してもらったようだった。すみません。

食べている途中だろうにユマがまた来た。

「もうさすがにだめだよ」

苦笑して言ったら、ユマは機嫌よさそうにまたすりすりっと身体をすり寄せてから戻って行った。

感謝のつもりだったのだろうか。

「ニワトリ、かわいいですね……」

相川さんがぼそっと呟《つぶや》いた。うん、うちのニワトリたちは世界一かわいい、なんて親バカなことを思った。

おっちゃんちの風呂《ふろ》は広い。今日ぐらいは入らなくても、なんて思ったが片付かないから！　と相川さんと先に風呂場に追いやられてしまった。相川さんも今日から俺の世話をする、ということで片付けが免除になったらしい。なんだか申し訳なかった。

一人でできますよーなんて言ってはみたものの、実際傷口を濡らさないようにとビニール袋なんか巻いてもらったら頭が洗えない。たかが左手の指一本、されど指一本である。身体を洗うのはともかく頭は相川さんに洗ってもらうことになった。え？　頭ぐらい一日洗わなくてもいいんじゃないかって？　俺もそう思ったけど、今日は冷汗かいたり脂汗かいたりといらん汗をかいて全身ベタベタのところに、〆《しめ》がBBQだったものだから煙くてしかたがない。お前は焼いてないだろって話なんだけど風向きがね、運悪く座敷にね、うん。ようは四の五の言わずに頭洗っとけって話なんだよ。

「お客さーん、かゆいところはないですかー？」

「ありませーん」

大の大人が美容院ごっことか。誰も聞いてなくてよかった。

「ふー……さっぱりしました。ありがとうございます」

湯舟に浸《つ》かってやっと一息ついた。おなかは満足、指もまだ痛いけどまぁ大丈夫。頭も洗ってもらってすっきり。なんとも至れり尽くせりである。

「いえいえ。やっと佐野さんのお役に立てて嬉《うれ》しいです」

こういうことさらりと言えるからモテるんだよな。

「そういえばさっき、桂木さんと普通に話してましたね」

「え？　そんなことありました？」

桂木さんが俺の面倒を看《み》ると言い出した時である。相川さんは全然意識していなかったようだった。

「うーん……まぁ、精神的なものでしょうしね。妙齢の女性だと意識しなければ普通に話せるようになるかもしれません」

それはそれでどうなんだ。妙齢の女性だと意識しなければって、それ恋愛とかできなくないか？　とは思ったけど藪蛇《やぶへび》なのでやめておいた。下手につついてリンさんにぐるぐる巻きにされてはたまらない。骨バキバキに折られて死ぬ。さすがにゾッとした。

お風呂から出ておっちゃんたちに声をかけて、ニワトリたちを確認してから寝た。ニワトリたちは土間にいて、もうおもちのようになっていた。かわいい。

広い座敷に布団だけ出されていたのを相川さんが敷いてくれた。頭が上がりません。そろそろ土に埋まるかもしれない。

んで翌朝である。

「〜〜〜〜っっ‼」

意外と左手も使っているということがよくわかる。起き上がる時にいつも通り手をついて、激痛に固まることとなった。痛い、マジで痛い。ハンパない。縫ってもらったから早目に治るだろうけど今日はまだめちゃくちゃ痛い。

うわん。

悲鳴を上げないで済んでよかった。まだ松山さんや秋本さんは盛大ないびきをかいて寝ている。けっこう盛り上がって飲んでたからなぁ。相川さんはすでにいなかった。相変わらず布団が丁寧に畳まれている。布団畳めるかな、と思ったところで桂木さんがやってきた。

「佐野さん、おはようございます。起きてたんですね」

「うん、おはよう。今起きたところだよ」

「着替えたら来てくださいね。もう朝ごはんできてますから」

「わかった、ありがとう」

着替えるのもちょっとたいへんだった。そういえば昨日の作業着は相川さんがさっさと脱がしてくれたのだった。あまりにも手際がよかったから普通にやってもらったけど、俺甘えすぎだろ。と思ったら相川さんが来た。

「おはようございます。着替えはどれですか？」

「おはようございます。え？」

朝の着替えまで手伝ってくれるつもりだったらしい。さすがにそれはお断りした。いくらなんでも甘えすぎだし、松山さんや秋本さんに見られたくはない。たとえそれがなんの他意もない行為だとしても俺がなんか嫌だった。

どうにか着替えたら布団を畳んでくれた。だからどんだけ至れり尽くせりなんだよ。どんだけ～？　ってI○KOさんが出てきそうだ。

「行きましょう」

「布団、ありがとうございます」

「気にしないでください」

もろもろのことを相川さんに任せたらすごい勢いで堕落しそうで怖い。

「おはようございます」

「おー、昇平。手はどうだ？」

「ありますよ」

「指だ、指」

「痛いです」

手がなかったらたいへんだ。おっちゃんはすでに起きていた。あれだけ飲んだのに元気なことである。

今朝も梅茶漬けだった。一滴も飲んでいない翌朝だけど、肉はたんまり食べたからさっぱりしてうまい。やっぱうちも梅干しを常備することにしよう。お茶漬けの素《もと》はあったら嬉しいがなくても大丈夫だ。緑茶を淹《い》れればいいだけの話である。そういえばほうじ茶で米を炊くなんてのもあったな。今度やってみようと思った。

「いつもと変わらないけど、足りなかったらおにぎり作るからね」

「大丈夫です。ありがとうございます」

桂木さんが嬉しそうにおばさんに返事をした。桂木さんと相川さんは俺を挟んで座っている。山の位置の通りに。

「昇平」

「はい」

おっちゃんに声をかけられた。

「なんか少しでも異常を感じたら病院に行くんだぞ、わかったな」

「はい、わかりました」

やっぱり破傷風とかその他のことが怖いんだろう。そう考えるとワクチンの開発って偉大だなと思う。今は産まれて二か月ぐらいから予防接種があるらしいとニュースで聞いた。それによって子どもがかからなくていい病気にかからなくなるのは、とてもいいことだと思う。

俺は昨夜飲めなかったが相川さんは普通に飲んでいた。なので昼を大分過ぎてから相川さんの軽トラで山に戻った。相川さんはそのまま泊まり込んでくれることになった。相川さんへのお礼ってどうしたらいいんだろう。頭を悩ませる俺だった。

3　西の山の住人にお世話になっています

ニワトリたちも俺が怪我《けが》をしたということはわかっていて、山に戻っても遊びに行くことを少ししぶっていたようだった。ここで遊びに行ってもいいと言うのは簡単だが、山の中で暴れて帰ってきた後俺が洗ってやることができない。だからといって相川さんに頼むわけにもいかないし、と思っていたら相川さんが気づいてくれたようだった。ニワトリたちに声をかける。

「ん？　どうかしましたか？　今日から僕がお世話しますから遠慮なくおっしゃってください」

するとポチが一歩前に出てきた。

「アソブー」

「どうぞ」

「アラウー」

相川さんは少し考えるような顔をした。

「あの……パトロールして帰ってくるといつも汚れていたりするんですよ。それを毎回キレイに洗ってから家に入れてるので……」

補足すると相川さんは合点がいったようだった。

「そうなんですね。わかりました。帰ってきたら僕が洗いますから行っていいですよ」

「ワカッター」

「アイカワ、イイヒトー」

ポチとタマが現金なぐらいすごい勢いで駆けて行った。アイツらなりに気を遣ってくれてたんだなと思ったらちょっとジーンとした。うん、やっぱりうちのニワトリたちは天使である。（親バカっぷりが激しい）

「すみません、ありがとうございます。運動を満足にさせないと夜中に起きて騒ぎ出したりするので……」

「ああ、以前言ってましたね。確かに運動不足は大敵ですよね、子どもだってなかなか寝ませんし……」

相川さんは何かを思い出したのか遠い目をした。

「今夜はこのまま泊まりますが、明日は一度うちの様子を見に帰ります。すぐに戻ってきますから」

「いえいえ、相川さんの無理のない範囲でお願いします。明日にはもっとよくなっているでしょうし」

「いえ、一週間はきっちり面倒みますので遠慮しないでください」

にっこりされた。目が笑ってない。怖い。相川さんが俺を信用していないのはよくわかった。やることが雑でごめんなさい。

「ユマさんも遊んできていいですよ？」

「イルー」

側《そば》にいてくれるらしい。ユマさんやっぱり天使。

相川さんがふふっと笑った。

「みんな、なんだかんだいって自分に合った生き物を飼ってますよね。動物たちもいろいろ考えてくれている……」

「そうですね」

「野菜収穫しますね」

「ああっ！　すみません！」

何もできないけど、籠《かご》はここと かカマはここと か相川さんに普段使っている道具の場所を教え、伸びすぎになった野菜を採ってもらった。そろそろきゅうりも生《な》らなくなってきた。抜き取りの時期かもしれない。ってもう九月も中旬にさしかかっている。抜き取らないとな。

小松菜もまた一旦《いったん》抜いて畝をならして種まきしないと……。

「相川さん、秋の作付けってどうしてます？」

「え？　まぁ適当ですね。葉物が中心かな。カブとか、スティックセニョールも植えますよ」

「スティックセニョールってなんですか？」

「スティック状に育つブロッコリーですよ」

「それおいしそうですね」

「料理に使いやすくていいですよ」

本当にいろいろ植えているのだなと感心する。俺より三年長く暮らしているのだから当然か。ちゃんと周りにあった家も解体して、畑もけっこう広く作ってるし。

「畑の世話、しなくていいんですか？」

「まだまだ暑いので二、三日はほっておいても大丈夫です。それに、リンが水やりをしてくれるんですよ」

相川さんが嬉しそうに言った。

「……リンさん、野菜食べませんよね」

「肉食ですね。でも水やりは好きみたいです」

「そっか。いいなぁ……」

上半身キレイな女性が水やりをしている図を想像してほんわかした。下半身蛇だけど。それも大蛇だけど。かなりシュールだな。

「あげませんよ」

「ニワトリだけで手いっぱいですよ！」

なんでみんなそういうことを言うのか。そんなに俺は物欲しそうに見えるんだろうか。

相川さんがクックックッと笑っている。からかわれたみたいだ。

相川さんとリンさんがお互いを大事に思っていることがわかって安心した。恋愛感情はなくても相棒なんだろうなと思う。俺とニワトリたちもそんなかんじだ。いや、なんかうちのニワトリたちは俺を飼主だとは認識していないような気がする。

「あ、いけない！」

野菜を運んだところで相川さんが何か思い出したらしい。

「シカ肉もらってきたんだった！」

「ああ！」

「急いで置いてきます！　戻ってきたらポチさんたちを洗いますので！」

往復で一時間近くもかかるのにご苦労なことである。

「あ、あの……暗くなって車が動かせないようなら来られなくても大丈夫ですから」

「何言ってるんですか！　また来ますからね！」

おーこらーれたー。

バイタリティあるなぁと思う。

「ユマさん、ちょっと出かけますが戻ってきます。佐野さんが無理しないように見ていてくださいね」

「ワカッター」

コキャッと首を傾《かし》げる姿がめちゃくちゃかわいい。でかいけど。

相川さんは宣言通りすぐに行って戻ってきた。すごいなぁと思った。

太陽が西の空に沈んでからポチとユマが帰ってきた。いつもよりは汚れていなかったが、慣れない相川さんは難儀していたように思う。本当にごめんなさい。ありがとうございます。

もう一つ問題があった。

ユマの風呂《ふろ》どうしよう。毎晩一緒に入って洗って乾かすまでやっているのに。

相川さんに夕飯を作ってもらって食べた後、ユマがそわそわしているのがわかる。どうしよう。言い出せなくてもじもじしていたら相川さんが気づいてくれた。すみませんすみません。

「ああ、ユマさんて一緒にお風呂に入ってるんでしたっけ?」

「……ええ」

「ユマさん、佐野さんの指が治るまで水浴びじゃだめですか?」

「……ワカッター」

すごく残念そうだったがしかたない。そうだよな。怪我なんかしちゃいけないよな。ユマと一緒に風呂に入れないのは俺も悲しい。でも相川さんと入ってもらうわけにもいかないし。

「それとも、僕と入りますか?」

「ヤダー」

ユマは即答した。俺とじゃないと嫌とか、なんてかわいいんだ。ユマ、こんな怪我早く克服するからな! 待っててくれ!

うちの風呂はそんなに広くはないので、相川さんには頭を洗うのだけ手伝ってもらった。本当にありがとうございます。

人が来ることは想定していなかったので自分の布団ぐらいしか干してなかった。さすがに他の布団は湿っているように思えたので今夜は一緒に寝てもらった。男二人で一つの布団である。もちろんそこに色気は一切存在しない。いや、決して存在してはならない。

夜のうちに朝はどうしているのかと聞かれたから、朝ごはんの準備はニワトリの分もしますと伝えていた。そのおかげか、翌朝起きてぼーっとしていたら、

「おはようございます、佐野さん。ごはんですよ」

と笑顔で呼ばれた。それもごはんにみそ汁、香の物、ベーコンエッグ、納豆、小松菜のおひたし、切り干し大根を使った煮物という日本の朝ごはんが用意されていた。

「おはようございます。ありがとうございます。……相川さん、いいお嫁さんになれますね」

さらりと口からこんな科白《せりふ》が出てしまった俺は決して悪くないと思う。

「じゃあ行き遅れたら佐野さんがもらってください」

三十代って行き遅れなんだろうか。確か相川さんて三十一か二だったよな。今時の三十代の女性に「行き遅れ」なんて言おうものなら引っかかれそうである。

「……ごめんなさい。勘弁してください」

ちゃぶ台に頭を擦《こす》りつけて謝った。もう誰とも恋愛する気はないし、結婚も絶望的だと思ってはいるが男とは嫌だ。

「佐野さんは真面目ですね。冗談ですよ～」

ぶわっと毛が逆立つかんじはなかなか去らない。この鳥肌もどうにかならないものか。

「いただきます」

と手を合わせる。卵はタマとユマのを使ってくれたようだった。うん、俺やニワトリたちの世話をしてくれるのだ。卵ぐらい食べてもらわなければ罰が当たる。

ニワトリたちはおとなしく土間で野菜くずや野菜をつついている。俺が指を怪我している以外は平和な光景だった。

「佐野さん、今日のご予定は？」

「特にありません。食材が足りなければ買い足しに行きますけど、それ以外は家の周りと、畑と、川、それから道路の確認ですかね。坂の上のお墓の手入れは……指が治ってからでいいです。忘れてください」

「そうですか。ならできる範囲でやりましょう。昼食の後一度帰りますね。その時にバケツを貸してもらっていいですか？　ザリガニを捕っていきたいので」

「ああ、でしたらポチたちに頼むといいですよ。けっこうなスピードで捕ってくれますから」

「それは助かります」

アメリカザリガニ、まだいっぱいいるのかな。捕っても捕っても減らないかんじが怖い。さすがに今年捕りまくってるから来年は少なくなるだろう。

家のガラス戸を開けるとニワトリたちが表に出た。

「ザリガニー？」

ポチがもうやる気で声をかけてくる。

「じゃあ先にお願いします」

相川さんが笑って頼んだ。俺も一緒に川へついていく。

ポチが見つけてはひょいひょいと捕まえて投げてくる。嘴《くちばし》でガッと掴《つか》んでぽーいというかんじだ。それを相川さんが器用にどんどん拾っていく。ちょっと捕らないでいると増えているのが嫌だ。とはいえさすがに近くだけではそれほど見つからなかったので、下の方まで歩いて行ってバケツをいっぱいにした。

「ポチさん、ユマさん、ありがとうございます。もういいですよ」

相川さんが満足そうに言ったら、ポチは「ワカッター」と答えてツッタカターと山の中へ消えて行った。ちなみにタマは我関せずととっとと遊びに行ってしまっている。さすがはタマさん、我が道を行く。

「こう言ってはなんですけど、かなり長いこと山の手入れはされていなかったみたいですね。手入れをされていたのは庄屋《しょうや》さんの家と畑ぐらいですか。でも身体《からだ》が動かなくなってきたら村に下りた方がいいんでしょうね」

「ですね」

俺はまだ二十代だからよくわからないけど、きっと十年二十年と歳《とし》を重ねていったら身体も疲れやすくなっていくのかもしれない。そういえば俺の親ももう五十歳過ぎてるもんなとちょっとしんみりした。

お昼ご飯は鶏肉《とりにく》の炒飯《チャーハン》と朝の残りのみそ汁、そして漬物ときゅうりのたたきだった。

「いいかげんですみません」

相川さんは恐縮していたが俺はぶんぶんと首を振った。俺だけだと昼は漬物とごはんぐらいで済ましてしまうのが普通だ。きゅうりを出すのも面倒くさい。そう言ったら、

「佐野さん、食は全ての基本ですよ?」

と目が笑ってない笑顔で返されてしまった。すみません。いいかげんですみません。

ごはんを食べて落ち着いたところで相川さんは帰っていった。ザリガニ、リンさんたちが喜んでくれるといいな。ユマは昼も野菜くずと野菜を食べていた。外には出ているから虫だのなんだのとタンパク質はとっているみたいだがちょっと心配である。でも今日ぐらいはいいかと土間の近くで寝転がって昼寝した。ユマも近くに座って一緒に付き合ってくれた。

こんなに幸せでいいのかな。


昼寝から起きる前に相川さんは戻ってきてくれていたらしい。にこにこしながら採れたてのトマトときゅうりを出してくれた。おやつの代わりらしい。なんか相川さんが村のおばちゃんに見えた。そうか、相川さんはオカンなんだなと納得した。イケメンのオカン。

本人には絶対言わないけど。

おやつはユマも土間で食べた。口の周りが赤くなっているのがなんかスプラッタに見えて心臓に悪い。台拭《ふ》きで拭いてあげたら、「アリガトー」と言われた。ユマかわいい。そのまますりっとすり寄ってくれるんだからたまらないよな。

「佐野さん、よろしければ僕も上の墓参りをさせていただいてもいいですか?」

「ありがとうございます。上に上がる道は一本道なので軽トラで行けばすぐ着きます。行きましょう」

新聞紙、ライター、バケツ、ブラシ、線香、カマ、軍手、ごみ袋などを用意して、帽子も忘れずに。ああもう片手がうまく使えないって不便だな。

相川さんの軽トラに乗り込む。ユマもついてくるというので荷台に乗ってもらった。なんかもふっと荷台に乗っている姿って、いつ見てもかわいいよな。ニワトリバカの自覚はある。ほっとけ。

上に行く道を上ってもらって、突き当たりの開けた場所が終点だ。おかしいな、ついこの間草刈りをしたばかりなんだが……。

「こんなところに、お墓があるんですね。うちの山にもきっとあるはずですよね……」

「相川さんは売り主さんには聞いていないんですか？」

「墓ももちろんあったはずなんですが必要なお骨は町の方に持って行ったと聞いたんですよ。でもずっと山で暮らしていた人々のお墓は、あるはずです。今度聞いてみます」

近くの川で水を汲《く》み、墓を掃除する。周りの草刈りは相川さんが買って出てくれた。ありがたいことである。

「コスモスが咲いていますね」

「あ、本当だ……」

「これは残しておきましょう。きっと誰かが植えたのでしょうから」

「そうですね」

もしかしたら雑草だと思って抜いていたものの中にもコスモスがあったかもしれない。悪いことをしたなと思った。墓から少し離れたところで、コスモスが固まって咲いていた。

「あまり雑草が多いと来年も育ちませんから、抜けるだけ抜いていきますね」

「ありがとうございます」

「……こっちの木もだいぶ育ってますね。切れるなら切った方がもっと日当たりはよくなりそうです」

「そうですよね。そっちが村なのでできれば見通しよくしたいとは思ってるんですけど」

「うーん、じゃあだめになっている家屋の解体のついでに、できたら切りましょうか」

「そうしていただけると助かります」

「ちょっと仲間と相談してみますね」

「お願いします」

相川さんがいろいろ見てくれると話が早い。十一月頃に家屋を解体し、ここの木も切ればかなり様相が変わっていくだろう。想像しただけでわくわくしてきた。

ユマはトットットッと移動しながら草をつついている。きっと虫がいるのだろう。タンパク質、自力で取らせてごめんな。

線香に火をつけて、相川さんと一緒に手を合わせる。顔も見たことがない人たちだけど、この山で暮らしてきた人たちだ。敬意は払わなければいけないと思っている。少しぼうっと線香の煙を眺めていた。まだまだ日中は暑いが、風が吹けば爽《さわ》やかだ。

「相川さん、ありがとうございます」

「いえいえ、気が付いていなかったことに気づけました。こちらこそありがとうございます」

互いに頭を下げあって、片付けをして撤収した。線香の火もきちんと消して持ち帰りである。山火事になんかなったらたいへんんだ。

帰りもユマは荷台に乗ってもふっとなった。うん、癒される。

「そういえばザリガニ持って行かれたんですよね。リンさんたち、どうでしたか？」

「ああ、ありがとうございました。とても喜んでいましたよ。リンとテンは基本自力で餌をとっていますし、毎日食べる必要がないのでなんというか山の同居人みたいなかんじですね。それでも夜は家に戻ってきて寝てくれますから寂しくはないですけど」

「確かにそれだと同居人っぽいですねー」

家に戻って片付けをしたり、朝のうちに干してもらった布団を取り込んだりと慌ただしく作業をした。俺はほとんど何もやってないけどな！

こうしてみると誰かとの暮らしっていいなと思う。ただこれは俺がお世話になりっぱなしだから思うことで、きっと怪我も何もなかったらうっとうしく感じるかもしれない。そんなことをぼんやり考えていたらＬＩＮＥが入った。

桂木さんからだった。

「不便なこととかないですか？　買い出しぐらいなら私もできますよ！」

あんなに山を出ることを渋っていたのが嘘《うそ》のようだ。

「相川さん、桂木さんが買い出しぐらいならしてくれるというんですが……」

「え？　肉も野菜も買ってきましたから大丈夫ですよ」

さらりと答えられた。それ、俺聞いてないんですが。

「相川さん、お金……」

「僕も食べるんですからいりませんよ」

にっこりしないでほしい。

「だめです。相川さんは俺の世話をしてくれているんですから、相川さんの分も俺が払うべきです」

更に謝礼も必要だ。こういうことは甘えっぱなしではいけない。

「佐野さんは真面目ですね」

困った顔してもだめだからな。絶対払わせてもらうし、もし受け取らなかったら謝礼金を増やしてやる！　絶対に受け取ってもらうぞと俺は意気込んだのだが。

「佐野さん、今回のことは恩返しの一部ですから、僕が必要以上と判断した分は受け取りません」

相川さんはきっぱりと言った。

恩返しって、実際俺は何もしていないと思う。俺がしたことと言えば一緒に町に買物に行ったぐらいだ。それも自分も買物がしたくて行ったのだから恩になんて感じてもらうことじゃない。そう言ったらため息をつかれた。なんなんだ、いったい。

「佐野さん、これは僕の思いなんですよ。佐野さんが何一つ負担に思うことなんてないんです。あの時、僕一人だったら間違いなく逃げていました。彼女が追いかけてきたんじゃないかって誤解して、手紙を受け取ることになって、今でも疑心暗鬼にかられていたと思います。だからあの時佐野さんが付き合ってくれて、一緒に話を聞いてくれた。それが何にも代えがたいんですよ」

俺が思っていたよりも相川さんがあの時のことを感謝している、というのはわかる。相川さんをストーキングしていた女性の兄妹《きょうだい》と直接話をしたから、その女性からの謝罪の手紙も受け取らないで済んだ。だから長年相川さんを苦しめてきた出来事はあれで終わったのだ。

「でも……それで俺が調子に乗ったりしたらまずいでしょう。こんなに親切にされて増長しない自信なんて俺にはありませんよ」

　そう言うと相川さんは笑った。

「佐野さんは本当に真面目ですよね。佐野さんは増長なんてしませんよ。気になるのでしたら、もし僕が困った時はまた助けてください」

「そんな……」

「話はこれで終わりです。さーて次は何をしましょうかー」

　相川さんは一方的に話を切り上げると、カマを持って家の周りの雑草を刈りに行ってしまった。いや、それはすごく助かることなんですけれどもそうじゃなくて……。

「俺が相川さんを助けられる場面なんかあるわけないじゃないかー……」

　とりあえず桂木さんには「足りてる。大丈夫」とＬＩＮＥを返しておいた。俺自身は何もしていないのになんでみんなこんなに親切なんだろうな。

　何かお礼、と考えるも自分にセンスがないから困る。

　とりあえず今は指を治すことに専念しよう。

　考えるのは後だ後！

　指を負傷してから四日目も桂木さんからＬＩＮＥが入った。怪我の具合はどうかということと、買い出しは？　との伺いだった。相川さんが「必要ありませんと返事してください」とにっこり笑んで答えた。やっぱり妙齢の女性は苦手のようである。

　まだ指の絆創膏《ばんそうこう》が外せそうもない。大分治ってきたとは思うんだけどな。

「そろそろ絆創膏ははがしても……」

「だめですよ」

相川さんに、目が笑っていない笑顔で止められた。はい、申し訳ないです。

そしてまったりと日数が経《た》った。

なんとも長い一週間だった。相川さんのおかげでかなり楽をさせてもらったと思う。絆創膏も外せたし、もう大丈夫だ。桂木さんからも連日ＬＩＮＥが入ってきたが、「必要ありませんと返してください」と相川さんに言われたので毎回断っていた。それでも桂木さんはめげなかった。すごいな、と少し感心した。

「本当にありがとうございました」

と頭を下げる。今日帰るのでアメリカザリガニを捕れるだけ捕っていくそうだ。相川さん、今日帰るんだよとニワトリたちに伝えたら、ザリガニ捕りをタマも手伝うことにしたらしい。さあ行くわよ！　と言わんばかりにふんすふんすと鼻息を荒くしていた。いや、あのタマさん、競争じゃないんですけど。あんまり調子に乗って泥だらけとかは勘弁してほしい。

「いやあ、佐野さんちのニワトリさんたちは本当に面白いですよね。うちも三匹買えばよかったかな」

「……そ、それはすごそうですね」

大蛇が三人（相川さんちのリンさんテンさんについては一人二人と数えたくなるのだ）もいたら合体してキングギドラになりそうだ。火なんか噴かれたら山火事になってしまう。キングギドラ危険。（火じゃなくてあれは引力光線だっけ。意味ワカンネ）

「でも三匹もいたら軽トラに乗らないかもしれませんね。それはやっぱり困るな」

重さはともかく横幅が、とか考えると少し難しいかもしれない。

ザリガニはまたバケツ一杯分捕れた。だからいつになったら少なく……来年は少なくなるよね！

そういうことにしておこう。今から先のことなんてあんまり考えたくない。つか、来年も多かったらへこむ。

「何かあったら連絡ください。すぐに駆けつけますから」

「はい、わかりました」

「絶対！　ですよ」

相川さんは念押しして帰って行った。うん、イケメンのオカンだ。

オカン、ありがとうと西の山に向かって手を合わせた。

今日やるべきことも相川さんがあらかたやってくれたので俺はすることがない。昼食も食べた後なので眠い。

相川さんが帰ってしまうとポチとタマは用事は済んだとばかりにツッタカターと山の奥へ駆けて行ってしまった。お前らな、今日から洗うのは俺なんだからお手柔らかに頼むぞ。（聞いてくれたためしはない）

ユマを見やる。大分背が伸びたなと思う。

「ユマ、昼寝しよっか」

「スルー」

うちに戻って俺は土間の近くに寝そべって。ユマは土間でも俺の近くでもふっと座って。そうして俺たちは穏やかに、二人きりでまどろんだのだった。

そうだ、夕飯どうしよう。食材あったかな。

4　一応治りました

……うん、相川さんが西の山に帰ってもちゃんとやれた。あちこち手をぶつけてその度にうずくまっていたりはしたけど！　それ全然できてないじゃん！　とかいうツッコミはいらない。（誰に向かって言っているのか）

やっぱり作業をする際は絆創膏を貼った方がいいという結論になった。それでも縫ってもらったから治りは早いと思う。

俺が指を負傷したことで鳥居作りは後日という話になったようだ。別に俺のことは気にせず養鶏場の方で作ってくれればいいのにと思ったが、実際そんな暇はないのだろう。誰かがやるなら一緒に、という程度の話だったみたいだ。

相川さんが帰った翌日は山の中を見て回った。相川さんに指摘された箇所を再度チェックして必要な物品をリストアップしていく。それにしても涼しくなってきたら蚊が多くなるのが困りものだ。昼間はそうでもないのだが夜のうちに雨が降っていることが多いらしく、朝起きるとそこかしこに水たまりができていたりする。泥だらけになるほどではないが蚊が増えるのは本当に困る。それでもユマがけっこう器用に飛び上がったりしてぱくりぱくりと食べてくれるので家の中では蚊の被害はない。って、ニワトリって蚊も食べるんだっけ？　今更か。

畑の抜き取りはそろそろ真面目にやらないといけないだろう。秋植えをしないと間に合わない。

そんなことを考えていたら桂木さんから恒例のＬＩＮＥが入った。

「指の具合はどうですか？　買い出しが必要なら言ってください！」

これは一度ぐらい頼んだ方がいいんだろうか。でも自分で行った方が早いしな。それにそろそろおっちゃんちにも顔を出さないといけないし……。

「大丈夫です、ありがとう」

と返したら今度はＬＩＮＥで電話がかかってきた。うわあ。

あまり出たくないと思いながらも電話に出る。

「佐野さん！　なんで頼ってくれないんですかあっ！」

電話越しに怒鳴られた。

「いや、相川さんが帰宅ついでに買い出し行ってくれててさ。だから特には……」

「昨日相川さん帰ったんですよね⁉　私知ってますよ！」

「買物なんて毎日行く必要ないだろ……」

基本俺一人なわけだし。ニワトリたちにタンパク質が欲しいようなことを言ったら、昨日相川さんが豚肉を買ってきてくれたのだ。ありがたいことである。

「気にしなくて大丈夫だから。指もだいたい治ったから明日おっちゃんちに顔出す予定だし……」

「そうですか？　運転できなそうだったら言ってください！　足ぐらいにはなりますんで！」

「大丈夫だってての」

桂木さんは何をそんなに張り切っているのだろう。もしかして相川さんと似たような理由なんだろうか。まぁ、山暮らし同士連絡は密にしておいた方がいいだろうし、何かあった時はお互いさまだとは思うけど。

「そういえばもうすぐ四連休だな」

「どこか行きますか⁉」

「いや、行かないけど……」

話をそらそうとして失敗した。

「じゃあなんで四連休……不法投棄対策はしないといけませんね」

「そうだね」

でも確か、と思い出す。おっちゃんやおばさんが山菜採りをしに来ると言っていた気がする。知り合いには四連休に集中して山菜採りをしてもらえば、不法投棄もしにくいんじゃなかろうか。

「明日おっちゃんに相談してみるよ」

「えっと、それって私も行っちゃだめですか？」

「不法投棄対策の話？」

「ええまあ……」

「だったらおばさんに連絡しといてくれ。俺はおっちゃんに話すから」

どちらか一方がまとめて連絡した方がいいのかもしれなかったが、今回はもうさすがに面倒だった。指はもう治ってきてはいるけどそれでも思うように動かせなくてストレスが溜《た》まっている。今夜は早く寝ようと思った。

「おっちゃん、明日行くからよろしくー」

「おー、ごみはまとめて持ってこいよー」

食べ物のごみは畑の横に埋めればいいが、プラスチックや紙ごみなどを山に捨てるわけにはいかない。家庭ごみはおっちゃんちに預けて、そうでないものは自分でごみ処理場に運んでいる。これは前にも言った気がする。

明日は昼頃来いと言われた。昼食をいただけるらしい。桂木さんもおばさんに連絡したらしく、「お前ら一緒なんだろ?」とおっちゃんに言われた。用件は多分同じかと思われる。山菜採りの話だと本当は相川さんにも聞いた方がいいのかな。あっちこっちに連絡しないといけないとか考えたらやっぱり面倒だった。

で、相川さんに電話した。

「秋の山菜採りってきのこがメインですよね……看板のチェックをしないといけないなぁ……」

相川さんは困ったように言っていた。きのこ狩りはこっちが思っているより難しい。シイタケかと思ったら実は毒キノコだったなんてざらにあるし。おっちゃんとおばさんはベテランらしくあやしいと思ったものは絶対採らないのだとか。うん、それぐらいの慎重さは大事だと思う。

「看板っていうと、私有地につき、ってやつですか」

「知り合いならいいんですけどね、時々勘違いした人たちが町からやってくるんですよ」

「ああ……」

山に所有者がいるとは微塵《みじん》も思っていない人たちだろう。

「なので猟友会を通じて周辺の見回りを頼んでいます。もちろんお金は払ってますよ」

うん、お金は大事だ。そんなたいへんなことボランティアとか冗談じゃない。

「猟友会以外でも頼めるところとかあるんですかね」

「一応シルバー人材センターのようなところはあるみたいです。そこだと用途によって料金が決まっていますから話はしやすいかもしれません」

「ありがとうございます」

俺ってなんにも知らないよなぁと反省しながら電話を切った。

今日もタマとユマは卵を産んでくれた。俺、幸せ者だと思います。


夕方である。泥だらけのニワトリを洗うのが難儀です。ニワトリ洗い、一時的にでも誰かに依頼したい。

……無理だけど。

さすがに相川さんが来ていた時は遠慮していたのか、あまり汚れて帰ってはこなかった。でも相川さんがいなくなった途端泥だらけ、砂まみれになって帰ってくる。あのさ、一応俺の指治ったたって言っても完治したわけじゃないのよ？　まだ痛むのよ？　って言っても聞いてくれないだろう。一週間我慢してくれたんだからしょうがないかーと諦《あきら》めて洗っている。まぁだいたいのことはゴム手袋を使えばどうにかなる。時々変な角度で羽が刺さって痛い。基本的にそんなに羽は固くないのだが、怪我《けが》をしているところに触れたらなんだって痛いのだ。

ユマとも一緒にお風呂《ふろ》に入るのを再開した。

「オフロー！」

すごく喜んで、珍しく湯舟の中で羽をばしゃばしゃしていた。濡《ぬ》れる濡れる。かわいい。

「サノー、オフロー！」

「うんうん、わぷっ！」

口にお湯が入った。息できないって。

さすがにいつまでもはばしゃばしゃしなかったので、その後二人でぼけーっとした。やっぱ幸せだなってしみじみ思った。

注意一秒怪我一生とはよく言ったものだ。ちょっとの油断で怪我をして、それがまたそう簡単には治らない。ニワトリたちに寂しい思いをさせてしまったし、俺も指が使えないことでかなり不便を強いられている。これからも気を付けないといけないなと改めて思った。

「ユマ、熱くないかー？」

「アツクナーイ」

かわいい。本当にユマはお風呂好きだ。洗い場でブルブルしてもらって水気をできるだけ切ってからバスタオルで丁寧に拭《ふ》いていく。冬になったらドライヤー必須《ひっす》だろう。それよりもストーブかな。石油、買ってこないと。

そんなことを考えながら寝た。

翌朝もタマとユマの卵をもらって元気いっぱいです。

で、ちょっと調子に乗ったらしく指をまた鍋《なべ》にぶつけたりした。

「～～～～っっっ‼」

ポチとタマにすんごく冷たい目で見られました。ねえひどくない？　身体《からだ》とか洗ってあげてるのにひどくない？

はあはあ荒い息をついて、ニワトリたちに聞いてみた。

「……今日はおっちゃんちに行くけどどうする？　そんなに長居しないから、夕方前には帰ってくるけど」

「イクー」

「アソブー」

「イクー」

はいはい、タマさんはパトロールと。ポチはどちらかといえばお出かけが好きなようである。タマは、うちの山はアタシが守るっ！　ってタイプかな。決してインドアとは言わない。思いっきりアウトドアだ。最近裏山まで頻繁に出張してるんじゃないかと思うこともある。なんか見たことがない葉っぱとかつけてたりするんだよな。クマとかに遭わないことを祈る。

昼前から出かけるということでポチも近くにいてくれた。家の周りや空き家をさぐってマムシを捕まえていた。

いる？　って顔をされたのでありがたくいただくことにした。パトロール中に見つけたのは普通に捕食してるんだろうな。

「ポチ、ありがとうなー」

マムシなんて噛《か》まれたらたいへんだから捕まえてくれるのは本当にありがたい。ペットボトルに入れて、と。おっちゃんへのいい土産ができた。

「あ、そっか……手土産……ビールでいいよな」

シカ肉ＢＢＱの時に、今度持って行こうと思っていたのだ。二十四缶入りを一箱でいいだろう。

途中雑貨屋に寄って買ったら、

「宴会でもあるのかい？」

と聞かれた。

「いえ、ただの手土産ですよ」

「ほーう、豪儀だねえ」

ビール二十四缶入り一箱で豪儀だなんて大げさだ。

「いやいや……」

と手を振っておっちゃんちに向かった。「今日は煎餅《せんべい》はいいのかい？」と聞かれたから俺は煎餅を買いすぎだと思う。手土産にも自分のおやつにもなるんだから煎餅は優秀じゃないか。だから誰に言い訳を（略）。

おっちゃんちに着くと桂木さんの軽トラがあった。本当に女性は行動が早い。特に食が絡むと手伝いがあるから余計なんだろう。この村では、男は飯時はふんぞり返っているものだ。男が台所に立つなんてとんでもない！　という前時代的な風習がまだ残っている。だから桂木さんも村では村のやり方に従っている。確かに波風立たないようにするにはそれが一番だろう。俺的には少しもやもやしてしまうのだけれども。

ポチとユマを降ろしたところで桂木さんが出てきた。

「あ。佐野さん来ましたよー」

家の中に声をかけてくれた。

「指はどうなりました？」

「あるよ」

「あるのは知ってます！」

そっか、知ってたかー。玄関に顔を入れて、

「こんにちはー。ポチとユマ、畑に行かせていいですかー？」

と聞いた。「いいわよー」とおばさんの声が聞こえたのでそのように指示した。ポチとユマはツッタカターと畑に駆けて行った。基本的に秋植えをほじくり返したりはしないから大丈夫だろう。桂木さんにビールを持ってもらい家の中に入る。さすがにマムシを見た時嫌そうな顔をされた。

「おっちゃーん、マムシ捕ってきたよー」

ドタドタドタと音がしておっちゃんが廊下を駆けてきた。

「おー！　昇平ありがとなー！」

おばさんがなんとも言えない顔をしている。確かに、家の横にある倉庫の棚はすでにマムシを入れた酒でいっぱいだ。まだ増やすのかと呆《あき》れているに違いない。俺は内心おばさんに謝った。

「もう、そんなにマムシばっかり集めてどうするのよ。三年漬けるったって、三年後にはアルコール依存症まっしぐらじゃないの」

「いくらなんだって一人で飲むわけねえだろ！」

ああああ、夫婦喧嘩《ふうふげんか》の要因に……。

ハラハラしていたらおばさんはバツが悪そうな顔をした。

「昇ちゃんはひとっつも悪くないのよ。今日のはかば焼きにしましょうね」

「そ、そんな～」

おじさんが情けない声を出していたが、マムシのかば焼きはおいしそうだと思った。

マムシは一匹では終わらなかった。クアークアックアッと珍しく鳴いてるなと思ったら、ユマが畑でマムシを捕まえたらしい。秋もけっこういるものだ。怖い。

「あら、ユマちゃんが捕まえてくれたの？　ありがとうねー」

おばさんがにこにこしてマムシを首のところでむんずと持って受け取った。強い。強すぎる。良い子は決して真似《まね》しないでほしい。

ちなみに尻尾《しっぽ》を持つのは危険だ。筋肉の塊なので身体を起こして噛んできたりするらしい。こわっ。

「かば焼きが増えたわよー」

「おー」

おっちゃんが喜んでいる。蛇はマムシだけじゃないからある程度いなくなっても困らないしな。

「あー、蛇やだわー」

とか言いながらもおばさんがすごいスピードでマムシをさばいていく。ヤマカガシなんかよりよっぽど楽だと言っていた。そういえばヤマカガシは毒の部分が面倒みたいだった。確か二か所ぐらい毒があるんだっけ？

少し粉をまぶして焼いて、うなぎのタレと一緒に改めて焼いたマムシは少し丸まったような状態になっていたが十分おいしかった。

もちろん鶏《とり》の唐揚げも漬物も煮物もおいしかった。おばさんのごはんは最高だ。

食べ終えて落ち着いたところでここ一週間の経過と、山菜採りにはいつ来るのか聞いてみた。

「連休中がいいかしらねぇ。ご近所さんにも声かけていいんでしょ？」

「ええ、俺は山菜とかわからないので採りませんし」

「そうね、いっぱい採れたら声かけるから食べにいらっしゃい」

「はい、ありがとうございます」

「お礼を言いたいのはこっちの方よ～」

うちの山の麓《ふもと》の柵《さく》の合鍵《あいかぎ》を持っているのはおっちゃんだから、必然的におっちゃんが知り合いを連れてくるという形になる。おっちゃんちの畑の後ろも山なのだが、その山では思ったより山菜は採れないのだそうだ。取り尽くしたかもしんねえなーとおっちゃんはガハハと笑っていた。

「うちの山も声をかけていただければ開けますので」

桂木さんがにこにこしながら言う。

「そう？　悪いわねー」

この辺りの年寄りはきのこ狩りもお手の物だ。でも暮らす場所としては山を手放している人が大半なので、うちや桂木さんのように山を開放する者がいると喜ぶという。

詳しく聞くとおばさんはきのこの見分けはつくが、おっちゃんはそこまで厳密には見分けがつかないのだそうだ。だからきのこ狩りをする場合はおばさんが率先して行うのだという。

「きのこだけじゃなくて、どうしても山じゃないと採れないものもあるからね～」

こちらとしても人が来れば不法投棄目的でやって来るのが減る。いいことだと思う。

「そういえば相川さんの山もかまわないと言っていましたよ。一応事前連絡は必要ですが」

「植生が微妙に違うからなぁ。そりゃあ楽しみだ」

おっちゃんがにこにこしている。こうして連休中はおっちゃんたちが山菜採りに来ることになった。

「指、本当に大丈夫か？　少しでも異常を感じたら医者に行けよ？　行けそうもなかったら電話しろ。すぐに駆けつけるからな」

「ありがとう、おっちゃん。でも大丈夫だと思うよ」

痛いは痛いけど。マムシを食べてすごく元気になった気がする。やっぱ滋養強壮にいいのかな。

俺もちょっときのこを採ってみたいと思うこともあるのだが、そういう人が一番危険らしい。素直に言うことを聞いておとなしくしていることにした。俺じゃニラとスイセンの区別も多分つかないしな。一応紫陽花《あじさい》が毒だってことぐらいは知ってるし、スズランもああ見えて毒持ちだってことは知ってる。自然界には意外と毒を持っているものが多いのだ。

帰り際に桂木さんに声をかけられた。

「指、本当に大丈夫なんですか？」

「くっついてるから平気じゃないかな」

「もう、またそうやって茶化して！」

いや、くっついてるって重要だと思うんだけど。ホント、切り落とさなくてよかった。軍手さまさまだったと思う。

「意外とどうにかなってるから。困ったら声かけるって」

「本当ですか？　私にいいカッコする必要なんてないんですよ？」

いいカッコなんかしているつもりは全くないんだが、ここまで治ってくると自分でやった方が早い。すぐ調子に乗って「いってーっ！」とか叫んでるけど。俺、学ばなすぎ。

「桂木さんも山菜採りするんだっけ？」

「はい。きのこは怖いから採りませんけど」

とても正しいと思う。

「じゃあ山菜採りしたら呼んでくれよ。ごはん食わせてもらえると助かる」

「わかりました！　腕によりをかけて作りますので覚悟してくださいね！」

そう言って桂木さんは上機嫌で帰って行った。山菜料理を、腕によりをかけて作るってどんな状態なんだろう。まぁ天ぷらは確かに手間だよな。

ポチとユマを乗せる。帰りがけにポチが誇らしげに、また捕まえたマムシを見せてくれた。意外といるんだな。

「えー、そんなにいたの？　怖いわねぇ」

おばさんが珍しく蒼褪《あおざ》めていた。この分だと他の家の田畑にもそれなりにいるかもしれない。

「あんまり見るようだったら臨時で派遣してもらうかもしれねえな……」

何をって、ニワトリをだろう。マムシは十月頃まで見るし、この時期は何気ない場所にいるからかえって危険だったりする。田畑がある家の周りに出てきたりするから注意が必要だ。（この辺りが山間部だというのもある）

マムシを捕ってくれたからとお駄賃をもらった。それだけではなく野菜もたんまりもらってしまった。ありがたいことだ。

なんか忘れた気がするな、と思いながら帰宅した。

まだタマは帰ってきていない。ポチが遊びに行きたくてうずうずしているようだったから、

「帰りにタマを連れてきてくれよー」

と言ったら、「ワカッター」と返事をして勢いよく駆けて行った。うんうん、運動不足は敵だ。

野菜を台所に運んでから思い出した。

「あ。スズメバチの巣……」

近々桂木さんの山を見に行かなければならないだろう。巣を食べているのがドラゴンさんならいいけど、そうでなかった時がたいへんだ。

桂木さんのところへは四連休が終わってからみんな（おっちゃん、相川さんも一緒に）で行くことにした。四連休中はおっちゃん夫婦とおっちゃんの知り合いが山菜採りに来ることになっている。つっても麓付近で勝手に採って、帰りに連絡が来るぐらいだから俺が何かする必要はない。柵の合鍵はおっちゃんに渡してあるから俺は普段通りに過ごした。

四連休ということでちょっとした懸念事項があり、少し警戒はしていた。この時点で桂木さんの問題はまだ解決していなかったのだ。

桂木さんちで山菜料理をごちそうになったりし、親からのいつ帰ってくるのよコールをごまかしたりして過ごした。

結局四連休中は平和だなと気を抜いていた最終日、採った山菜を料理するから食べに来いとおっちゃんに誘われたので出かけたら、雑貨屋で例のナギさんに遭遇してしまった。ごみ拾いウォーク

にわざわざ参加し、桂木さんの居場所を探していたストーカー気質のナギさんである。

彼はあろうことか俺の軽トラの後をつけてきた。

桂木さんに連絡をしたり、桂木さんがおっちゃんとおばさんに事情を話したり、相川さんを呼んだりなんだりして、結果的に桂木さん問題はようやく解決した。

一番の功労者はやっぱりドラゴンさんだと思う。ナギさん、ドラゴンさんを受け入れられない人は無理って桂木さんに言われたけど、実際のドラゴンさんを見て超びびってたもんな。

彼は這《ほ》う這うの体で逃げ帰った。なんか拍子抜けだったけど、終わってよかったと思う。

桂木さんが相変わらず「相川さんには負けませんよっ！」とかわけのわからないことを言っていた。相川さんもそうなんだけど、俺の世話なんかしても一文の得にもならないから止《や》めた方がいいと思う。

みんな人がよすぎるよなー。


日が落ちる前におっちゃんちを出た。

帰宅して一瞬ぼうっとしてしまった。あれ？　今日って俺何しに行ったんだっけ？　おっちゃんちに呼ばれて山菜を食べに行ったんだよな？

首を傾《かし》げてユマを見た。もう桂木さんは大丈夫だろう。ナギさんももう絶対来ないだろうし。

ユマがなーに？　と言うように俺に合わせて首をコキャッと傾げた。ホント、なんでこんなにユマはかわいいいんだろうか。

家に着いた時には暗くなってきていたから、珍しくタマが家の前にいた。

「タマ、遅くなってごめんなー」

「オソイー」

「タマ、そこは〝今きたとこ〟って言うところだろ」

相変わらず視線が冷たいですタマさん。冷え冷えです。他愛ない冗談じゃないかー。

急いでみんなをざっと洗って拭《ふ》いて家の中に入れた。もう表は真っ暗だ。家の中に一緒に入ってきた虫はニワトリたちがシュババッと捕って食べてしまった。うわあ、いいタンパク質。おかげでうちの中ではほとんど虫の姿を見ない。あ、でも奥の部屋とかどうだろうなー。また大掃除しないとだめかもしれない。

とりあえず明日は何もないからいろいろ掃除することにしよう。指は順調に見た目だけは治っている。ただどうも内側は治っていないのか、やっぱり神経をやってしまったのか時折痛む。誰にも言えないけど。

「イタイー?」

俺がよほど顔をしかめていたのか、ユマがコキャッと首を傾げた。

「大丈夫だよ。ユマは優しいなー」

顔を上げるとポチとタマも窺《うかが》うようにこちらを見ていた。ニワトリたちは本当にかわいいなと思う。ポチとタマなりに心配してくれているのだろう。日が短くなってきたから急いで夕飯も用意することにした。

野菜くずと野菜の盛り合わせに豚肉を添えて出してやった。モリモリ食べてくれた。うん、うちのニワトリたちは本当に以下略。

連休も終わったし、そろそろじいちゃんの墓参りに行かないとな。連休中に母親から催促の電話もあった。伯父さんが俺に話があるとかなんとか言ってたな。ため息をつく。

誰にも会わないで済むならそれが一番いいのだが。

5　実家に行くことになりまして

翌朝になって、桂木さんに頼まれていた昨日の分の買物のことを思い出した。（四連休はナギさんを警戒して俺が買い出しを申し出たのだ。山菜をごちそうになったというのもある）

あれから桂木さんは買物して帰ったんだろうか。やっぱり買い出しに行った方がいいんだろうか。

一昨日《おととい》ＬＩＮＥで送られてきた買物リストを眺める。

「おはよう。買い出し、どうしたらいい？」

とＬＩＮＥを送った。いい男ならここで買い出しして、「買い出ししておいたよ」とか連絡するところなんだろうか。悪いけど俺はいい男じゃないからなぁ。

「おはようございます。電話しますー」

とすぐに返ってきて、電話が鳴った。

「もしもし……」

「昨日はありがとうございました！」

「ああ、うん……」

朝からけっこうなテンションである。

「買い出しは大丈夫です。お騒がせしました。自分で行きますので！　それより佐野さんも買い出しが必要だったら言ってくださいね、いつでも行きますから！」

「え？　うん、大丈夫だよ？」

張り切ってるなという印象だ。

「昨日、山中さんと実家に電話したんですよ」

「そうなんだ。どうだった？」

「ええと、怒られちゃいました」

目の前にいたら舌でもぺろりと出していそうだなと思った。

なんでそんなたいへんなことが起きていたのにすぐに連絡をくれなかったのかと山中さんには怒られ、ＧＷからの話もやっとしたので実家の両親にもすごく怒られたそうだ。特に父親が怒髪天を衝《つ》く勢いらしく、ナギさんを文字通りぎったんぎったんにしに行きそうになったという。

俺や相川さん、そしておっちゃん夫婦がいろいろ気にかけてくれたから大丈夫だと宥《なだ》めたら、今度はお礼をしに行きたいと言い出したとか。いや、そんな必要ないから。

それには桂木さんの母親も乗り気らしい。特に俺に会いたいと言っているそうだ。いったいどんな話をしたのだろう。ちょっと怖い。

「なので、もしかしたらそのうち、うちの両親がお礼に来るかもしれません。その時は是非顔を出してくださいねっ」

「お礼とか……全然そんなの必要ないからさ。お互い様だし……」

「お互い様とか言って、私ずっと佐野さんに助けられっぱなしなんですけど！　全然佐野さんの役に立ててませんよ？」

「あー、まあそれはそのうちでいいんじゃないかな」

女の子にしてもらうようなことって特にないし。

「タツキさんがシカ捕ってくれたじゃん。おいしかったよ」

「あれはタツキの功績じゃないですかー」

「いつもごちそうしてくれるだろ」

「あんなのごちそうのうちに入りませんよ！」

なんで相川さんといい桂木さんといい俺になんかしたがるんだろうな？　俺こそ何もしてないんだが。

首を傾《かし》げる。一つ思いついたことがあったが、それを桂木さんに頼むのははばかられた。実家に行ったとして、一時間ぐらいああでもないこうでもないと母親に文句を言われればいいだけの話だ。

「本当に私、佐野さんの力になれることないですか？」

いい子なんだよな。

「んー、だったら自分で一番かわいく撮れてる写真でも送ってくれよ。親に彼女できたから心配しないでくれって見せるから」

ダメ元で言ってみたら、

「いいですよ。後でいいですか？」

あっさりと許可が下りてしまった。

「え？　いいの？」

ちょっと驚いた。嫌です、って即答されると思ったのに。

「いいですよー。なんでしたら一緒にご挨拶《あいさつ》だって行きますよ。私も実は頼もうと思ってたので」

「えええ？」

俺はともかく桂木さんは俺でいいのか？　と思う。

「うちは父親が心配性なので、まだフリーだって言ったらこっちに住むとか言いかねないんですよね。佐野さんと付き合ってることにすれば安心させられるかなーって」

「俺で安心するもん？」

「隣山ですから」

それはそうかもしれないと納得した。隣山ならなんかあった時すぐに助けに行けそうだよな。実際はそんなすぐになんて無理だけど。軽トラでうちから桂木さんの山の家のところまで行こうとしたら、最短でも二十分はかかるだろう。

「写真、見繕って送りますねー」

「ああうん、ありがとう」

これで親からの追及が回避できたらいいなと思った。

それにしても桂木さんてドライだな。はっきりと歳《とし》は聞いてないけど俺より二、三歳は若いはずだ。高校なんかでも高三になったら高一が宇宙人みたいに見えたから、多少ギャップがあるのかもしれない。

……桂木さんから送られてきた写真に写っていたのはいわゆるギャルだった。周りがいっぱいデコられててよくわからなかったので、「却下」した。

「ええー？　サイコーにかわいいじゃないですか！」

「かえって心配されそうだからいいや……」

「もー、わがままですねー」

え？　それって俺がわがままとかいう話なのか。首を傾げる。やっぱり若い娘はよくわからない。

すぐにあまりデコってない、二十代前半のフツーにかわいい桂木さんの写真が送られてきた。うん、これだよこれ。

つか、こんなにかわいい子を本当に俺の彼女だよとか紹介していいもん？　ちょっと悩んだ。

とりあえずお礼のＬＩＮＥを入れた。

「ありがとう。明日にでも行ってくる」

「実家に行かれるんですよね。ニワトリさんたちどうしますか？　うちで預かりますか？」

「日帰りで行くつもりだからいいよ。泊まりになりそうなら相川さんに連絡しとくから大丈夫」

「ええー。もっと頼ってくださいよー」

これ以上頼るわけにいかないだろう。

「写真ありがとう」

と返した。

「ええー」

とまだ不満そうだったがしょうがない。女の子に無理をさせる気はない。

一応話合わせも兼ねて、相川さんに連絡した。祖父の墓参りついでに実家に寄ること。親の説教をかわす為《ため》に桂木さんの写真を見せて彼女だと言うことも含めて。

「桂木さんが佐野さんの彼女になったんですか？」

相川さんは驚いたような声を出した。いいえ、偽装です。

「写真をもらっただけですよ。だから突っ込まれるとすぐにボロが出ます」

「親って意外と鋭いですよ。付き合い始めたばかりぐらいにしといた方がいいと思います。ああでも、付き合い始めだと普通はラブラブってかんじですよね。桂木さんを好きで好きでたまらないって自分に暗示をかけるぐらいでないと、バレるかもしれませんよ？」

「マジですか⁉」

暗示がかかりすぎて本気で付き合ってるとか思い込んだらやヴぁい。そうなったら俺、ただのイタイ人じゃないか。ナギさんの二の舞になることだけは避けなければならない。

「写真、見せない方がいいですかね……」

「桂木さんから付き合ってほしいと言われたって設定にすればなんとか……」

「それは彼女に失礼なような……」

こんなことで悩むとは思ってもみなかった。

「あとは、写真だけ見せて急いで帰ってくるぐらいですかね」

「……じゃあそれで」

実家に行きたくない。墓参りだけ行って実家に寄らずに逃げてくるか。でもそれをしたら毎日電話が鳴りそうだ。それも嫌だ。

「じいちゃん、助けて……」

しょうがない。じいちゃんの墓参りついでに祈ってくることにしよう。情けないにもほどがある。

とりあえず今日は山の上の墓の手入れもしに行くことにした。神様じゃないけど、少しはご利益があるだろうことを期待して。それこそなんて罰当たりなとか言われてしまうんだろうか。でも今手入れしてるのは俺だけだしなぁ。

またユマがついてきてくれて、草刈りをしている間虫を食べたりと好きに過ごしてくれた。時折頭を上げて風を感じているような姿を見て、幸せだなと思う。まだ秋も始めだから雑草は元気いっぱいだ。コスモスだけは抜かないように注意した。

翌日の朝、俺は行きたくない気持ちにどうにか蓋《ふた》をして朝食の用意をした。もうタマとユマの卵が癒しだ。もちろん本人たちも癒しである。食べさせてから今日の予定を話した。

「……今日はどうしても遠出をしなきゃいけないから、ユマのことも連れていけないんだ」

ユマにそう伝えたらすごくショックを受けたような顔をしていた。俺だって、俺だってかわいいかわいいユマと離れるのは嫌なんだ！　できることなら一緒に連れていきたい！　……でもだめなんだ。

ユマがしょんぼりしているのがわかる。ううう、俺だって、俺だってぇ。

「夕方には帰ってくるから、あんまりはめをはずすなよ。もし今夜帰ってこれないようなら相川さんに一度見に来てもらうことになってるから」

ユマがすんごく近くまで来た。嘴《くちばし》が触れそうである。俺は思わず首を後ろに動かした。

ユマの目が据わっているように見える。

「カエル」

「うん」

「キョウ、カエル」

「うん、そのつもりだよ」

ユマの羽を撫《な》でる。

「キョウ、ゼッタイ、カエル」

「が、がんばります……」

もう一歩近づかれる。もう顔がなんだかわからないものに見える。ユマさんの圧がすごい。うん、俺がんばるよ！　実家で泊まりとか絶対嫌だし！

ポチとタマがまだー？　と言いたそうな顔をしていた。早く遊びに行きたいのはわかるんだがなんだかなぁと思う。足もたしたししてるし。

さすがに作業着姿で行くわけにはいかないのでラフな格好にした。顔を隠す為のサングラスも忘れずに。なにがなんでも地元の奴《やつ》らに見つかるわけにはいかない。

軽トラに乗っていざ、出発だ。

N町とS町だと高速が近いのはN町だ。ちょっと時間はかかるが高速に乗ってしまえば実家の近くまで行ける。片道、順調に行って三時間というところだろう。昼前に墓参りができたらいいな。手土産とかは……途中のサービスエリアで適当に見繕えばいいか。文句は言われるかもしれないがこの辺りの特産品とか知らないいし。

……ああ本気で行きたくない。じいちゃん、俺を守ってくれ。

なんか、自分でなんとかせえと言われた気がした。うん、まあそうだよな。

ナビに任せて高速に乗る。ＥＴＣを使うのも久しぶりだ。この軽トラは最初おっちゃんからの借り物だったが、生活必需品なので買い取った。新しいのを買った方がいいんじゃないかと言われたが、やはり乗りなれた車の方がいい。山暮らしには必須《ひっす》である。

小さめのショベルカーもあった方がいいだろうか。でも買うほどの金はないしな。そこらへんは要相談だ。（誰に）

高速道路はとにかくまっすぐ。どこまでもあまり代わり映えのない景色が続く。スピード感覚がだんだん麻痺《まひ》してきたから次のサービスエリアに入ることにした。そのまま走らせるというのが一番危険なのだ。

家への土産は無難にお饅頭《まんじゅう》を買って、缶コーヒーを飲んで先を急いだ。幸い渋滞にも遭わず、拍子抜けするぐらいあっさりと高速を下りた。

地元を離れて約半年。当然のことながらどこも変わっているようには見えない。まだ誰の姿も見かけるような段階ではないが、念の為サングラスをかけた。大丈夫だ、この軽トラは向こうに行ってから手に入れたものだし、髪も一度は相川さんに切ってもらったがそれなりに伸びた。あ、そろそろ切りたいかも。この辺に床屋ってあるかな。それか、戻ってから自力でバリカンで刈るか。

（前髪以外なら自力でもどうにかなりそうな気がする）あんまり長居したくないし。

広い道をまっすぐ走り、見覚えのある道を曲がる。いくつか道を曲がり、左に曲がれば閑静な住宅地に着くが、右に曲がって先に墓地に向かった。

「じいちゃんの墓ってどれだっけか……」

線香も新聞紙もライターも用意してたのに花を買い忘れた。大きな墓地のせいか手前に花売りの車があった。まだお彼岸の時期だから臨時で来ているのだろう。

「すみません、仏花を……五百円のください」

「はい、五百五十円です〜。包みますか？」

「いえ、このままで」

消費税十％が何気にうざい。

中央に大きな寺があり、その周りに墓があるというような形の造りだ。その敷地も相当広くて、確かに花を買い忘れた際入口に花屋があると便利だなと納得するぐらいである。水場で手桶《ておけ》などを借り、じいちゃんの墓に向かった。

よかった、誰もいない。平日ということもあり、少し離れたところで墓参りをしている人は見かけるが、じいちゃんの墓の周りには誰もいなかった。

「お盆の時に来られなくてごめんな、じいちゃん」

周りのごみを拾い、枯れた花を片付け、墓を掃除する。こんな立派な墓ではないけど山でよくやっていることだ。掃除をしたら花と線香を供え、水を墓石の上からかけて手を合わせた。

どーにか山で暮らしてるよと報告する。ニワトリを三羽飼ってるんだ。みんなでっかくて、優しくて……。俺は多分あの山にずっと住むことになるんだと思う。結婚はできないかもしれないけど、今はそんな生き方をしてもおかしくないよな。

桂木さんじゃないけど、うちのニワトリたちを受け入れてくれない人とは付き合えないし。つっても、そこまでして俺と付き合いたい女性はいないだろう。相川さんみたいにハイスペックイケメンではないし、桂木さんみたいにかわいいとかそういう外見的な長所もない。桂木さんの長所は容姿だけではない。パソコン関係のスキルを持っているらしく、それで在宅で仕事をしているのだと言っていた。彼女は他にもいろいろできることがある。つまり何もできていないのは俺ぐらいだ。

そういったことをつらつらと考えてちょっとへこんだ。

いつまでもそこで立っていても仕方ない。線香の火を消して後片付けをし、ごみはごみ箱へ捨てて軽トラに乗った。

……ああ行きたくない。

少し離れたところまで走らせて、コンビニでお昼ご飯を買った。おにぎりとサンドイッチだ。車の中で食べて嘆息する。

本気で行きたくない。

ペットボトルのお茶を飲む。

このまま山にまっすぐ帰りたい。

「……行けば終わる。がんばれ俺」

自分を鼓舞して、その後実家までまっすぐ車を走らせた。親の顔が見たくないわけではないのだ。腫《は》れ物《もの》に触るような目を向けられるのが耐えられないだけだ。

閑静な住宅地である。駅から近いわけではないから一軒一軒の敷地はそれなりに広い。駐車場には父親と母親の車だけがあった。他の車がないことにほっとする。駐車場の空きスペースに軽トラを停《と》め、周りを見回した。平日だけあってとても静かで、人の姿は見えない。家の鍵《かぎ》は持っているが、あえてインターホンを鳴らした。

「はーい」

「俺」

「オレオレ詐欺は嫌よー」

母親は相変わらずのんきだった。

中に入る。懐かしの我が家だけど、もう他人の家のようだった。

「何よアンタ、サングラスなんかかけて」

「ああ、外すの忘れてた」

慣れないもんだから外すタイミングを逸したのだ。サングラスを外して胸ポケットにしまう。視線を感じてそちらを見れば、母親がまじまじと俺の顔を見ていた。

「？　なんだよ？」

「……なーんか精悍《せいかん》になってない？　我が息子ながらカッコよく見えるわ」

「何言ってんだよ」

さすがにちょっと照れてしまう。うちの母親はすっかり太ったおばちゃんだが、中学生ぐらいまでは世界一かわいいと思っていた。友達の母親の方がキレイだったりもしたけど、俺は自分の母親がかわいくてしかたなかったのだ。ってこう言うと重度のマザコンっぽいよな。

さすがに高校で彼女ができたらそうは思わなくなった。

「父さんは？」

「いるわよ。お昼ご飯は？」

「食べてきた」

「もう、それぐらい用意するのに……」

あんまり長居したくないんだからしょうがないだろ。

居間に顔を出すと、父親が難しい顔で新聞とにらめっこしていた。これは読んでないなと思った。

「父さん、ただいま」

「昇平か。おかえり。湯本さんに迷惑かけてないだろうな」

第一声がそれかよ。

母親に手土産の饅頭を渡して、父親の斜め向かいに腰掛けた。

「すっごく世話になってることは確かだよ」

「そうか。今日は、なんだ……」

「じいちゃんの墓参りついでに寄っただけだから、すぐ帰る」

「なんだ、泊まっていかないのか」

「生き物飼ってるから」

「そんな……一晩くらい、いいじゃないの」

母親がお茶を淹《い》れて持ってきた。

「日帰りのつもりで準備してきたからだめだよ」

笑って言うと、困ったような顔をされた。半年しか経《た》ってないはずなのに、二人は随分老けたように見えた。きっと俺の件もあるんだろうなと思ったら申し訳なくなった。

「そう……」

そういえば伯父さんがどうのと母親が言っていたことを思い出した。

「伯父さん、なんだって？」

母親はため息をついた。

「アンタが持ってるマンションの部屋の件よ。子どもを住まわせたいから格安で売ってくれですって。断ったけど」

「……さすがに格安じゃ売れないな～」

相変わらずがめつい伯父さんだ。とはいえマンションの管理を任せている。どうしたものか。

「あんまりしつこく言うなら管理はうちでするって言ったら慌ててたわ」

「マジで？」

ってことは俺がいなくても話は終わってたんじゃないか。ほっとした。だが母親の表情は固かった。

「ねぇ、山を買っちゃったアンタに言っても無駄かもしれないんだけど……こっちに戻ってくる気はないの？」

「たぶん……もう戻らないと思う」

もう俺の家はここじゃないから。

両親はあからさまに落胆したような様子を見せた。でも兄貴の家族も姉ちゃんの家族もそんなに遠くない場所に住んでるんだからいいじゃないかと思う。成人した子どもが離れていくなんて普通にあることだろう？

「それは……あれか？　飼ってる生き物の為か？」

父親が歯切れ悪く聞いてきた。

「うん、まぁそれもあるけど……」

うちのニワトリたちは山じゃないと暮らしていけないと思う。村でもかなり厳しい。何せ運動不足で眠れなくなるからなぁ。

「生き物はいずれ死ぬぞ」

「わかってるよ」

うわあそんなこと言われたら泣きそう。うちのかわいいニワトリたちが死んだら泣く。今度こそ無気力になって絶対ぶっ倒れる自信がある。

「山買っちゃったしさ。それに……」

これは言ってもいいんだろうか。正直あんまり言いたくないいんだが。

「それに？」

父親の隣に腰掛けた母親の視線がきつい。ごまかしは許さないわよと言っているようで怖い。

「……彼女もできたし」

偽装ですが。

目を伏せて言ったら、二人とも無言になった。この間の沈黙がつらい。やっぱ嘘《うそ》だと思われてるよなー。誰も信じないよなーと思いながら頭を掻《か》いたら、

「……えええええ」

「……もうできたのかー！」

大声を出された。うるさい。俺は思わず耳を塞《ふさ》いだ。

「……若い人って、うちの息子なのにわかんないわ……もう彼女ができたの？」

母親が呆然《ぼうぜん》としたように言う。俺は頷《うなず》いた。うん、偽装だけど。

それよりも彼女ができたっていうタイミング、そんなに早かったか？　いた方がいいだろうと思ったのは俺の早とちりだったんだろうか。

「そうか……まぁ、でもそれぐらいの方がいいよな。写真とかないのか？」

父親が苦笑する。

「あるよ」

スマホを出して写真を見せたら、両親はため息をついた。

「あらまぁ、かわいい子ねぇ」

「お前にはもったいないぐらいかわいい子じゃないか！」

ええ、偽装ですので。大切なことだから三回言った。親には言えないけど。

「で、どっちから告白したの？」

母親がわくわくしたような顔をしている。一応設定を決めておいてよかったと思った。

「え……彼女からだけど……」

「嘘だろう？　お前がそんなにモテるはずがない！」

うちの父親はとても失礼だと思う。悪かったね平凡で。アンタと母さんから生まれてこの顔だよ。自分たちの顔をディスるとかなんなわけ。

「あら、でも……かっこよくなったと思うわよ。以前に比べれば、だけどね」

「む……そうか？」

母親からの援護射撃に父親が怯《ひる》む。

「もちろん、お父さんにはかなわないけどね〜」

へーへー、勝手にやってろよこのバカップルめ。仲が良くて何よりだ。

こういうやりとりを見てほっとした。

お茶を飲み干して立ち上がった。そろそろ逃げないとボロが出そうだ。兄貴や姉ちゃんまで呼ばれたらかなわない。姉ちゃんにはすぐ偽装だってバレそうだ。

「じゃあ帰るから」

「え？　もう？　夕飯ぐらい食べていきなさいよ」

「無理」

そんなことをしたら山に辿《たど》り着《つ》けなくなる。うちの山は麓《ふもと》辺りまでしかろくに街灯もないんだぞ。

え？　自分でつけろって？　つけようと思ったらけっこう金かかるんだよなぁ。

「無理って……お父さんもなんとか言ってやって」

「いや〜、彼女のところに早く帰りたいんだろう？　今度来る時は連れてきなさい」

「……ちょっとそこまでは、まだわかんないな」

首を傾げてみる。今は親に会わせる前に別れてもおかしくないし。

「母さん、伯父さんの件で何かあったらまた知らせてくれ。しばらく売る気はないし、売るにしても安値じゃ困るしさ」

「そうよね〜。全く兄さんにも困ったものだわ……。どうしようもなくなったらうちで管理することにするから。その時は手続きとかいろいろあるからまたこっちに来てちょうだいね」

「わかった。ありがとう」

「ちょっと待ちなさい。持たせたいものがあるから……」

母親はそう言って俺を引き留め、いろいろ出してきてくれた。カップ麺《めん》とか、レトルトのカレーとか、缶詰。冷凍食品とかもろもろ。カップ麺なんて親は絶対食べないだろうにと思う。兄貴が来た時とか、姉ちゃんが来た時とかにも備えて買ってあるんだろうな。

「アンタは好き嫌いが多いから……青汁も持って行きなさい」

「……一応もらってく」

最近はかなり野菜も食べてるんだけど。でも口答えすると後が怖いからもらえるものはもらっておこう。

「風邪薬とかは？　胃薬も……山だといろいろたいへんでしょう？」

「大丈夫、そこらへんは大丈夫だから！」

「本当に……身体《からだ》には気をつけるのよ。……心配してるんだから」

「うん、ありがとう」

指切ったとか絶対に言えない。

「それから……これ！　湯本さんに持ってって！」

「わかった」

なんか高そうな菓子折が出てきた。親っていろいろ考えてたいへんだなと思った。

近所に知られたくないからと玄関の外には出ないでもらった。これでもかとお土産を抱えて軽トラに乗り込む。急いでサングラスをかけた。そうして、逃げるように地元を出た。

本当に誰とも会わないで済んでよかったと思う。高速に乗ってサービスエリアに寄った時、スマホを確認した。母親からＬＩＮＥが入っていた。

「安心させようとしてくれてありがとうね。昇平の好きに生きなさい。今度ペットの写真を送ってください」

……バレテーラ。桂木さんが俺の彼女ってやっぱ無理がありすぎたよな。父さんは信じたみたいだけど、母親の勘ってやつにはかなわない。

帰ったらせめてニワトリたちの写真をばしばし撮ることにしよう。

6　うちのニワトリがとにかくかわいいです

……どうにか帰ってきました。今、山の上の家の前にいます。すでに大分暗くなっていますが、俺がんばった！　がんばったよ、ユマ！

つーか見える範囲になんでユマしかいないんだよ。ポチとタマはいつになったら帰ってくるんだ？　アイツら薄情すぎるだろ。

「ユマ、ただいま」

「オカエリー」

かわいい。とてとてと近づいてきてくれるのがすごくかわいい。思ったより汚れてるから抱きしめる前にまず洗うけど。

俺がいない間に何やってたんだ？

「荷物中に入れたら軽く洗うから、待っててなー」

とりあえず冷凍物は冷凍庫に入れて、と。なんかお取り寄せしたみたいな高そうなみそ漬けの肉とか、さぬきうどんとかもくれたみたいだった。母親が詰めた物をただもらってきただけだから確認してなかったんだよな。悪いことしたなって少し思った。

だからって泊まりでなんか行く気はない。夕飯食べて、地元を出て他のビジネスホテルかなんかに泊まればよかったかもしれない。

レトルトカレーとかもなんか高級そうなものを詰められてしまった。一袋百円では買えそうもない。こういうのも、実家にいたら全く気づけなかった。きっとあのまま結婚して、実家に行くことがあったら今日みたいにいろいろもらって。でも中身を確認したりするのは奥さんだろうから俺はずっと気づかないままで。

でももう少し放っておいてほしい。相川さんみたいに三年とかかかるかもしれないけど、もしかしたら全くどうにもならなくてもっとかかるかもわからないけれど。

それでもまだ、たまらなくつらいんだ。

どうにか片付けをして表に出ると、ポチとタマもちょうど戻ってきた。

「ポチ、タマ、おかえり」

「オカエリー？　タダイマー？」

「オカエリー」

ポチがコキャッと首を傾《かし》げる。タマはアンタ間違ってるわよ、って言いたそうな顔をしていた。ニワトリたちの姿を見てほっとするなんて相当だよなぁ。

「ただいま。ざっと洗おうな」

日が落ちるとかなり涼しくなってきた。家の外灯と懐中電灯を吊《つ》るしたりして明かりをとり、三羽をどうにか洗った。

「もう少し早く帰ってこいよ。そろそろ風邪引くぞ」

今後はお湯を準備したりする必要があるかもしれない。病気になったら困るもんな。ってさすがにもっと寒くなったら洗うこと自体嫌がるかな。

水気をとってバスタオルで拭《ふ》いて、家の中に入れる。

「オミヤゲハー?」

「オミヤゲー」

「オミヤゲー?」

ええええ。なんか要求されてるんですけど。

「あー、ちょっと待ってな……」

冷凍物は無理だし、そういえば缶詰があったな。漁《あさ》ると鮭《さけ》の中骨缶があった。味もついてないしカルシウムもとれるしいいかもしれない。って、鮭はニワトリにあげていいのでしょうか。教えてエロい人。(俺は何を言っているのか)

夕飯を準備するついでに出た野菜くずと野菜を出し、その上に鮭の中骨缶を分けて乗っけてみた。噛《か》み切《き》れるよな? どっかに骨とか引っかかったりしないよな? だってあんな鋭利な歯が沢山生えてるし……。ってどこまで規格外なんだうちのニワトリは。

「オイシー」

「ナニコレー」

「オカワリー」

気に入ってくれたようだった。ユマ、そんなキラキラしたお目目を向けられても今日はもうありません。

「それだけなんだよ、ごめんな」

ユマがショックを受けたような顔をしていた。わかった、今度買ってきてあげるから。雑貨屋では扱ってるかどうかわからないけど、N町のスーパーには置いてあるだろう。忘れないようにしよう。


夕飯を食べ終えたところで帰ってきたなとしみじみ思う。桂木さんと相川さんにＬＩＮＥした。

「おかえりなさーい。無事済んでよかったですねー」

「お墓参りは無事済みましたか？　僕もそろそろ祖父母の墓参りに行こうと思います。今日はゆっくり休んでください」

桂木さん、相川さんからすぐに返信があった。

二人とも性格が表れていてとてもいいと思う。心配かけてしまったかな。

「サービスエリアだけどお土産を買ったので今度届けに行きます」

と送って、今度はおっちゃんに電話した。

「おー、昇平か。どうしたー？」

そういえば何日に実家に行くとは詳しく伝えていなかったかもしれない。

「墓参りも兼ねて実家に行ってきました」

「そうかそうか。それはよかったな」

「母から預かったものがあるのでまた今度持って行きますね」

「おう、すまねえな」

報告も無事済んでほっとした。なんかどっと疲れた気がする。

「……誰にも会わないで済んで、よかった……」

次は春の、お彼岸を過ぎてからだろうか。その頃にじいちゃんの墓参りに行けたら行きたい。しっかし山だから冬は雪が降るみたいだけど、どう過ごせばいいんだろう。

家の中を見回す。けっこう広さがあるから寒いだろうなと思う。そうしたらユマともふもふしていればいいかとも考えた。ちらほらとニワトリの羽が落ちている。

「オフロー」

落ち着いたら風呂《ふろ》をねだられた。

「ちょっと待ってな」

多少は手がかかるけど、それ以上に幸せをもらっている気がする。

ペットっていうか相棒ってかんじだ。いつまでも長生きしてほしい。

「桂木さんところも見に行かなきゃいけないよな……」

スズメバチの巣を食べているのは誰なんだろう。ドラゴンさんならいいけどクマだったらやヴぁい。

クマがいるかもしれない。スズメバチもいる。マムシだっているし、虫もいっぱいいる。でも山にいる方がずっといい。そう桂木さんに言わせてしまった男はのうのうと暮らしている。勧善懲悪とか、ドラマみたいにはいかないけど、みんな一歩ずつ前に進んでいる。

今はそれでいいんだ、きっと。

そう思わなきゃやってられないから。

今日は早く寝ることにしよう。


タマにのしっと乗られて目が覚めた。その実力行使、どうにかなりませんかね。

ドンッと胸と腹に衝撃が……。

「……ぅぉっ！　タマ、おーもーいー！」

「ゴハーン！」

「……わかった。どけー！」

「ゴハーン！」

「わかったってばっ！　おーもーいー！」

なんか重いものが腹に乗っかって目を開けたらニワトリのどアップ。嘴《くちばし》の中は鋭利な歯が並んでいる。ばくーっとされたら流血沙汰《ざた》だ。とにかく重いし怖いからとっととどいてほしい。

やっとどいてもらって、よっこいしょと起き上がる。やっぱり一日出ていたから疲れたらしい。

丸一日がんばって山の手入れをしていた時も疲れたが、これはなんかまた違った疲れのように感じられた。往復で約六時間も運転していたのと、慣れない場所に行った気疲れもあるだろう。まだ半年ちょっとしか経《た》っていないのに、実家はもう他人の家のようだった。

「人間の環境適応力ってすげえな」

そんなことを言いながら小松菜をざくざく切る。みそ汁を作る為《ため》に少しもらうが、残りはニワトリたちの餌だ。野菜の皮などもよく食べてくれるが、さすがにネギ類（タマネギ含む）やニラ、ニンニクなどはだめらしい。炊いた米やパンなどもよくない。（炊いてない玄米などはいいみたいだ）調べてみると意外とあげてはいけないものがあるようだった。

でもそのわりにはマムシとか食べてるけど。あの毒の部分ってどうしてるんだろう。イマイチうちのニワトリがよくわからない。

タマとユマはまた卵を産んでくれた。うん、これで俺はがんばれる。うんうんと何度も頷《うなず》いていたらタマに何やってんだコイツっていうような目で見られた。タマさん、そのツンっぷりがつらいです。

昨夜解凍しておいた豚肉を食べやすい大きさに切って、野菜と一緒に出した。みんなキレイに平らげてくれたので家のガラス戸を開けた。

さっそくポチとタマがツッタカターと駆けて行く。

「あんまり遅くまで遊んでくるなよー」

と後ろ姿に声をかける。ポチがクァーッ！　と返事をしてくれた。うちのニワトリたちはけっこう律儀なんである。

俺も朝食にした。ユマも玄関の外にいるが大概は家の周りにいる。もう九月も終わりだ。畑の様子を見て……どうすっかなーとちょっとぼーっとする。やっぱり思ったより疲れているみたいだ。本当は日帰りするような距離じゃない。そんなことは最初からわかっていて日帰りにしたのだ。

泊まりたくないし、ニワトリたちと離れたくなかった。

「今日はー……様子を見るだけにするか」

無理してもしょうがない。畑の様子を見たり、家の周りの草を抜いたりして、あとは昼寝もした。なかなかにいいご身分である。昼寝にはユマも付き合ってくれて、とても幸せだった。俺って本当にうちのニワトリたちが好きなんだなと、適当にユマの写真を撮ってみたりもした。

で、夕方になって帰宅したポチとタマを洗い、また写真をばしばし撮った。

さーて、どれか母親に送れるような写真はあるかなーと確認した時、とんでもない違和感に襲われた。

「ん？」

スマホとにらめっこする。

「んん？　さすがに……これはちょっとまずいか……」

周りの景色や物に比べてニワトリがでかすぎる。いや、それはいいのだ。写真は全然間違ってない。問題は……。

「普通のニワトリの大きさじゃないよな、これ……」

さすがにこのまま送るのはまずいと気づいた。となると遠近法を利用してコラ画像っぽいのをそれっぽく作るしかないんだろうか。一人でやるには無理がある気がする。それとも背景を消してまんま加工してしまうとか？　でもきっと母親のことだから山の様子とかも見たいだろうし……。

いだろう。

「相川さーん！」

困った時のおっちゃんならぬ相川さんである。おっちゃんはさすがにこういうことには詳しくな

「ニワトリの写真を親御さんに送りたい、ですか」

「ええ、でも……でかすぎるんですよね」

「そうですね。背景が映らないようにするならば方法はなくもないんですが……」

「いやー、でも背景があった方がいいと思うんですよね」

ああでもないこうでもないと話して、ニワトリは三羽いるのだからわちゃわちゃしているところを撮る、ということと、山の景色はまた別に撮るということに決めた。これならばニワトリの大きさを気にすることはない。

「でも……佐野さんちのニワトリは普通のニワトリとは違いますから尾とか、足元は写らないようにした方がいいと思います」

「あー……そうですね」

そうか、あの尾とか、鉤爪《かぎづめ》がすごい足元も写ってたからニワトリっぽくないと思ったんだな。正気に返らないで送ってたらえらいことだった。

「ありがとうございます。助かりました」

「いえいえ。また何かありましたら言ってください」

本当に相川さんには頭が上がらない。絶対足を向けて寝られないなと思うのだ。いい写真がなかったのでまた明日撮ることにした。

朝からニワトリたちをモデルにしてばしばし写真を撮る。三羽で集まってーとか、こっち向いてーとか言いながら。ユマはすぐ近寄ってくるので、ちょっと離れてーと言いながら距離を取ったりした。よくわかっていないみたいでコキャッと首を傾げる姿が本当にかわいい。スマホの中の画像がニワトリで埋まったなと思った頃に確認をした。

これはピンボケだなー。これは尾が写ってるとかそういうのを除外すると、送れそうな写真はそんなに残らなかった。そうか、だからカメラマンは沢山撮るんだな。

あとは景色を撮ったりし、ポチとタマがツッタカターと出かけてからユマと再度写真の確認をした。ユマはスマホの中の写真を見て、

「ポチー、タマー、ダレー？」

と聞きながら首をコキャッと傾げた。やっぱかわいいな。

「んー？　これはユマだよ」

「ユマー？」

ユマは自分の姿にピンときていないようだった。しきりに写真と自分の身体《からだ》を見比べている。そして何故《なぜ》かその場に座り込んだ。

「ユマ？　どうしたんだ？」

またもふっとしててかわいいけど。毎日一緒にお風呂に入って洗っているせいか、羽はつやつやだ。

「ユマー?」

「うん、かわいいだろ?　ユマだよ」

そう言って改めて見せたら、
また首をコキャッと傾げる姿もかわいい。

「カワイイー?」

「うん、ユマはかわいいよ」

「カワイイー」

「うん」

ユマはすっくと立ち上がった。

「ユマ、カワイイ」

「うん、ユマ、かわいい」

なんかよくわかんないけど何度も言ってた。喜んで羽をバッサバッサと動かす姿がたまらない。

本当にかわいいから、にまにましながら俺も言ってた。かわいい。

羽がちらほらと飛んだ。

誰もこのやりとりは聞いてなかったからツッコミ不在である。

んで、桂木さんにLINEを入れた。スズメバチの巣の件である。なんだかんだいって後ろ倒しになってしまっている。

「そっち異常ない?　いつ行ったらいい?」

「いつでもいいですよー」

と返ってきた。

おっちゃん、相川さんと日程調整して行くことにする。

「じゃあ決まったら連絡する」

と送って、おっちゃんと相川さんに連絡した。みんないつでもいいというので、明後日《あさって》行くことにした。

「なんにも準備しなくていいから、どこへ行けばいいかだけ教えてくれ」

桂木さんの住んでいる山自体はけっこう急なのだが、そのすそ野の林というか森の部分がけっこう広いのだ。日中誰も来ない時、ドラゴンさんはそっちに行っていることが多いらしい。俺が訪ねる時はいつも畑の側《そば》の木の下とかにいるから意外だった。夕方から朝までは桂木さんの家の中で過ごすと言っていたから、ドラゴンさんはやっぱり桂木さんのボディガードなのだろう。なんとも頼もしい王子様である。

すそ野の部分は一見川沿いの道からは入れないようだったが、他に入口はあるのだろうかと思って聞いてみたけど、やっぱり麓《ふもと》の金網を越えないと入れないようになっているらしい。そうでなければ山道を歩いてかなり遠回りすることになるようだった。

破壊されているとはいえスズメバチの巣に近づくわけで、防護服とか準備する必要はないのかどうかおっちゃんに聞いたが、いらないだろうという話だった。

「気になるなら防蜂用の帽子があるといいだろうがな」

だったらまんま防護服借りた方がいいのでは？　と思ったが、防護服はけっこう暑い。とりあえずいつもの作業服の下にも長袖《ながそで》を着て首にタオル、帽子などいろいろ準備してみた。さすがに刺されたくないし。

「桂木さんの山に行くけど、森の方なんだ。スズメバチの巣とか見に行くけど、誰か行くかー？」

一応ニワトリたちに声をかけたら珍しくポチが行く気になったらしい。

「イクー」

「アソブー」

「イクー」

順番に答えてくれた。タマさんは留守番で遊ぶわけですね。素直でたいへんよろしゅうございます。

「スズメバチ、タベルー？」

「うーん、どうだろうな？　捕まえられれば食べられるんじゃないか？」

どうもポチは食い気らしい。頼もしいというか食い意地が張っているというか。それでもついてきてくれるんだからいいと思う。ハチと聞いて全員に「イカナーイ」と言われたらさすがにへこむ。でもこの羽で身体を守れるものなんだろうか。夏は大丈夫みたいだったけど刺されないという保証はない。それは俺もなんだけどな。

翌日は持って行くものなどを確認して、また派手に生えた雑草を電動草刈り機でおりゃあああ～～と刈った。いや、おりゃあああ～～ってかんじでは刈れないけど。気分だ気分。散らばったのをまとめたり、引っこ抜く方がたいへんだったりする。本当に山暮らしは雑草との闘いだ。この草とかなんか他に用途があるといいんだが、そんなことを考えるのは人間ぐらいだよな。

タマとユマの卵が毎日の癒しだ。朝産んでない日があるとちょっと落ち込む。そうだよな、身体休めないとな、と思いながら活力が出ない。勝手なものだ。

二羽共産んだ卵を無造作に放っているが、有精卵の可能性は少しも考慮しないんだろうか。そもそもポチが相手にされているのかという問題もある。全く相手にされていないのなら有精卵の可能性はないのだろう。それはそれで切ない気もするが。

川の周りでもきのこを見かけるようになったなと思う。こわいから採らないけど。ユマも全然つつかないし、だからそういうことなんだと思っている。きのこは素人が知ったかぶりをすると死ぬ。そういうものはプロに任せておけばいいのだ。

母親から返事があった。返信はのんびりである。

「三羽も飼ってるのね。大事にしなさいよ」

「そうするよ」

違和感はなかったようだった。ほっとした。

7　スズメバチの巣を確認しに行ってみた

桂木さんの山に向かう日になった。

本日も晴天である。

持ち物よーし！　家の鍵《かぎ》よーし！（念の為《ため》閉めない）ポチよーし！　ユマよーし！　指さし確認

大事。タマは早く行きなさいよとばかりに足元をたしたししている。それでも見送ってくれるんだから優しいよな。うん、優しいんだよな……？

少しばかり疑問に思ったが、そんなことを確認してもしかたない。

渡す予定のお土産も持って出かけた。とりあえずの目的地は桂木さんの山の麓である。

車で約二十分はかかるお隣さんとか、けっこうな遠さだと思う。山道を車で下るのも意外とたいへんなのだ。

桂木さんは山の麓の、金網の内側で待っていた。手前で車を停《と》めると、金網を開けてくれた。

「こんにちは、佐野さん」

「こんにちは、桂木さん。二人を待って行くんだよね」

「はい。ポチちゃん、ユマちゃんこんにちは～」

桂木さんは晴れやかな顔で二羽に挨拶《あいさつ》をした。二羽が頷《うなず》くように頭を前に倒す。いつものように「コニチハー」とか言わないのは、いつおっちゃんが来るかわからないからなんだろう。さすがにおっちゃんの前ではしゃべってないしな。

つか、桂木さんちとか相川さんちもそうだけど動物たちの頭よすぎないか？

そうしているうちに二人の軽トラが着いた。

「おー、昇平が一番乗りか。こんにちは」

「こんにちは、遅くなってすみません」

「こんにちはー。湯本さん、相川さん、今日はよろしくお願いします。じゃあ行きましょう～」

桂木さんの軽トラにはドラゴンさんが乗っていた。後で挨拶しようと思う。ちなみに何が起こるかわからないということで、相川さんの軽トラの荷台にはテンさんが乗っている。大蛇、すごい迫力である。ドラゴンさんと大蛇、そしてでかいニワトリ。もう生き物として勝てる気がしない。おっちゃんは目をキラキラさせていた。怪獣大集結だもんな。

桂木さんの家に行く道しかないと思っていたが、実はよく見えない形で東側に向かう脇道があったらしい。そちらに桂木さんがゆっくりと軽トラを進めた。あまり手入れがされていないらしく舗装されていない道はけっこうがたがただった。軽トラじゃなかったら故障しそうなかんじである。そのまま少しがたがたと走らせると平らな場所に出た。そこで桂木さんは軽トラを停めた。着いたらしい。

みんな降りて、桂木さんの指示を待つ。

「あんまり手入れできてなくて申し訳ないんですけど……ここから東の方向にスズメバチの巣を二つ見つけました。どちらかといえば東側の隣の山に近いところです。二つとも破壊されていて、スズメバチの姿は見かけなかったので、てっきりタツキが壊したと思ったのですが……」

「とりあえず見に行こうか」

「はい、お願いします」

ここのところ晴れていてよかったと思う。雑草が腰の辺りまで生えていてなかなかに歩きづらい。ただ森の部分に入ると雑草もそこまで勢いよく生えてはいない。太陽の光って重要なんだなとしみじみ思った。

「もう少し草刈りはした方がいいな」

「そうですね。またお願いしようと思います」

おっちゃんの呟《つぶや》きに桂木さんが返事をする。そういえば彼女は村の人たちにお金を払って手入れをしてもらっていたのだった。自分でできないならそれが一番だと思う。ポチとユマはかろやかについてくる。ドラゴンさんは桂木さんを守るように横をのっしのっしと歩いている。テンさんは大きな身体《からだ》をずずっずずっと動かしてついてくる。テンさんが通った後は草がなぎ倒されている。やっぱ怖い。邪魔な草を刈りながら進み、十分、いや十五分ほど歩いたろうか。

「こちらです」

桂木さんが示した先の洞穴のようなところに大きな物が見えた。おっちゃんが無防備に近づいていく。大丈夫なんだろうかとちょっとハラハラした。

「ああ……そうだな。スズメバチの巣だ。放棄して……少なくとも一か月ってところか。クマにしろ大トカゲにしろ全部食ってはいないだろうから女王蜂が逃げてると厄介だな」

手招きされておそるおそる確認する。なんというか、三十センチメートルぐらいの大きな丸い何かが半壊しているようなかんじだった。うちの山にあったのと似ている。スズメバチの巣ということはわかった。おっちゃんは巣の周りをよく見ていた。そして何かの毛を拾った。

「ふーむ……これはイノシシっぽいな……違うか……。桂木さん、もう一か所も案内してもらっていいか？」

「はい、わかりました。こちらです！」

また桂木さんに先導されて五分ほど歩いた先、木のうろのようなところが壊れているのが見えた。

「ここなんですけど……」

「あー……こっちの方が新しいな……作り始めてそう経《た》たないうちに襲われたっぽいが……」

おっちゃんがドラゴンさんを見やった。

「……これぐらいの高さなら、大トカゲでもおかしくはないか」

周りにはスズメバチの姿は見当たらない。って、いたらとても嫌だ。動物の毛も落ちていなかったらしく、そのまま北の方に向かって別のスズメバチの巣を探すことにした。なんとなく巣を指さして「これ食べた？」ってドラゴンさんに聞けばいいんじゃないかと思ってしまう。食べてないって返事だったら他の生き物が食べたんだろうってことがわかるし。

……そうだったら嫌だけど。

「おっちゃん、どっちだと思う？」

率直に聞いてみた。

「確信は持てねえが……クマの可能性は低いな。クマだと巣を持ち帰ったりするんだ。だがあの巣はただ破壊されただけだ。持ち帰った形跡が全くないのはおかしいし、シカだのイノシシっぽい毛は見るがクマの毛らしきものも見ない。そうなるとそこの大トカゲの可能性が一番高いが……見てみないことにはな……」

だから他のスズメバチの巣を探しているのかと納得した。北に向かってしばらく歩いていくと、相川さんが「あっ」と呟いた。

ふと顔を上げるとスズメバチが飛んでいた。あれを追っていけば巣が見つかるだろう。それにしてもオレンジと黒の凶悪な色合いだなと思う。

「よし、追うぞ」

おっちゃんの声に頷いた。そうしてスズメバチ狩りが始まった。

スズメバチの足に紙みたいなのを引っかけて追う、なんて方法を聞いたことがあったが、ちょうど通り道だったのか何匹か飛んでいるのを見つけた。桂木さんはちゃんと防蜂帽子を持ってきていて即被《かぶ》っていた。やっぱ必要だったたんじゃん、って思った。一応黒くない帽子は被っているがなんとも心もとない。やだなぁ、刺されたくないなぁと思いながらおっちゃん先導で巣を探した。

「あれがスズメバチだよ。怖いんだよなー」

ポチとユマに教えるように言うと、二羽はコキャッと首を傾《かし》げた。何が怖いの？　と言っているようだった。刺されたら痛いどころじゃすまないし。下手したら毒で死んじゃうし。良い子のみんなはスズメバチを見かけたら絶対に近寄らないようにな！(俺はいったい誰に話しかけているのか)

確かスズメバチの行動範囲は巣を起点にして一～二キロメートルだと聞いたことがある。もう九月も終わりだから行動範囲はもっと広いかもしれない。でも、少なくとも二、三匹は見かけたから巣はそれほど遠くないいと思ってもいいだろう。森の奥へどんどん入っていく。途中でシカを見かけた。

「タツキ、後にして」

「テン、後にしろ」

ドラゴンさんが動こうとしたのを桂木さんが制し、テンさんが鎌首をもたげたのを見て相川さんが制した。うわん、すごく怖いよー。

ドラゴンさんもテンさんも残念そうにシカを見送った。シカ、命拾いしたな……。

「あ、また……」

「巣が近いな」

二匹ぐらい飛んでいるのを見かけた。低い位置にいたスズメバチを、ポチがぱくっと食べてしまった。

「ポ、ポチぃいいい……」

ぱりぱりぱりぱり……。ポチがコキャッと首を傾げた。どうかしたの？　とでも聞きたそうである。

「おー、すげえなポチ」

おっちゃんが感心したように声を上げた。そういう問題じゃないだろう。

「ポチ、巣を探してるから……巣を見つけたら……って、見つけたら食べてもいいんですか？」

改めて桂木さんに尋ねると、彼女は少し考えるような顔をした。

「んー？　タツキが食べるならタツキを優先してほしいですね。タツキが食べる気配がなければ他の動物かなってことはわかりますけど……。タツキが食べなかったら全然かまいませんよ？」

おっちゃんが肩を落とした。

「あー、そうだよなー……。もし動物たちが食べるならそっちが優先だよな……」

あれ？　って思った。もしかして持ち帰る気だったんじゃ……って準備もしてないのに。俺はじとーっとおっちゃんを見た。

「今日は調査だったよね？」

「ああ、そうだな。うんうん、そうだそうだ」

おっちゃん、スズメバチ好きすぎだろ。

頑丈なプラスチックバッグとかも持ってきてないのにどうやって持ち帰るつもりだったんだか。

そのまま更に雑草だの木の根っこだのに気をつけながら歩くこと十分、もう一キロメートル以上は歩いたんじゃないかと思った頃、ドラゴンさんが前に出た。この辺りはそれなりにスズメバチの姿が見える。巣はもうすぐそこだった。

「タツキ？　……好きにしていいよ」

桂木さんがドラゴンさんに声をかけると、ドラゴンさんは倒木の下辺りに頭を突っ込んだ。それからは……うん、あんまり覚えていたくない。

「ポチ、ユマ！　飛んできたのは食べていいぞ！」

「テン、周りのは食べてもかまわない！」

「おおー、すげえなー」

おっちゃんだけがのん気に呟いた。俺は目元近くまでタオルで覆い、帽子を目深に被った。これで一応出ているのは目の周りだけである。首の後ろまで覆えていると思いたい。サングラスも持って来ればよかったと後悔した。今度から水中眼鏡っぽいのも必要かもしれない。ってそんなにスズメバチがいる環境とか嫌だ。まー山に住んでる以上避けられない問題ではあるけどな。

ぶんぶん飛んできてすごく怖い。桂木さんはそろりそろりとその場を離れ、いつのまにか、かなり離れたところで座っている。防蜂帽子も被っているからできる芸当だ。俺も背をかがめてハチを刺激しないように離れていくことにした。ポチは飛んできたのを器用に嘴《くちばし》で捕まえてぱくぱく食べている。すげい。ユマは俺を守るように前にいて、こちらもぱくっぱくっと食べていた。ユマさんも素敵です！　おっちゃんはどういうわけかひょいひょい捕まえて腰につけた虫籠《むしかご》に放り込んでいる。なんだあのおっちゃん。やヴぁすぎるだろ。テンさんは相川さんを守るようにして向かってきたハチをばくりばくりと食べている。すげえ図だなと気が遠くなりそうだ。ナニコレ、動画とか撮ったら売れそう。

で、一番奥にいるドラゴンさんはハチの猛攻をものともせず、ばりばりと巣を漁《あさ》っている。やっぱりスズメバチの巣を食べていたのはドラゴンさんだったらしい。

やっとこちらへの攻撃が少なくなってきたのでユマと一緒に桂木さんの側《そば》に移動した。

「すごいですねー……」

「うん、すごいね」

他人事《ひとごと》で申し訳ないぐらいだがとんでもない光景だった。ユマがすぐ側で虫をひょいひょいと食べている。スズメバチ以外もだ。

「やっぱタツキさんだったんだな」

「ですね。クマじゃなくてよかったです。でもなんていうか、地獄絵図ってこういうこと言うのかなって」

「……だな。防蜂帽子、俺も買お……」

「買っておいてよかったです……」

相川さんも目元以外は全て覆っていたので被害はなかったようだった。テンさんの皮膚は強靭《きょうじん》だし、ポチもユマもびくともせずひょいひょいと捕まえては食べていた。ドラゴンさんはもう皮膚が鱗《うろこ》である。スズメバチの針程度でかなう相手ではなかった。

それだけ見てるとスズメバチってそこまで脅威じゃないんだなとか勘違いしそうだが、俺たちにとってとんでもない脅威には違いない。

「いやー、びっくりしましたね」

相川さんがまいったという体でやってきた。

「お疲れ様です」

とりあえず労《ねぎら》っておく。おっちゃんはまだ嬉々《きき》としてスズメバチを捕まえていた。あれ、さすがにけっこう刺されてないか？

「おっちゃん、刺されてません？」

「平気な人は平気みたいなんですよね」

恐ろしい話である。どうやらドラゴンさんの食事が終わったらしい。

まだ飛んではいるが、とりあえずみんなで集まった。

「おっちゃん、大丈夫？」

「ああ。後で一応診療所行ってくるわ」

「やっぱり刺されてたんじゃないか！」

「いやー、捕るのが楽しくてなー。ハチ酒を作るのが楽しみだ」

「えええ……」

スズメバチの巣を捕食していたのがドラゴンさんだとわかって一安心である。人にとっては恐ろしいスズメバチだが、うちの怪獣たちにとってはいいごはんやおやつになったようだ。

どうにか軽トラまで戻り、今日のところはその場で解散した。

すっごく疲れた。刺されなかったけど、心臓に悪い。

なんかー……まるで生存が保証されないパニック映画みたいだった。まんま出演者だったけど。

あれは見てる側だからいいんだよ。決して出演なんてするものじゃない。

軽トラに乗り込んでドアを閉めたらスズメバチが一匹入ってきてしまっていて、俺がパニくる前に、それをユマがひょいっと食べた程度のアクシデントはあった。心臓に悪い。もういないよな？な？

ユマは自分についた虫とかも首が届く範囲はぱくぱく食べる。意外とついていたみたいなので、帰ったら丸洗いした方がいいだろうと思った。

どうにか山に戻り、でっかいタライを出してポチとユマを一度丸洗いした。草やごみっぽいものもけっこうついていたようで、二羽は気持ちよさそうにぶるぶるした。俺、びしょぬれである。ポチはまだ遊び足りないかんじだったので出かけて行くだろう。汚れて帰ってくるだろうが、洗うのは気分的な問題だ。

「あー、もう無理……今日は無理……」

卵一個残しておいてよかったと思う。ポチもユマもおなかいっぱい食べたのか上機嫌だった。ハチって栄養価高そうだよな。

「あ、そうだ」

おっちゃんのことが心配なのでおっちゃんの家に電話してみた。

「あら、昇ちゃん。どうしたの？」

おばさんが出た。

「おっちゃん、まだ帰ってないですか？」

「まだよ～」

ってことは直接診療所に行ったのかなと思った。

「何かあった？」

「おっちゃん、けっこうスズメバチに刺されてたので大丈夫かなーと」

「ええー？　またなの？　困った人ねぇ」

その程度なのか。どういうことなんだ。ハチに刺されるって大事《おおごと》じゃないのか。

「スズメバチなんですけど……」

「そうねぇ。途中で死んでるとしたら連絡がすぐにくるんじゃないかしら。大丈夫よ。心配してくれてありがとうね～」

「はい。あの……虫籠にけっこう捕ってましたけど」

「ええ？　またなの!?　もー……」

おばさんからすると捕ってきたハチの方が問題のようだ。

ハチってアナフィラキシーが起こりやすいのが問題のはずなんだよな。一回目は大丈夫でも二回目には抗体ができてアナフィラキシーが起こるとか……。そういうことが多いけど、全ての人がそうなるわけではないようだった。確かに全ての人がそうだったら駆除の仕事とかする人いなくなるよな。怖い怖い。

とりあえず防蜂帽子とか、そのへんはネットで注文した。夏は暑いかもしれないが背に腹は代えられない。

「……つっかれたー……ユマ、ありがとうな……」

「ツカレター？」

「うん、ハチ怖い……」

「コワクナーイ。オイシーイ」

ユマさん素敵です。ちなみにポチはもうツッタカターと遊びに行ってしまった。タマと合流したりすんのかな。やっぱ首にかけるカメラとか買った方がいいかな。なんかずっと同じことを考えている気がする。

昼飯を食べたら眠くなってしまったので居間で昼寝した。ユマも付き添って一緒に昼寝してくれた。かわいいなぁと思った。

夕方前、昼寝から起きた辺りでおっちゃんから着信があった。

「いやー、今日は楽しかったなー」

マジですか。

「……楽しくないって……」

「診療所で嫌がられたのなんのって。出てこないから大丈夫だ！　って説得したんだけどなー」

「虫籠持ったまま診療所行ったの⁉」

「ああ、車ん中入れといたら暑くて死んじまうかもしれないだろ？」

「ああ……」

確かに軽トラの助手席に窓も開けないで置いといたら暑さでやられてしまうかもしれない。

「窓開けとけば……」

「近くのスズメバチまで来たらどーすんだよ」

「え？　呼ぶんですか」

ナニソレコワイ。

「アイツら、匂いとか音で呼ぶんだよ。だから置いとくわけにはいかなくてなー」

「そんなの捕まえないでくださいよ。で、大丈夫だったんですか？」

「いやー五か所ぐらい刺されててなー。絞り出しが痛かったぞー」

「うえええ……」

俺だったらショック死しそうだ。でも刺されたのは五か所で済んだのか。意外だった。

「今度は防蜂帽子とか用意してくださいよ」

「そうだな。そうするわ。お前んとこも探しに行かないといけないしな」

やっぱうちの山でもまたやるのかあれ。おっちゃん、嬉々として巣を獲《と》ってくんだもんなぁ。スズメバチにとっちゃたまったもんじゃないだろうな。

「まぁ、それはそのうちで……」

電話を切ってため息をついた。疲労困憊《こんぱい》である。と思ったら桂木さんからＬＩＮＥが入っていた。

「明日もう一度巣の確認をしに行きたいんですけど、付き合ってもらえませんか？」

「えええ～～～～……」

できれば勘弁してほしい。パニック映画は毎日見たくないし、毎日出演者にはなれない。でも俺が行かないって言ったら桂木さん一人で行きそうだしな……。

「相川さーん！」

でも俺一人では行きたくないから道連れを頼むことにした。

「明日？　いいですよ。先に防護服借りて行きましょう。また遭ったら困りますし」

そうだ、防護服。役場で借りられるじゃないか。

「またテンさん連れてきます？」

「いえ、明日は僕一人で行きます。それほどもう危険もないでしょうし。もう一つ見つけてしまったら今度は逃げましょう」

「はい……」

うん、次は全力で逃げるよ。スズメバチ怖い。

そんなわけで明日も行くことになった。明日は……確認だけだから大丈夫だよな？

さすがにおっちゃんに声をかけるのはやめた。でもまた向かうってことは言っておいた方がいいかもしれない。誘わないけど。絶対に誘わないけど。（大事なことなので二度言いました）

というわけで電話だけはしてみた。

「明日改めて今日見てきた巣の確認に行ってきます」

「俺は？」

「誘いませんよ！」

「なんでだよー、行ったたっていいだろー？」

とても不服そうである。

「明日は新しい巣とか探しませんから！」

「つまんねーの」

五か所も刺されたってのになんでそんなに元気なんだ。

「とにかく！　おっちゃんは負傷してるんだからだめです」

「なんだよ。また見つけたら教えろよー」

教えたらどうする気なんだ。押しかけるのか。全く困ったおっちゃんである。もう少しおばさんに心配をかけさせない方向でお願いしたい。

で、明日も桂木さんのところの森に行くという話をニワトリたちにした。

「相川さんも一緒に行くんだけど、リンさんとテンさんは行かないんだって」

と言ったら、タマがスッと一歩前に出た。

「タマ?」

「ハチー」

「うん、巣を見てくるだけだぞ」

「ハチタベルー」

「いやいや、いるかどうかわからないから」

「タベルー、イクー」

「いやいやいやいやいや……」

きっとポチから聞いたのだろう。タマはもうスズメバチを食べる気満々のようだった。リンさん、テンさんが行かないとなったら食い気を優先させるらしい。欲望に忠実でいいことだと思う。でもいないかもしれないということをしっかり話した。実際に全くいなくて話が違うとつつかれてはたまらない。

というわけで明日はタマとユマが一緒に行ってくれることになった。相川さんが先に役場で防護服を借りてきてくれるらしい。着たらきっと暑いけど、刺される恐怖にさらされるよりはましだ。

「じゃあ飲み物用意しますね！」

桂木さんが張り切って飲み物を用意してくれることになった。うん、水分は大事だと思う。熱中症になったら困るもんな。準備が整い次第出かけて、昨日と同じ手順で桂木さんの山の敷地内に入り、ガタガタ道を抜けて森の手前で軽トラを停めた。今日もドラゴンさんは荷台に乗っていた。

そこでふと、昨日考えたことを思い出した。

「桂木さん、あの、さ……」

「はい、なんですか？」

「今日はおっちゃんがいないから、なんだけど……昨日先に見に行った巣とかさ、タツキさんに直接聞けばよかったんじゃないかなって……」

桂木さんは目を見開いた。そしてギギギと音がするようにぎこちなく首を動かし、ドラゴンさんを見やった。

「ああー……」

あれ？　もしかして全く考えてなかった、とか？

「……そうですよね……なんで私全く思いつかなかったんだろう！　この間見つけた時にタツキに聞けばそれで済んだのにっ！　ああああああ〜〜ごめんなさい！」

「……そういうこともあるよ、多分、きっと。うんまぁ、おそらく？」

「全然フォローになってない！」

桂木さんと俺のやりとりを聞いて相川さんが笑いをこらえていた。

「……暑いから、とりあえず行きませんかっ……ははは……」

こらえきれなかったらしい。そういうこともある。しかたない。しかたないんだ。

待ちきれなくてたしたししていたタマがやっとなのー？　と言うように一緒に歩き始めた。どうせなので、昨日先にわかっていた壊れた巣の方を見に行った。桂木さんはドラゴンさんと巣の手前まで行って、何やら話していた。そしてほっとしたように戻ってきた。

「……やっぱりタツキが食べたそうです。スズメバチだけじゃなくて、ハチは全体的においしいらしくて……」

「そっか。じゃあミツバチとかもタツキさんは食べるのかな」

「これぐらい小さいハチはどうなの？」

「チイサイ」

ドラゴンさんはそう言ってふいっとそっぽを向いた。どうやらミツバチは好みではないらしい。

確かに大きい方が食べ応えはあるだろうしな。相川さんが目を丸くした。

「……タツキさんもしゃべるんですね」

「え？　あ？　ああっ！　さ、佐野さんっ！」

桂木さんが慌てた。まあ落ち着け、どうどう。（馬ではない）

「相川さんはうちのニワトリがしゃべるのも知ってるから大丈夫だよ」

「ああ！　そ、そうなんですね！　ってことは、昨日のテンさんはっ？」

「……うちのテンも片言ですがしゃべりますね」

「ええ～～!!　も、もももしかしてテンさんはヨルムンガンドではっ!?」

北欧神話に出てくる世界蛇とか大きく出たなー。

「ヨルム……なんですか？」

相川さんはイマイチわからないようだった。テンさんよりもリンさんの方が化け物っぽいしなー。

あっちはラミアかなーと思っていたけど、テンさんはヨルムンガンドかー。って、毒蛇じゃねえか。

「相川さんはそういう話多分わかんないよ」

「そ、そうなんですか……失礼しましたー」

「いえ……」

桂木さんはあからさまに落胆したようだった。そんなにそういうの知ってる人いないからな？

え？　俺？　……いやほら、中学生とか高校生の時とかいろいろ調べてみたりするだろ？　神話上の生き物とかさ。うん、そういうことだよ。（俺は誰に弁明しているのか）

はっと気づくと、タマが静かにだいぶ先まで歩いていた。とてとてというかんじだったけど、止まってたわけじゃないもんな。

「タマー、頼むから待っててくれー」

タマがえー？　と言いたげに、少し離れたところでコキャッと首を傾げた。協調性がなくてたいへんである。

「確かこっちだったような……」

森の中を北に進む。一度行った場所だから昨日ほどは遠く感じられなかった。まだ途中でスズメバチがぶんぶん飛んでいて、怖いなぁと思ったらタマがひょいひょい捕まえては食べていた。強い、強すぎる。

「桂木さん、タマが食べちゃってるけどこれってどうなのかな」

「飛んでるのはさすがにタツキも捕まえられませんしねー」

まぁ確かに。タマがドラゴンさんをつんつんとつつく。大丈夫なのかと思ったけど、ドラゴンさんは目を細めてなんだか嬉《うれ》しそうに見えた。身体につく虫をつついているのだろう。面白いなと思う。

それにしても今日はそんなに日が出ていなくてよかった。防護服はかなり暑い。それについている帽子も、スズメバチなどを避ける為とはいえやっぱり長時間着るのは無理だなと思った。ただ昨日と違って守られているのが実感できるので、精神衛生上防護服を借りてきてもらえてよかった。

今回は相川さんが先を歩き、その近くをタマが進んでいた。リンさんテンさんがいなければ別に相川さんに近づいてもかまわないらしい。タマは純粋に大蛇が嫌なようだ。誰にでも苦手なものってあるよな、って思う。冷静に考えたら誰でも大蛇は怖いけど。

そうしてタマがひょいひょいとスズメバチを捕まえてはぱりぱり食べながら進んでいくと、昨日の場所に出た。まだ巣の近くでスズメバチがぶんぶん飛んでいてとても怖い。防護服を着ていなければ逃げ出したいところだ。ドラゴンさんがのっそりのっそりと壊れた巣に向かって進む。ハチたちはカチカチカチカチと音を立てて、戦闘態勢に入った。こえー。めちゃくちゃこえー。

ドラゴンさんは群がってくるスズメバチをものともせず、顔の周りに飛んできたのをばくりばくりと食べた。タマがドラゴンさんの範囲外に近づいてひょいひょいとスズメバチを捕って食べる。ユマは俺の前にいて、飛んできたのをぱくりぱくりと食べた。

なんというか、圧倒的だった。

スズメバチはどうにかして一矢報いようと果敢に攻めるのだが、いかんせん針が通らない。そう、うちのニワトリたちの羽も思ったより固いみたいだった。抜けたのを集めて羽毛布団とかできるかな？　と思ったけどそんなに優しい羽じゃなかった。羽毛布団とか、ダウンジャケットに使われている羽はどうやら水鳥の羽を使っているらしいと聞いた。ニワトリなどの陸鳥には羽毛（ダウン）がほとんどなく羽根（フェザー）が主なので向かないらしい。ってそんな知識はどうでもいいんだ。今はスズメバチである。

しかし巣は昨日ドラゴンさんによって破壊されているし、スズメバチがそれに怒って近寄る者みな傷つける状態だし（チェッ○ーズの歌詞とは違う。違うったら違う）、ドラゴンさんとうちのニワトリたちにとってはごはーん！　状態でいつになったら終わるんだろうこれ、と思った。

今日はまんま至近距離でパニック映画を鑑賞できたと思う。防護服さまさまだ。でも近くに来られるとどきどきして心臓に悪い。できればもう二度と見たくない。

「……巣が壊されても近くにいるものなんですね……」

桂木さんが側で呟《つぶや》いた。

「ああ、ハチにとっては災害が起きたようなものだから、行く場所がなくてしばらくはあの近くにいるみたいだよ」

朝、実はスマホで調べていた。

「そう考えると可哀《かわい》そうな気もしますけど……でも生き物って結局生きるか死ぬかですよね」

「うん、実際危ないしな」

人間にはそもそも身を守る毛が少ない。

スズメバチも自分たちを守る為に毒針を持っているのだけど、それを怖がられて駆除されてしまうんじゃ本末転倒ではないだろうか。でもハチだって、まさか自分たちを食べる以外に危ないから駆除しようって考える存在が出てくるとは思わなかっただろう。

確か老子の言葉に、「曲則全、枉則直（曲なれば則《すなわ》ち全し、枉《ま》がれば則ち直し）」というくだりがある。

曲がりくねった木は、その生を全うできる。身を屈《かが》めていればまっすぐに伸びられるというやつだ。これは人の生き方について書いているものなので俺が連想したこととは違うが、実際曲がっている木は邪魔だと切り倒されたりもする。そしてそれをするのは人間だ。他の生き物にとって人間ほどイレギュラーな存在はないかもしれない。でも人間も生きているわけで、お互いどうにかして生存していきたいのだ。

今回もあらかた食べ終えたのか、ドラゴンさんとタマが戻ってきた。それなりに機嫌がよさそうである。今日は確認の為に来たのだが、ハチに追い打ちをかけてしまったようでちょっといたたまれなかった。運が悪かったと諦《あきら》めてほしい。

つか、こっちからするとスズメバチってものすごく恐ろしい生き物だけど、日本だと意外と天敵も多い。オオカマキリとかオニヤンマに捕まるとか聞いたことがある。カマキリってやっぱ強いんだな。

「うちの近くにはいませんけど……スズメバチってやっぱり怖いですね」

「うん、怖いね」

「そうですね」

なんとも言えない顔をして、俺たちは軽トラに戻った。おっちゃんちに来いと呼ばれているので、またみんなで向かうことにした。

防護服は桂木さんが預かってキレイにしてから村役場に返してくれるということになった。なんか悪いなと思ったが、

「ついてきてもらったんですから、それぐらい当然です！」

と言われてしまったので、お言葉に甘えることにした。相川さんも苦笑しながら、「お願いします」と桂木さんに預けた。一度家に置いてくるというので麓《ふもと》の金網辺りまで先に行っていることにした。さすがに金網を開けて外で待っているわけにもいかない。もうナギさんが来る心配はないだろうが、若い女性がこの山に住んでいることには変わりない。用心はしてもしすぎるということはないのだ。

桂木さんの軽トラが来るのを待って鍵《かぎ》を開けてもらい、おっちゃんちに向かった。

「巣はどうだった？」

顔を合わせたと思ったら真っ先に聞かれた。

「昨日のままでした。周りでまだハチがぶんぶん飛んでまして……怖かったです」

桂木さんが答える。

「あー、そうか……しばらくはハチが怒って攻撃的になってるんだよな。防護服は着てったんだろ？」

「はい、相川さんに借りてきていただいて……とても助かりました」

「言っとけばよかったな。誰も刺されてないよな？」

「はい、おかげさまで」

「一、二週間はまだハチが飛んでるだろうから近づかないようにな」

「はい、ありがとうございます」

桂木さんが丁寧に頭を下げた。

「全く……巣を獲った後何日かは働きバチが周りを飛んでることぐらい知ってるでしょうよ！　なんで教えてあげないのよ！」

「うるせー、忘れてたんだよ！」

「おおかたアンタのことだから捕まえたハチを酒に漬けるのに忙しくて忘れてたんでしょう！」

「いいじゃねえか！　ハチ酒は最高だぞ！」

おっちゃんはおばさんに怒られてたじたじになっていた。尻《しり》に敷かれるぐらいがいい夫婦の形だと聞いている。俺たちは黙って笑みを浮かべた。

「本当にねぇ、いつまで経っても子どもみたいなんだから。ちゃんと私も注意してあげればよかったわ。ごめんね」

「いえいえ！」

桂木さんが慌てて首を振る。

おばさんは俺たちが今日も見に行くということは知らなかったらしい。かえって謝られてしまった。

「思ったよりいっぱいハチが集まっていたので、タツキのいいごはんになりまして……こちらこそ心配をおかけしてすみませんでした」

「それならよかったけど……今回うまくいったからって過信しちゃだめよ？　何が起こるかわからないんだからね」

「はい、ありがとうございます」

「なあに、いろいろ経験は積んどいた方が楽しいぞ！」

「アンタは黙ってなさい！」

怒られておっちゃんはすごすごとこっちを向いた。

「で、どうだった？」

まだ懲りてないのかアンタ。

「どうって……だからハチがものすごく怒ってて怖かったですね」

「そりゃあ巣を破壊されたんだ。怒るわな」

「そうですね」

「まだ先でいいが……昇平んとこの山も見回らないとなぁ」

「まだまだ先でいいです‼」

冬になってからで十分だ。とりあえず家の近くにあった巣は駆除したわけだし。

「そういえば捕ってきたハチってどうしたんですか？」

相川さんが興味津々で聞く。

「ああ、焼酎《しょうちゅう》に漬けてハチ酒にしたぞ。一部はこれから唐揚げだ」

「え？　唐揚げにして食べるんですか？」

「ああ、煙でいぶしたから香ばしくてうまいぞ！」

相川さんが面食らっていた。人間っていうか、こういう山間部だと大概なんでも食べる気がする。昔は田んぼからイナゴを捕ってくる宿題があったとか聞いた。集めたイナゴは佃煮《つくだに》などになったとか。食べられないことはないが、虫はあんまり……と思ってしまう。

でも唐揚げって言われると興味はあるな。

思ったよりおっちゃんは数を捕まえていたらしく、皿にけっこうな量のスズメバチの唐揚げが載っていた。これだけ捕ってたら確かに刺されてもしょうがないと思えるような量だった。桂木さんは絶句していた。

「………」

「……けっこう、捕ってたんですね」

「おうよ！」

おっちゃんが胸を張った。いや、これでえばられても……。

「もー、虫籠《むしかご》の中にところ狭しと入ってるんだもの。生きた心地がしなかったわよ～」

おばさんが苦笑していた。それじゃ診療所で嫌がられてもしかたない。今日辺り、「スズメバチ持込禁止」とか診療所に張り紙をされてそうだと思った。

唐揚げの味はというと……揚げたせいかなんか海老《えび》のような、でも虫だなって味だった。うまく説明できないがそんなかんじだ。どこぞで食べたサソリの方が海老っぽかった。後味はやっぱり虫だったけど。スズメバチも幼虫と蛹《さなぎ》は甘露煮にしたりするらしい。今回はドラゴンさんがそこらへんは平らげてしまったので、おっちゃんは気合いを入れて成虫を狩ったのだとか。うん、それじゃやっぱり刺されまくってもしょうがないよな。

「ところで、刺されたところは大丈夫なんですか？」

「はっはっはっ！　毒を絞り出される方が痛かったぞ〜！」

「いや、そうじゃなくて……不調とか……」

「ああ？　見りゃわかんだろ？　ピンピンしてらぁ！」

「よかったです」

元気でよかった。でも忘れた頃に急変するなんて話もあるからもう少しおとなしくしててほしい。これに懲りて……なんてことはおっちゃんに限ってなさそうだ。

もちろんスズメバチの唐揚げ以外にもいろいろごちそうになって帰った。タマとユマは畑で虫や捨てる野菜などをもりもり食べてご機嫌だった。ドラゴンさんは家の横の陰でのんびり寝そべっていた。毎日食べているわけでもなさそうだから、それはそれでよかったのだろう。指の痛みもどうにか治ってきた。時々すごく痒《かゆ》いけど、完治したらまた養鶏場に顔を出したいなと思った。

8　十月に入りまして

十月になった。指はちょっとひきつれたかんじが残るもののもう治ったと言ってもいいだろう。

タマとユマは時折卵を産まない日もあるが、それ以外は毎日のように産んでくれる。とてもおいしくて嬉《うれ》しい。最初のうちは有精卵じゃないかとかいろいろ気にしていたが、最近は気にしないことにしている。大事だと、これから自分の子孫が生まれるのだと思えば抱え込むだろう。産んでほっとくということはそういうことなのだと思うことにした。ポチをちらりと見る。なあにー？　とでも言うようにコキャッと首を傾《かし》げられた。うん、ポチが気にしてないならいいんだ。

おっちゃんの、スズメバチに刺された痕《あと》ももう目立たないらしい。翌日会った時、絆創膏《ばんそうこう》もつけていなかった。アナフィラキシーショックについては、エピペン（アナフィラキシー補助治療剤）などを使って症状を一時的に緩和してから医者に見せるぐらいしか手はないようだ。ただそのエピペンというのがどこで手に入るのかとか、そんなに簡単に手に入れられるものなのかどうかは知らない。興味がある人は自分で調べてみてほしい。（だから誰に言ってんだ）

みんなもう秋植えは終え、朝晩はかなり冷えるので畑にビニールシートを被《かぶ》せたりとそれなりに工夫はしている。おっちゃんちの畑にはビニールハウスもある。農家は野菜などは自分たちで作っているからそれらについては特に困らないが、肉や魚類は買わなければならない。そういえば乳牛を飼ってる家もあるって聞いたことがある。それほど人は住んでいないけど村の範囲はけっこう広いから知らない場所は全然わからない。村の地図とかいってもかなりアバウトだしなぁ。

そういえばそろそろ新米の時期じゃないか？　と気づいた。

最近村に下りると、ところどころで金色の稲穂を見かけるようになった。夏の青々とした稲が並んでいる田んぼもキレイだったけど、稲穂が首《こうべ》を垂れているのを見るとそろそろ収穫かなとウキウキしてくる。山間《やまあい》の村だからか、畑はそれなりにあるけど一面が田んぼという光景はあまり見られない。ところどころに見られるというかんじだ。

おっちゃんちでも米は作ってるけど、自分ちと息子さんたちの家分だと言っていた気がする。他の家はどうしてんのかなと思った。もし売ってもらえるなら売ってほしい。

今日は豆腐が食べたくなったので、ユマと一緒に豆腐屋へ向かったら珍しく他のお客さんがいるのを見かけた。小さな店である。急いではいないので外で待っていようと思ったら、軽トラの横にニワトリがいた。

うちのじゃない、よその家のオンドリである。もちろんうちのニワトリたちよりも小さい。一瞬ゲッと思ったが（オンドリは総じて攻撃的だと聞いているせいだ）、どこか見覚えがあった。

どこでだったっけ？

オンドリはユマを見るとクンッと頭を上げた。そしてトットットッと近づいてくる。明らかに大きさが違うけどもしかしてユマに喧嘩《けんか》を売りに来たのだろうか。そうしたら俺がユマを守らなくては、と思ったのだけどどうも様子が違う。

オンドリはユマの方を見ながら周りを回るような動きをし始めた。なんか足元が少しジタジタッと跳ねているようにも見えたけどよくわからなかった。ユマはそれにかまわず俺の側《そば》で毛づくろいを始めた。

なんだったんだろう？

豆腐屋から出てきたおじさんを見て、俺はオンドリの名を思い出した。

「あれ？　もしかしてブッチャー……？」

「ん？　あれ？　そのでっかいニワトリは……もしかして佐野君かな？」

「あっ、ハイ」

そのおじさんは豆腐屋で買ったのだろう品物を、レジ袋ごと荷台のクーラーボックスにしまった。

「いやあ、夏は佐野君ちのニワトリたちにはお世話になったよ。直接礼を言いたいと思っていたんだが、機会がなかなかなくてなぁ。あ、豆腐屋に用事かい？」

夏にニワトリ、というと蛇騒動の時にニワトリたちを派遣したお宅だろうか。だんだん思い出してきた。

「はい。ええと確か、掛川《かけがわ》さんでしたっけ……？」

確かおっちゃんちの会合に来ていたおじさんである。おっちゃんと同じぐらいの歳《とし》だったはずだと記憶を探る。あの時はおっちゃんちに泊まってから帰ったような？　それとも違ったかな。名前を間違って覚えてないといいなと思いながら、どきどきして聞いてみた。確かニワトリを放し飼いにしているお宅だったと思う。村の南側は北側とはまた違ったかんじに開けていて、田んぼと畑が広がっている。山と林だか森だかの間だから範囲はそこまで広くはない。陸奥さんとこほどではないけど、田んぼがあるなーと思った記憶があった。

「おー、覚えててくれたのか」

掛川のおじさんは嬉しそうに笑んだ。俺としてはニワトリのおじさんとして覚えていたにすぎなかったので、内心冷汗をかいた。会合の時はそんなに印象深くはなかったのだが、後日掛川さんがオンドリを軽トラに乗せるところを見かけたのだ。

その時にオンドリのことをブッチャーと呼んでいた気がする。

「あ、いえ……おっちゃん、いえ、湯本さんにも聞いていたので……」

「そうかそうか。ちょうどいいからちょっと寄っていかねえか？　豆腐屋が開いてる時間に帰すからよ」

「あ、ええと……じゃあお言葉に甘えて」

なんか逆らえるような雰囲気ではなかったので、掛川さんについていくことにした。特に予定もなかったからよかった。

オンドリはユマの周りをまだ回っていたが一定の距離以上近づいてくる気配はない。そのせいかユマも全然気にはしていないみたいだった。

あれ？　これってもしかしてユマ、求愛されてる？　足ジタジタってやるのって求愛とか聞いたことあるけど……。

違ったかな？

とりあえずユマには軽トラに乗ってもらい、掛川さんの軽トラの後についていくことにした。ちなみにオンドリは掛川さんの軽トラの助手席に乗った。自分でバサバサッと羽ばたいて助手席に乗るニワトリを見ておおっと思う。ユマはなんというか、ピョンというかんじで乗るから新鮮だった。そういえばユマもここまで大きくない時は羽を羽ばたかせて上がっていたような気もする。助手席に乗るニワトリってなんかかわいいよなと思った。

豆腐屋から五分程南の方に走らせると、田んぼと畑、そして点在している家々が見えた。掛川さんはそれらの手前の家の駐車場に軽トラを停《と》めた。砂利が敷きつめられている場所である。その隣に少し間を空けて停める。そこが掛川さんちだった。それは平屋建ての立派な瓦《かわら》屋根が載ったお宅で、昔ながらの家というかんじだった。

陸奥さんちと同じぐらい広いかな。

「佐野君、うちのニワトリを見て行くかい？」

「え？　あ、はい」

オンドリは掛川さんが降りると、運転席のドアの方からバサバサッと降りてきた。助手席のドアを開けてもらうのを待てないんだろう。

俺は軽トラを降りて助手席のドアを開ける。ユマは珍しく自分から降りないでそのままでいた。

「ユマ？　俺が降ろしてもいいのか？」

そう聞けばココッと返事をしてくれた。かわいい。

時々こうやって甘えるようなことをしてくれるのがたまらなくかわいいのだ。

「ユマちゃんだっけか？　でっかいけどそうして見るとかわいいな」

ユマをだっこして下ろすと、掛川さんがにこにこしながら言った。そうだうちのニワトリはたまらなくかわいいのだ。あんまりかわいいかわいい言いすぎてかわいいが大渋滞しているがしかたない。だってユマだし。

ユマを降ろすとまたオンドリが悠然と近づいてきた。

「おいおいブッチャー、お前じゃ佐野君にはかなわんよ」

掛川さんが笑いながら言った。

いえ、襲い掛かられたら俺絶対負けます。

頼むから煽《あお》るようなことは言わないでほしかった。冷汗をかく。

「ははは……」

ユマが珍しく俺にすりすりとすり寄ってきた。

「ユマ？　どうした。今日は甘えただな～」

ついつい顔が崩れてしまう。

「ブッチャー、諦《あきら》めろ。ユマちゃんはお前なんか眼中にないとさ」

オンドリはギンッと俺を睨《にら》みつけた。

え？　このオンドリも人の言葉わかんの？

つか、ニワトリってかなり頭いいよな。このオンドリも掛川さんの言っていることを正しく理解していそうだった。

ニワトリこわい。

「佐野君すまんな。こっちに来てくれ」

「あっ、はい」

掛川さんについていった先は南側の庭ではなく家の裏手だった。そこに大きめの鶏《とり》小屋があり、小屋の中には二、三羽メンドリが入っていた。他のメンドリは表に出て草や土をつついている。メンドリの姿しかない。

「あれ？　オンドリってもしかしてこの子しかいないんですか？」

ついてきているオンドリを見る。メンドリに比べるとかなりでかく見えた。

「ああ。他のはとっとと潰《つぶ》しちまったからなー。コイツはなんか潰し損ねてこんなに育っちまったんだわ」

掛川さんは、はははと笑って言った。

「そ、そうなんですか……。ええと……」

基本的にニワトリは家禽《かきん》だからそういう扱いなんだろうな。さすがに潰す予定があるのかとかは聞きづらい。

掛川さんは俺が聞きたいことに気づいたみたいだった。

「ああ、ブッチャーは今のところ潰す予定はない。本当は今年絞めるつもりだったんだが、佐野君ちのニワトリに触発されたみたいでな。ヘビは捕ってくるし、つい先日は不法投棄の現行犯を捕まえてくれたんだ」

「ええ⁉　それはすごいですね！」

「すごいだろう」

掛川さんが得意そうに応える。オンドリ改めブッチャーも近くでふんすというような顔をしていた。やっぱり言われていることを理解しているみたいだ。

「以前はかなり凶暴で手がつけられなかったんだが、あれからむやみやたらに人のこともつつかなくなったんだ。今は番犬ならぬ番鶏になってるな」

「へえ、それならいいですね」

ブッチャーが潰される予定がないと聞いて俺は胸を撫《な》で下《お》ろした。知り合った生き物がごはんになったと聞いたら気分的に微妙だし。

「そういえば、ちょっと気になってたんですけど……ブッチャーの名前の由来って」

「プロレスラーだよ。知ってるか？」

「えーと、カナダのプロレスラーでしたっけ」

「お、知ってんじゃねえか」

掛川さんは嬉しそうにニヤッとした。ブッチャーの由来が肉屋とかじゃなくてよかったと思った。しかしニワトリの名前としてはどうなんだろうな？　まぁ人んちのニワトリだからいいか。

「そうだったんですね。ところで、ここのメンドリは卵を産むんですか？」

「ああ、基本卵は食用だ。食べてくか？」

「え？　いや、悪いですよ」

「そうか？　佐野君にはなんか受け取ってほしいんだがなぁ」

「えええ。そんな……野菜とかいっぱいいただきましたから大丈夫です！」

夏のニワトリ派遣について恩を感じてくれるのはいいけど、そんなにそんなにいろんな物をくれようとしなくていいと思う。この辺の農家さんは気がつくといろいろくれようとするから困るのだ。人がいいんだろうけど、もらいっぱなしというわけにもいかない。

俺は苦笑した。

そういえば、と家の南側に広がっている田んぼを眺めた。稲穂が首《こうべ》を垂れて、早く収穫してくれと言っているようである。

「……あの、稲の収穫っていつぐらいにされるんですか？　新米ができたら売ってもらうことってできます？」

せっかくだからと聞いてみた。ユマは俺の足元の草をつついている。

「ちょうど明日が刈り入れなんだ。ああそうだ、よかったら手伝ってくれないか？　昼飯ぐらいはごちそうするぞ」

「え？　いいんですか？」

思わず食いついてしまった。

「もしよかったらニワトリたちも連れてきてくれると助かるんだがなぁ」

掛川さんはそう言って笑った。確かに稲刈りの際に蛇とかそういうのに煩わされないで作業ができるといいと思う。

「そうですね。ちょっと何羽来るとかはお約束できないんですけど、ユマは多分一緒に来てくれると思うので参加させていただいてもいいですか？」

田植えは小さい頃経験したことはあったが、稲刈りはまだしたことがなかった。どうせだから一度ぐらい経験してみたいと実は思っていたのだ。

「ああ、一羽でも来てくれると助かるよ。ブッチャーだけだと男衆が怖がるからな」

「ブッチャーもヘビを捕るんですよね？」

「捕ってはくれるんだが、男衆に突撃もするからちょっと問題なんだ」

掛川さんは苦笑した。

やっぱりオンドリは凶暴みたいである。その凶暴さでブッチャーという名がついたのかもしれない。

この日は縁側でお茶と漬物、お茶菓子をいただいて明日の話を詳しく聞いた。お菓子をこれでもかと持たされて苦笑した。

おばさんが「これも食べる？　うちはあんまり食べないからねぇ」と言っていっぱい饅頭《まんじゅう》や煎餅《せんべい》をくれたのだ。お茶をしたりすると誰かしらが持ってくるらしい。

「佐野君ちのニワトリには本当にお世話になったからね。それに明日の稲刈りも手伝ってくれるなんて嬉《うれ》しいわぁ」

「あの……初めてなので猫の手にもならないかもしれませんが……」

「あらあら、誰だって最初はまごつくもんよ。手伝ってくれるって気持ちが嬉しいの！」

おばさんはハイテンションだった。背中をバンと叩《たた》かれ、ちょっとむせた。ありがたくお菓子を受け取り、帰りに豆腐屋に寄ってから山に戻った。

豆腐屋に寄ることを忘れなくてよかった。

ユマは帰宅してからも甘えただった。

「サノー」

「うん、どうしたユマ？」

買った物を片付けたりして居間に腰掛けたらすり寄ってくる。そしてじいっと俺を見つめた。つぶらな瞳《ひとみ》が何か期待しているようにも見えた。

「サノー」

「うん。ユマはかわいいなぁ」

「カワイイー？」

「うん、ユマはすっごくかわいいよ」

ユマは羽をバッサバッサ動かして喜んでくれた。ああもうなんてかわいいんだユマはあああああ！

「ユマ、掛川さんちで話してたけど、明日も行くことになったんだ。ユマはどうする？」

「イクー」

「ありがとな」

「サノー、イッショー」

「うんうん、一緒だな」

ユマは頭をすりすりさせてきた。俺も嬉しくなってユマの羽を撫でた。たいして撫でなかったのだけど、羽がハラハラと落ちた。

そんなに暴れただろうかと首を傾げた。

夕方、いつも通りポチとタマが帰ってきたから汚れを落としたりして洗った。でっかいタライにお湯を入れても急いで洗わないとすぐに冷めてしまう。でもできるだけ汚れは落としたいのだ。

で、餌を与えてから明日の件について話してみた。

「ポチ、タマ、俺明日は稲刈りに出かけるんだけどどうする？　なんかニワトリがいるところでさ、お前らが夏に出張したお宅なんだけど」

ポチは俺が何を言っているのか途中から理解できなくなったらしく、コキャッと首を傾げたまま戻らなかった。

「あー……タマ、わかるか？」

タマもコキャッと首を傾げた。一部わかりづらい部分があったみたいだ。説明が下手だったかもしれない。改めて話した。

「えーと、明日俺は村に出かける」

コッ、とポチが返事をした。

「ニワトリがいっぱいいる家に向かう。養鶏場じゃない場所で、お前たちがおっちゃんと行ったことがある場所だ」

一つ一つ言い含めるように話した。

「もしかしたらまたヘビがいるかもしれないから、田んぼの周りのパトロールを頼みたい。一緒に行ってくれるか？」

「イクー」

「イクー」

「サノー、イッショー」

具体的に話したらわかってもらえたらしく、ほっとした。やっぱ話を整理しないで話すのはだめだな。もう少し話し方を考えることにしよう。おかげでタマからわかりにくいのよッとばかりに軽くつつかれた。ごめんなさい。


翌朝、タマにのしっと胸の上に乗られた衝撃で起きた。

「ぐええっ!?」

重くなってきているから胸に乗ってくるのは本当にやめてほしい。

「タ、タマあああ！」

タマは俺が起きたことを確認もせず、トトトトッと部屋を出て土間の方へツッタカターと逃げて行った。

「怒られる自覚があるならやるなよ……」

そう呟《つぶや》いて気づく。なんかニワトリの羽が大分落ちていた。

「あれ？　こんなに羽って落ちてたっけ？」

気になって支度をしつつ廊下に出た。タマの羽らしきものがそこかしこに散っている。居間兼土間兼台所兼玄関に向かうと、土間にかなり羽が落ちているのが見えた。

「え？　なんだ、いったい……」

とりあえずニワトリたちに餌を準備してから、スマホで調べてみた。病気とかだったら怖いし。

「あー……換羽期か」

ポチが羽をバササッと動かす度に羽が舞う。うちの外ならいいが家の中では止《や》めてほしい。ごはんに羽が飛び込んできたら困る。

昨夜洗った時にもそれなりに落ちたのかもしれない。外で洗っていたから気づかなかったみたいだ。（洗っているうちに暗くなっていた）

個体差はあるが、早ければ羽が抜けるのは二、三日で収まるみたいだ。思い出してみると、ここのところユマの羽もけっこう抜けてきていたかもしれない。軽トラの助手席の足元も確認してみよう。

稲刈りは九時ぐらいから始めると聞いたから、その準備をすることにした。水は抜かれている状態だから濡《ぬ》れる心配はないかもしれないが、黒長靴を用意した。頭にタオルを巻いて、首にも巻いて、いつもの作業着姿で軽トラに乗り込んだ。念の為《ため》着替えなども持って行く。

荷台には当たり前のようにポチとタマが乗り、助手席にはユマ。

「じゃあ行くか、しゅっぱーつ！」

「シュパッー」

ユマは言ってからコキャッと首を傾げた。

付き合ってくれるのがかわいい。俺はにんまりした。

そうして村の南側にある掛川さんちへと向かった。

掛川さんちの周りには田んぼと畑、そして家が点在している。田んぼにはもう何人か集まっていた。

「おはようございます。佐野です、今日はどうぞよろしくお願いします」

掛川のおじさんがにこにこしながら近づいてきた。足元は地下足袋である。この方が足に力が入りやすいんだっけ。

「おはよう佐野君。ニワトリたちはみんな来てくれたのか?」

「はい、全員連れてきました。多分この周りで過ごすと思いますのでよろしくお願いします」

子どもたちが何人かいて、目ざとくニワトリたちを見つけた。

「あっ、ポチちゃんだー!」

「タマちゃーん」

「ユマちゃんだー!」

今日は金曜日である。なんで子どもたちがいるんだろうと思った。大人は遠巻きに見ているだけだが、子どもたちは遠慮なく近づいてきた。

「おーい、遊びに来たんじゃないぞ。今日って、金曜日じゃないのか? 学校は?」

「稲刈り休暇だよー」

「あー、そういうのがあるのか」

「にいちゃんしらねーの？」

この辺りは農家が多いから田植え休暇とか稲刈り休暇が設定されているみたいだ。うちの方は住宅地だからそういうのなかったな。

「うちの方にはそういうのなかったからさ。ところで君たちは稲刈りはしないのかい？」

「明日手伝うー」

「そっか」

ここらへんは今日明日で刈ってしまうのだなと思った。ってことはおっちゃんちもかな。

子どもたちには、うちのニワトリたちは稲刈りの間に危険な生き物がいないかどうかパトロールするのだと伝えた。だから邪魔をしないでほしいとも。みんなうんうんと頷《うなず》いて、別の場所で遊ぶことに決めたようだ。みんないい子たちだよなと思った。

「あっ、ブッチャーだ！」

「逃げろー！」

掛川さんちの裏手からブッチャーがやってきた。ドッドッドッドッとまっすぐこちらに向かって駆けてくる。

「ええっ？」

どういうこと？　と思ったら俺の前の方にポチがトトトッと出た。


クケェエエエエエッッ‼

叫びながらドドドドドと勢いよく駆けてきたブッチャーに、ポチはスパーンとその尾を叩きつけた。

「えええええ?」

どゆこと?　と思った。ブッチャーはそれで一旦《いったん》倒れたものの、むくっと起き上がってまたポチに果敢に向かっていく。その度にポチの尾で叩かれるのだが、倒れたり、体勢を崩したりしながらもなかなか諦《あきら》めなかった。

「あ、あのぅ……」

「ああ、ありゃあ挨拶《あいさつ》みたいなもんだ。気にしないでくれ、行こうか」

「は、はい……」

ポチは面倒くさそうに何度かブッチャーの相手をしてやっていた。タマもユマもブッチャーにはかまわずそのへんで草をつついている。なんというか、オンドリって怖いとしみじみ思った。

腰に藁《わら》を巻くのを手伝ってもらい、こっちとこの列をお願いねと言われてカマを持った。もちろん軍手はしっかりはめている。怪我《けが》なんかしたら困る。また相川さんや桂木さんに迷惑をかけるのはごめんだった。

「じゃあ始めるぞー」

「おー!」

掛川さんちのご近所さんも総出で稲刈りをするみたいだ。カマで稲をまとめ、稲の束をこう持って、カマでこう切るんだよというのを何度か教えてもらってからカマを振るう。力はそれほどいらないけどコツがいるなと思った。

親指が下にならないように左手で稲を掴《つか》んで刈る。

刈った稲の束は一旦置いて、後で藁でくくる。

某アイドルがやっていた番組での稲刈りだと、稲の束をくるくる回して縛ってたなーと思ったけど俺にはできそうもなかった。多分あれの真似《まね》をしたら稲がバラバラになりそうだったから断念した。人のところでやって迷惑をかけてはいけない。つか、藁でくくるのもけっこうたいへんなんですけど。うまく巻けていないかったみたいですっぽ抜けたりと散々だった。おじさんとおばさんたちに笑われながら、どうにかこうにか最後の方でやっとできるようになった。それでもあんまりうまくできなかった。そういえば俺って不器用だったなー。

なんでもやってみなくちゃわからないものだなと思いながら、無心で稲を刈り、藁でくくった。

汗が滝のように流れる。それをタオルでたまに拭《ぬぐ》いながらがんばった。

「佐野君、がんばれがんばれ、もう少しだ」

夢中になってやってはいたけど、俺が一番最後だった。

掛川さんやそのご近所さん、子どもたちにも応援されて、苦笑しながら与えられた場所は最後までどうにか刈り終えた。

もう足も腰もがくがくである。

みなさん慣れたもので、稲の束はそれなりに左手に持ちためてから地面に置いていたが、俺はそんなに器用なことはできなくて、みなさんの半分ぐらいしか一度に持てなかった。おかげで時間がかかったけど、それでも俺が任された場所は少なめだったからこれぐらいで済んだのだと思う。

「佐野君、ありがとうなー」

「にーちゃんえらーい」

「にーちゃんがんばったー」

子どもたちにも言われて照れた。

「にーちゃん、ほっぺに泥ついてるよー」

「まじかー」

あははと子どもたちと笑った。後で洗えばいいだろう。遊んでいると思っていたユマが近づいてきて、汗だくの俺にすりっとすり寄ってくれた。ああもうこれだけで疲れとか吹っ飛ぶ。

「にーちゃんデレデレだー」

「ユマちゃんかわいーい」

はやし立てられたけど、ユマがかわいいのは事実だからしょうがない。

「ユマ、俺今汗だくだからまた後でな」

そう断って、刈り取った稲を稲架《はさ》にかける作業を手伝った。これは比較的背が高い男衆で行ったので、面目を保つこともできたと思う。

「最近の若い者《もん》は発育がよくていいよなぁ」

「かっこいいわよねぇ」

おじさんおばさんたちが嬉《うれ》しそうに言っていた。つっても俺は百七十ちょっとしか背はないんだけど。

「ふー……」

思わずため息をついた。

「佐野君、お疲れ様。はい、麦茶どうぞ！」

掛川のおばさんが麦茶を持ってきてくれた。

「ああ、すみません。ありがとうございます！」

おばさんたちも稲刈りをしたのにあれこれと動くんだからすごいよな。俺ってば情けないなと思った。稲刈りが終わったからと、ニワトリたちの元へ子どもたちが殺到している。例のブッチャーも一緒になってわちゃわちゃしているのが見えた。

ブッチャーは子どもを追いかけることはあってもつついたりはしないらしい。やっぱり頭がいいんだなと思った。

子どもたちも追っかけられて楽しそうだ。ポチも一緒になって追いかけたりしていて、きゃーきゃーと楽しそうな声が響いた。

秋晴れの、気持ちのいい日である。遠くにぽわんとした雲が見えた。

ごくごくと麦茶を飲む。

「ぷはーっ！」

と大きな声だか息だかが出た。こんなに集中して何かをしたのは久しぶりかもしれない。

たいへんだけど、たまにはいいなと思った。

「みなさんお疲れ様～。お昼にしましょうね」

おばさんたちが家から食べ物を運んできてくれた。ビニールシートをあぜ道に敷いて座ったら、もう立てなかった。

「うわ……」

明日絶対筋肉痛かも。情けない話である。

「はい、佐野君もどうぞ～」

「ありがとうございます」

それまで周りで遊んでいた子たちも集まってきて、おにぎりとかを渡してくれた。

塩握りがめちゃくちゃうまかった。

「……うんまっ……」

労働の後の塩握りってやっぱ最高だな。漬物もうまい。誰かの家で漬けているんだろう。きゅうりとかナスとか、ぬか漬けが絶品だった。

「佐野くーん、一杯やんねえかー？」

「遠慮しときますー」

この辺に住んでるわけじゃないから飲んだら危険だ。運転できなくなってしまう。

おじさんたちはすでに顔が赤い。楽しそうでいいよな。おじさんたちはこの周りの家に住んでいるんだろう。

「あれ？　タマ？」

珍しくタマがトットットッと近づいてきたと思ったら……。

「うわぁっ!?」

嘴《くちばし》に蛇を咥《くわ》えていた。多分マムシではなさそうである。ヤマカガシか？

「す、すみませーん！　タマがヘビを咥えてきたんですけどどうすればいいですかー？」

さすがに俺はもう対処したくなかったので助けを求めた。

「おおー！　捕まえてくれたのか、優秀だな！　お、ヤマカガシじゃねえか」

掛川のおじさんたちが近づいてきて、袋にヤマカガシを突っ込んだ。

「いやー、まだいたのか。来てもらってよかったよ！」

「は、ははは……お役に立てて何よりです……」

捕まえた時俺のところじゃなくて掛川さんに持って行けって言えばよかったなと、今更ながら思った。全く俺ってやつはいろいろ抜けている。

「これ、もらっていいか？」

「あ、はい。どうぞ処分してください」

「ありがとうなー」

掛川さんはにこにこだった。少し視線をずらして田んぼの向こうを見れば、ユマが草をつついていた。その側でポチとブッチャーがまたやり合っている。元気だなと思った。

「ん？　タマ、どうした？」

ココッとまだ側にいたタマが返事をした。もしかしたら何か食べたいのかもしれない。

「すみません、野菜くずとかないですかー？　ニワトリにあげたいので」

そう声をかけるとおばさんたちがまたわらわらと動いて、野菜をいっぱい運んできてくれた。いや、さすがにこんなにはと思ったけどせっかくの厚意なのでニワトリたちを呼んだ。

虫だけではなく野菜が食べたかったらしい。

タマは素直に野菜をつついていた。

俺は紙コップに入ったみそ汁とか、おばさんたちが持ってきてくれた煮物などをいただいた。がんもどきの煮つけもうまいし、里芋の煮っころがしも最高だ。きんぴらごぼうも好きだし、切り干し大根を昆布、シイタケと一緒に煮たのもおいしい。

「俺煮物大好きなんですよー。全部おいしいです！」

「おいおい、あんまり若い男ばっか優遇すんなよ～」

おじさんたちが笑う。

「アンタたちにはいくら作ってもおいしいの一言も言わないでしょうよ！」

おばさんたちは笑ってそんなことを言いながら、俺にいっぱい食わせてくれた。あれもこれもと差し出されて、さすがにもう腹がパンパンである。

「すごくおいしいんですけど、もう腹いっぱいなので……」

「あらそう？　持って帰る？」

「いえいえ、そこまでは……」

おばさんたちのごちそう攻撃にはとても勝てない。今日持って帰っても食べられそうもなかった。

落ち着いた頃、隣に掛川さんが座った。

「佐野君、稲刈りはどうだった？」

「……たいへんでしたけど、楽しかったです」

「じゃあ、また来年も声かけていいか？」

「ええ、是非。あ、でも期間中に一回ぐらいでお願いします……」

連日とかはさすがに無理だ。

「わかってんよ」

掛川さんはそう言ってはははと笑った。

新米は後日、稲の中が乾いてから脱穀していただけることになった。（稲は刈り取った時は、まだ穂の中が水分を多く含んだ状態である。だからそれを十分に乾かす必要があるらしい）

一応天日干しにするが、何日かしたら倉庫に入れて人工的に風を入れたりするらしい。そうすることで早くお米ができるのだそうだ。こちらでは十月の半ば過ぎにはできるという話だった。

「玄米のままで渡そうか？」

「うち、精米機がないんですよ」

「だったら買った分の一部はうちに置いといて、足りなくなったら取りにくるっつーんでもいいぞ。電話一本入れてくれれば精米しとくしな」

「いいんですか？」

「ああ、佐野君ちのニワトリには本当に世話になったからな！」

周りの家の人たちもうんうんと頷《うなず》いている。どんだけこの村の人たちは人がいいんだろう。

「さすがにそれは悪いのでは……」

「いーんだよ。佐野君が定期的に顔を出してくれりゃあ孫たちも喜ぶしな」

「そういうことでしたら……」

さすがにお孫さんのことを言われると弱い。来る時は少なくともユマと一緒だろうから、子どもたちにニワトリの姿を見せることはできるだろう。

「そういや精米する時はどうする？　無洗米にしとくか？」

「そうしていただけると助かりますけど、無洗米とそうじゃないのって味に違いはあるんですかね？」

気になっていたので聞いてみた。

「いや？　味に違いなんてねえんじゃねえか？」

掛川さんは首を傾げた。

無洗米ってといだ時とぎ汁が真っ白にならないからあんまり洗わなくていいんだけど、利点とかあるんだろうか。覚えていたら後で調べてみようと思った。

バシーン！　と近くで音がしたからそちらを見たら、またブッチャーがポチに跳びかかろうとしてポチの尾で弾《はじ》かれていた。

「あのう……あれはいったい……」

来た時は挨拶《あいさつ》みたいなものだと掛川さんに言われたけど、さすがに回数が多すぎるんじゃないかと思う。

「よくわかんねえけどオンドリってああなんだろ？　ポチには悪いが、相手してもらえてじゃれてるんじゃねえか？」

じゃれてるのか。まぁポチも面倒くさそうではあるんだがよく相手してるしな。ブッチャーは闘うニワトリなのかもしれない。

「あんなにでかいと佐野君とこはたいへんそうだなぁ」

「あ、いえ……うちはそれほどは……」

オンドリは凶暴だっていうけど、ポチは比較的穏やかだよなー。タマが凶暴だからか？　と思っ

たら、何故《なぜ》かタマが近くにいた。

はっとする。今の思考、いくらなんでも気取られてないよ、な？

タマがトットットッと近づいてきた。

いやあああ～～～、ごめんなさいタマさん！

と慄《おのの》いていたら、タマは俺の服をつつきだした。どうやらなんか大きな虫かなんかが止まっていたらしい。命拾いした、と内心胸を撫《な》で下《お》ろした。

「タマ、ありがとうなー」

ココッと鳴いてまたトットットッと別の場所をつつき始める。

「……佐野君？」

「あ、いえ！　本当になんでもないんでっ！」

掛川さんは何か気づいたみたいだったが、口にはしてほしくなかったので大急ぎでごまかした。

「……そっか。お互いたいへんだな」

掛川さんが呟《つぶや》く。俺は頷くだけに留《とど》めた。多分感じ取ってくれたのだろうと思う。

ブッチャーは最後まで果敢にポチに突っかかっていたが、ポチはしょうがないなーというようにブッチャーを尾でばっしんばっしんと押しのけていた。三回に一回ぐらい倒れるのに、ブッチャーはすぐにむっくりと起きてまた突撃していく。ポチもそれなりに手加減をしていることは窺《うかが》えた。だってあの鉤爪《かぎづめ》と尾でイノシシを倒すんだもんな。ポチが本気でやったらブッチャーはひとたまりもないだろう。

子どもたちはそれを離れたところから面白そうに見ていた。俺からするとけっこう恐ろしい光景だったんだが、子どもたちにとっては娯楽みたいなものだったようだ。

「……なんで勝てないってわかってるのにつっかかっていくんでしょうね？」

「さぁなぁ。やっぱ本能みたいなもんなんじゃねえか？」

掛川さんは苦笑して言った。本能、ねぇ。

ブッチャーが怪我をしないといいんだが。

タマはマイペースにあぜ道を歩いていて、女の子たちに捕まって抱きつかれたりと、穏やかに過ごしていたみたいである。ユマもマイペースに動いてはいたが、たまに俺の側に戻ってきてコキャッと首を傾げたりしていた。

もうそろそろ帰らないの？　と聞きに来ていたのかもしれない。

来てくれると嬉《うれ》しいから、その都度羽を撫でたりさせてもらっていた。

米ができたら改めて連絡してくれるということなので、食休みをしてから辞した。

今日は帰りに野菜や漬物を持たされてしまった。稲刈りを手伝ってくれた礼だと言われたら固辞することもできなかった。その分お米の代金はしっかり払わせてもらう予定である。

「いやー、疲れたなー……」

ニワトリたちを軽トラに乗せ、山まで走らせる。ユマがココッと鳴いた。

いい天気でちょっと暑いから軽トラの窓は開けた。

途中雑貨屋の前を通り過ぎる時、子どもたちの姿が見えた。クァーッ！　という鳴き声が荷台から聞こえ、ユマが窓の向こうにココッと鳴く。子どもたちに挨拶したのかもしれない。子どもたちが手を振ったかどうかまでは見えなかったが、

「ポチちゃーん」

「タマちゃーん」

という声は聞こえてきた。

うちのニワトリたちはすっかり人気者である。蛇騒動の時も村に出張させたし、ごみ拾いウォークも開催したしな。

大分うちのニワトリたちは村に溶け込んだと思うのだ。

「ブッチャーも、助手席に乗ってたよな」

さすがにうちのように座席を外したりはしていなかったと思う。つーか、ブッチャーもそれなりの大きさではあったけど、やっぱニワトリって大きくてもあれぐらいだよな。うちのニワトリたちと違って持ち運ぼうとすればできそうだった。実際にはさせてくれないだろうけど。

ユマを見て何度でも思う。軽トラの助手席に乗るニワトリってなんかかわいい。

そんなことを考えたら口元が緩んだ。

山の上に戻ったら、ポチとタマがバサバサと自力で荷台から降りた。

今は明るいけど、そんなに経《た》たず日が落ちるだろう。

ポチとタマは降りても勝手に走って行ったりはせず、その場で足をたしたししている。俺の許可を待っているのかなと思ったらかわいくてたまらない。

「遊びに行くのかー?」

「イクー」

「アソブー」

「日が落ちる前に戻ってこいよー」

ポチとタマはココッと返事をすると、ツッタカターと木々の向こうへ消えて行った。一緒についてきてくれたはいいけどやっぱり運動不足らしい。

ユマは今回も自力で降りなかったので、だっこで下ろしてからいろいろ片付けをした。

嫌な予感はしていたけど、ポチとタマが帰ってきた辺りで足が猛烈に痛くなった。筋肉痛である。

普通筋肉痛というと翌日のイメージだが、俺の場合その日の夜には痛くなるのだ。以前そのことを話したら若い証拠だとおっちゃんに笑われたが、痛いのは勘弁である。

「あ、いてててて……」

言いながらポチとタマを洗っていたら、タマにつんつんつっっつかれた。

「いてぇっつってんだろーが、タマ！　いてえって！」

つんっ
つんつんっ
「だーかーらー」

「タマ、やめろっつーの！」

タマは俺が筋肉痛になると面白がってつつくんだよな。ひどいと思う。

「くそう！　俺が元気になったら覚えてろよ！」

悪役の捨て台詞《ぜりふ》みたいなのを叫んだら、タマが一瞬きょとんとした顔をした。あ、この顔ちょっとかわいいかも、と思ったのだけど。

つんつんつんつんつんっっ

「ぐあああああ――――‼」

ひどい。きりきり痛む足を狙うなんてタマは鬼か！

「ダメー」

ユマが珍しくタマに声をかけた。タマは一瞬つつくのを止めた。

お、ユマの一声で止めてくれたと思ったが、つつき方に温情が与えられただけだった。

それから、夕飯の支度をするまで俺はタマにつっつくというかんじではあったけどつんつんつつかれた。楽しいんだってことはわかるけど、切実に止めてほしいと思ったのだった。

9　栗《くり》はおいしいけどたいへんかもしれない

翌朝である。今日も元気だ、足が痛い。

今日は特に何もないせいか、タマに起こされなくて済んだ。タマが痺《しび》れを切らす前に起きたと言うべきか……まぁいい。

朝飯の支度をしながら鳥居を作るなんていう話があったことを思い出したので、忘れないうちにと養鶏場の松山さんに連絡をした。

「こんにちは。佐野君、指はどうだい？　ちゃんとくっついてるかい？」

いくらなんでもぶった切れてないんで。

「こんにちは。無事くっついてます。不法投棄対策で鳥居を作るって話がありましたけど、あれどうしますか?」

「ああそうだなぁ……一基ぐらいは作ってもいいかもしれないけどねぇ」

松山さんは言葉を濁した。四連休も過ぎたし熱が冷めた感はある。でも不法投棄って本当に迷惑だからどうにかしたいって思いはある。

鳥居の件はともかくとして、最近はイノシシなどによる獣被害が増えているらしいと松山さんは言っていた。不法投棄だの鳥獣被害だの、田舎というか山暮らしも楽ではない。十月になっても雑草は元気よく繁茂しているし、木々もまだ紅葉はしていない。朝晩はかなり冷えてきたけどそれぐらいでは植物の生命力は衰えないようだ。雑草はいいかげん衰えろよって思う。

イノシシの被害と聞いておっちゃんに連絡してみた。

「ああ、まぁな。寒くなってきたからな。うちもたまにやられるよ。裏の山辺りに住みついてんのは知ってるんだがなかなかな」

「裏の山の所有者って……」

「隣の隣なんだよな。お前んとこみたいに山に住んでるわけじゃねえから手入れもあんまり行き届いてねえんだ。一部はうちの土地だからそこはそれなりに手入れしてんだが、それ以外の部分まではなぁ……」

「そういうのは困りますよね」

うちは両隣とも交流はそれなりにあるから何かあればお互い様でどうにかかってこともできるが、交流がないうちってなると苦情を入れるのも気を遣う。(イノシシに対してではない)ましてやここは代々人の流動が少ない村で、家族構成もほぼほぼ知っているとなると下手なことは言えないだろう。

「そういえばおっちゃんちの山の一部の土地って知りませんけど、なにかやってるんですか?」

「ああ、以前はな。さすがに最近は手入れも難しいから雑草とか、木の手入れを多少してるぐらいだ」

あんな元気そうなおっちゃんでもたいへんなのだなとしみじみ思った。

「ああでも柿なら植わってるぞ。採りに来るか?」

「甘柿、ですか?」

「渋柿もあるぞ〜」

「渋柿だと干さなきゃいけませんよね」

「ああ、作ってみるか。まだちょっと早いけどな」

「甘柿は採れます?」

「食ってもいい頃だ」

柿って、九月中旬頃から出てくるんだっけか。十月だからそれなりに甘くなってんのかな。

「じゃあ明日行ってもいいですか?」

「おお、いいぞ。こいこい。隣山の連中を誘ってきてもいいぞ」

「わかりました。声をかけてみますね」

そういえばまだ栗も食べてないなとふと思った。きのこはかなり食べたんだけど。やっぱ食欲の秋というのは間違いなさそうである。

まずは桂木さんに連絡すると、彼女は感心したように言った。

「へー、湯本さんも山、持っているんですね」

「だいたいこの辺りの家は少しずつでも持ってるんじゃないかな」

山間《やまあい》の村である。どの家でも山の半分とかそんなかんじで持っている家は多いらしい。たまにそれほど広くない敷地に住んでいる人たちもいるが、そういう家は相続税対策で売られた土地を買っていたりするのだと聞いた。こんな田舎に移り住んでくる人なんていているんだなとか、他人事《ひとごと》のように思った記憶がある。大概は誰かの親戚《しんせき》とか、田舎暮らしに憧《あこが》れてやってくる家族だと聞いた。

そういえば相川さんの知り合いの川中《かわなか》さんは一人で住んでるんだよな。普段はN町でサラリーマンやってるって聞いたけど、帰宅して寂しいとか感じないんだろうか。うちはニワトリがいるからいいけど。

「明日ですね。柿、楽しみです！　そういえばけっこう栗が採れたんですよー。おばさん、いりますかね？」

「聞いてみたらいいんじゃないかな」

栗を食べてないなと思ったらさっそく栗の話題だ。栗ごはんとかおいしいよな。

「聞いてみます！　また明日～」

桂木さんが上機嫌で電話を切った。以前からテンションは高かったけど、最近とみに元気な気がする。元気が一番だなと思う。

相川さんに連絡をすると、「行きます」という返答だった。みんな集まる口実を探してるよなって思う。いくら動物が一緒にいたって時折寂しくなるものだ。

「明日はおっちゃんちに行くけど、一緒に行く人ー。桂木さんと相川さんも行くって」

人じゃないけどこの方が言いやすい。ニワトリたちからも特にツッコミはない。

「イクー」

「アソブー」

「イクー」

タマさんが留守番っと。そういえば相川さんにリンさんが行くのかどうか聞くのを忘れてた。でも、いても半日だからいいかとも思った。タマは見ているとポチより動き回っている気がする。性格も体力も個々で違うし、ニワトリがこんなにかわいいなんて飼うまでは知らなかった。やっぱり飼ってみるもんだなと思う。ただ、運動不足だと夜中に起きて騒いだりするから町で飼うのは難しいかもしれない。うちのは更にでかいから山でないと無理だろう。

山のもので持って行けるものはうちにはない。山菜はそれなりに生えているみたいだが俺にはその知識がないし、山野草のポケット図鑑などを見てもわからないのだからしょうがない。きのこは危険だしーと内心少し落ち込みながら山の上の墓の手入れをしに行くことにした。

筋肉痛でまだ「いててて……」と呟《つぶや》いている俺を、タマはつんつんと軽くつっついてからポチと共に遊びに行った。

だからいちいちつつくなってーの。夕方には治ってるといいな。

ユマと共に軽トラに乗って墓へ向かう。

いつもなら雑草を刈り、墓の周りを掃除したりして線香を供えて手を合わせて~で終わりなのだが、ふと目線がいつもと違う方へ向いた。

あれって、栗の木じゃないか？

村の方向にある木々にイガイガが生《な》っているのがわかった。けっこうな高さなので落とそうと思ったら棒かなにかがないとだめだろう。

「どーすっかな」

まだそんなに落ちているものはなく、日が当たる場所にけっこうついている。木々の手入れをしてもっと太陽の光が当たるようにすれば来年は更に採れるかもしれない。数は採れなくても実は大きくなるかもしれないなと思った。今日採ってもいいとは思うが、明日みんなにお伺いをたててからでもいいだろう。試しに落ちているイガを足で踏んで開けてみると、果たして粒は小さかった。

「落ちてるのは虫入ってるのが多いんだっけ……」

卵を産み付けられてすぐぐらいなら水に浸《つ》けて茹《ゆ》でればどうにかなる。

草をつついているユマを見る。栗ってニワトリにはどうなんだろうか？　とりあえず栗は穴が開いてないものを選んでいくつか採った。市販の栗などとは違い、山栗は全体的に小さい。手入れをしていないからしょうがないのだ。

朝晩かなり冷えてきたせいか、虫の姿が減ってきたように思う。それでも蚊や虻《あぶ》の姿は見るから油断は禁物だ。ニワトリたちのおかげでうちの周りはあんまり虫がいない。すごい動体視力だなと思うのだが、飛んでいる虫をぱくりぱくりと食べてしまうのだ。一応害がない虫は食べないように言っているせいか、蜘蛛《くも》はいるしトンボやオニヤンマは悠々飛んでいる。巣を作る蜘蛛は少し厄介だが、家の中にいるハエトリグモは巣を作らないからほぼ同居状態である。たまに近くにいたりするとびっくりする。こっちが「わあ！」と声を上げると向こうもびっくりするのかぴょーんと跳んだりするから、ごめんと思ったりもする。けっこうかわいい。

山は食べられるものがいっぱいあるから、「この虫は食べないでくれ」と言っておくとみんな「ワカッター」と言って他のものをひょいひょい食べる。ホント、山って虫天国だなって思った。虫嫌いはとても住めないよなとも。

少しだけ持って帰ってきた栗は水に一晩浸けて、明日処理をすることにした。比重が軽いとか、虫食いがひどい栗は水に浮くらしい。他にも黒ずんでいたり、白い粉がついていたりするものは虫食いの可能性があるという。実際栗を食べる虫に害はないというし、おいしいという人もいるらしいが俺はちょっと……。

ちなみに、ユマが穴の開いた栗をつついていたので試しに切ってみたらあまり見たくない光景を見ることになった。うわあーと思ったら出てきた虫をユマがぱくぱく食べていた。栗食べた虫ってニワトリは食べていいんだろうか。ちょっと悩んだ。（安全性は保証できないので安易に与えないでください）

って、桂木さんが採ったって栗も山栗だよな。虫大丈夫かな。

ちょっとだけ心配になった。

翌日、おっちゃんちである。

掛川さんから連絡があったのか、「稲刈り手伝ったんだって？　やるじゃねえか」とおっちゃんに茶化された。

さすがに筋肉痛になったということは言っておいた。

「栗って意外とたいへんですよね～」

桂木さんがそう笑って言った。実際たいへんだったようである。

昨日の時点で、栗の天日干しが終わったところだったらしい。水に浸けて軽い物をはじき、天日干しにして粉が吹いた物をはじき、残った物を茹でて皮を剥《む》いて……。

「去年も思いましたけど、地獄ってここにもあるんだなーって思いました」

そう呟いた彼女は真顔だった。

ご愁傷様である。でも茹でた後なので虫は死んでいる。ドラゴンさんにあげたら好みだったのかなんなのか、意外と食べたらしい。死んでたのに食べたんだと少し意外に思えた。

で、食べられる場所をくりぬいたりなんだりし、苦労して持ってきたようだ。最初にあった量からはくらべものにはならないがそれでもかなり量があったみたいで、おばさんが栗ご飯を作ってくれるという話になったらしい。栗ご飯、ごちそうさまです。

「私の土地ですし、やっぱり来年からはきちんと農薬撒《ま》くことにします！」

ドラゴンさんも自分からは食べないからいいのだろう。

「農薬って簡単に手に入るんだっけ？」

俺は首を傾《かし》げた。

「買うは買えるみたいなんですよね～」

「栗は俺も気にしないからわかんねえな。農薬使う場合は先に病害虫防除所に相談した方がいいぞ」

気にしないとはどういうことか。虫入りでも気にしないで食べるという意味か。おっちゃん最強である。

「病害虫防除所、ですか。ありがとうございます」

桂木さんがふむふむというようにスマホにメモっていた。最近はなんでもスマホだな～とおっちゃんがにこにこしながら言っていた。

「相川さんは栗は……」

相川さんに話を振ると苦笑された。

「最初来た年に採ってみたんですけど、そういう知識がまるでなかったのでたいへんな目に遭いまして」

「もしかして……」

「穴が開いてるとかそういうのも何も考えずに鍋《なべ》で茹でましてね。いやー、苦労して皮を剥いてびっくりしましたよー」

はっはっはっと乾いた笑い。

「じゃあそれ以降は？」

「はい、採ってません」

「ですよね……」

それもご愁傷様としか言いようがない。とはいえ山栗はなかなか味が濃くておいしい。しっかり管理されているところがあれば買いたいなと思うぐらいである。

「うち、墓の南側にあった木が栗の木だったんですよ。だからしっかり手入れしたら来年は食べられるかなーって」

「ああ、あそこ栗林だったんですか。じゃあ冬の間に手入れをしてしまいましょう」

相川さんもノッてくれた。つか、相川さんの山の手入れはどうするんだろう。

「じゃあ今度俺もそちらに手伝いに行きますよ」

そんなことを話していたら視線を感じた。視線の元を辿《たど》ると桂木さんがじいっと俺たちを見ていた。

「……うん、いいですよね。男同士の友情って」

「うん？　いいだろ？」

「……これが萌《も》えってヤツですよね。私、おっ○んずラブには全く萌えなかったのに……」

おっ○んずラブってなんだ。俺まだ二十代だけど。相川さんがははと乾いた笑いをした。

「まぁ、おっさんといえばおっさんですよね……」

「三十代前半じゃなかったんですか？」

そして反応するところはそこなのか。ラブへのツッコミは誰もしないのか。へんにダメージ受けそうだから流すことにする。

「よーし、じゃあ柿採りに行くかー」

「はーい」

おっちゃんに言われて籠《かご》をしょい、野良仕事仕様で畑から山を少し登った。ポチとユマがなにになー？　というようについてくる。今までは入っていいとは知らなかった場所である。二羽とも楽しそうに草をつついたり虫をつついたりしながらついてくる。ウキウキしているみたいで、いつもより身体《からだ》が揺れているのがかわいかった。そう登らないうちにちょっと開けた場所に出る。

「おお！　柿畑じゃないですか！」

そう言いたくなるぐらい柿の木が何本も生えていた。どれもこれも立派な実をつけている。持ってきたはしごをかけ、赤く、熟した実を採らせてもらった。

「こっちは渋柿だ。干し柿を作りたければこっちだな」

おっちゃんがそう言いながらそちらも採っている。まだちょっと時期的に早いらしく、それほど数は採らなかった。それでも手入れがいいのか、どの柿もとても立派だった。ネットなどがばさっとかかっていて、かかっていない木の柿は鳥が啄《ついば》んでいる。あれは鳥に食べさせる用にわざと被《かぶ》せてないらしい。そういうのが二、三本あった。

「うちは特に出荷してるわけじゃねえからな。多少は食われてもいいんだ。だけど全部啄まれたらたまんねえだろ？　だからネットをかける木とかけない木を分けてんだよ」

ちなみに渋柿には全く被害がないらしい。鳥も甘くない柿はわかるんだな。

「ああ、ここにも来てやがるなぁ……」

おっちゃんが木の下や周りを見て呟いた。

「なにがですか？」

「イノシシがいるらしいって言っただろ？　ほら、毛が落ちてる」

おっちゃんが毛を摘《つ》まんで見せてくれた。なんというかこげ茶色っぽい硬そうな毛だった。

「……そうですね」

俺は桂木さんと顔を見合わせた。柿と栗に夢中になっていてイノシシのことを忘れていた。でもさすがにそんなこと言えない。

「なー、ポチ、ユマー」

おっちゃんがなにかを思いついたようにうちのニワトリたちに声をかけた。

なあにー？　というようにニ羽がおっちゃんのところへとてとてと近づいた。

「おっちゃんよー、最近この辺にイノシシが出て困ってんだよー。もしイノシシ見つけたら狩ってくんねえかなー」

ポチがわかったというようにクァーッ！　と勢いよく鳴いた。

「なーんて、な……え？」

おっちゃんは冗談のつもりだったらしいが、ポチはそれを依頼ととったらしい。助走もつけずにすごい勢いで山の上の方へ駆けて行ってしまった。

「しょ、昇平っ⁉」

「……さすがに無理だとは思うんですけど……」

イノシシ狩ってこいと言われて狩ってくるニワトリがいてたまるか。でもあの尾だしなぁ。あの尾、本気で振り回されるとかなり痛いんだぜ？　しかもあの鉤爪《かぎづめ》もどんどん凶悪になってきたし。

ユマはぽてぽてと俺の近くに寄ってきた。

「おっちゃんのは冗談だからさ……気にしなくていいからな？」

あんまり戻ってこないから柿を抱えて先に山を下りた。後でユマに探しに行ってもらった方がいいかな？

ポチはどこまで駆けて行ったんだろうなぁと思いながらおっちゃんちまで戻った。けっこう張り切ってたから、イノシシを本当に狩ってきたりしてな。って、まさかな。

「ええ？　アンタ、ポチちゃんにそんなこと言ったの？　だめじゃないの！」

家で料理をしながら待っていたおばさんはすぐにポチがいないことに気づいた。それで聞かれたので答えたら、おっちゃんが怒られた。

「冗談のつもりだったんだよ……」

「昇ちゃんのところのニワトリちゃんたちはみんな真面目なのよ？　そんなこと言ったら狩るまで戻ってこないかもしれないじゃない！」

「おばさん、それぐらいで……」

いくらなんでも見つからなければ戻ってくる、はず。……だよな？

「大丈夫ですよ。疲れたら戻ってきますって……」

ポチは気まぐれなところあるし……ってそれはタマか。ポチは猿もおだてりゃ木に登るタイプなんだよなー。さすがに不安になってきたぞ。でもなぁ。

とりあえず気が済むまで山の中を走らせた方がいいだろう。もしかしたら他の人の土地に入ってしまうかもしれないが、全然手入れをしていないという話だからそこまで問題にはならないだろうと思う。見回りもろくにしてなさそうだしな。つっても道路に面している土地じゃないから不法投棄とかはなさそうだ。そこはいいなと思う次第である。（不便さには目をつむる）

とりあえずせっかく作ってもらったので先に昼飯をいただくことにした。

野菜の天ぷらに鶏《とり》の唐揚げ、栗ご飯にきのこのみそ汁。もちろん漬物やお浸しも並べられた。

「ごめんね、こんなものしか用意できなくて」

「とんでもない！　いつもありがとうございます」

おばさんがすまなさそうに言う。俺たちはぶんぶんと首を振った。これだけお世話になっていて、

料理まで用意してもらえて文句を言ったら罰が当たる。ちなみにユマは野菜くずをもらうと庭の方へ行った。おっちゃんの家ではユマもけっこう自由にしている。

「いつも感心しちゃうんですけど、この分厚さでおいしくほくほくに揚げられるって技ですよねぇ」

さつまいもの天ぷらを箸《はし》で挟み、桂木さんが呟《つぶや》く。確かに揚げた際の火の通りは難しそうだと思う。おばさんの揚げるさつまいもの天ぷらは分厚くて大きい。ごはんも栗ご飯だったのでいつもより早く満腹になってしまった。栗ってけっこう腹に溜《た》まるよな。

おなかいっぱいになったら眠くなった。あくびをしたら、

「みんな今日は疲れたでしょう。少し昼寝していったら？　あっちの部屋でごろごろしてていいから」

「ありがとうございます」

どうせ俺はポチが帰ってくるまでは待っていないといけないからと、縁側のある部屋に移動した。そこに桂木さんと相川さんもやってきた。

昨日は一日家《うち》だったからいいけど、一昨日《おととい》は稲刈りをしてたんだよな。さすがにちょっと疲れたのかもしれない。

「さすがに眠いですねー」

桂木さんも眠そうだ。

「気候がいいから、眠くなりますよね」

相川さんが苦笑する。結局俺を挟んで川の字、というほどではないが、座布団を枕に俺たちは寝てしまった。全体的に涼しくなって、寝やすいというのもあるだろう。食欲の秋の次は睡眠の秋だ

ろうか。いや、眠いのは春じゃなかっただろうか。春眠暁を覚えずなんつって。

ふっと意識が浮上したら、縁側の向こうからユマが覗《のぞ》いているのが見えた。縁側まで這《は》うように移動してそっと抱きしめる。明日何もなかったらユマと昼寝をしようと思った。

「ポチは、まだ戻ってきてないのか……」

庭を見回す。こちらからだと畑の向こうまでは見渡せないので首を伸ばしてもしょうがないのだが、わかっていても少し気になった。ユマは頷《うなず》くように首を前に倒した。

「そっか、困った奴《やつ》だなぁ」

そう言って笑った。ポチはまだまだ張り切ってイノシシを探しているのだろう。暗くなる前に戻ってきてくれたらいいのだが。

でもそんなポチがたまらなく頼もしいと思う。飼主の欲目もあるだろうが、うちのニワトリたちはとても優秀だ。

ユマは近くで草をつつきだした。縁側でぼーっとしていたら桂木さんと相川さんも起き出してきた。

「まだ寝てていいのに」

「そういうわけにもいきませんよ」

「そういうわけにもいかないんですよ」

二人して同じことを言っているのが少し笑えた。二人とも俺を挟んで腰掛けるのは変わらない。俺はどうやら緩衝材の役割を背負わされているようだった。ってそれは考えすぎか。単純に山の配置かもしれない。

いつのまにか自分たちにかかっていたタオルケットを丁寧に畳み、またぼーっと庭を眺めた。ユマは畑の方に行ったようだ。

「おばさんに声かけてきますね」

「うん、ありがとう。よろしく」

桂木さんが上機嫌で座敷を出て行った。

「ポチさんは、まだ戻ってきませんか」

相川さんに聞かれた。

「ええ、もしかしたら本気で真に受けたかも……」

「それだけの能力、ありますものね」

「そうなんですかね」

心配だから早く帰ってきてほしい。

桂木さんがお茶を持ってきてくれた。菓子鉢が載っている。おばさんが持たせてくれたんだろう。本当にここらへんの人たちは温かくて、頭が上がらないなと思う。

日はまだあるが、そろそろユマに声をかけて連れ戻してもらう必要があるだろう。

お茶を一口啜《すす》ってから、

「ちょっとユマに声かけてきます」

縁側のつっかけを履いて、畑の方へ向かった。ユマは山と畑のきわの辺りでコキャッと首を傾げていた。かわいい。

「ユマー、ポチのこと探してきてくれないかー？」

少し離れていたので大きな声で伝えると、ユマが頷くように頭を動かしたのが見えた。そして。

ユマは山の方を向いた途端、ものすごいスピードで山の斜面を登って行ってしまった。

「えええ……」

今なんのためもなく突《つ》っ込んでいったんだけど。しかも山道とかなんも考えてないよね。木の間なら通れる程度のアバウトさで駆けてったよね。

ポチもそうだけどうちのニワトリのとんでもなさっぷりに、毎回遠い目をしているような気がするんだが。

うん、きっと今のは目の錯覚だ。そうに違いない。

うんうん、と自分を無理矢理納得させて俺は座敷に戻った。

「ユマちゃん、引き受けてくれました？」

桂木さんに聞かれたので素直に答える。

「うん、駆けてったよ」

「けっこうみなさん瞬発力だけじゃなくて持久力もありますよね」

相川さんが呟く。

「そうですね。丸一日山の中を駆けずり回ってるかんじなので、相当持久力もあると思います」

ポチとかタマは気が付くと走ってるもんな。どんどん縦に伸びていってるし、うちのニワトリたちはどうなってんだ。……身長とか追い越されたらやだなぁ。

すぐに戻ってくるだろうと、その時俺は楽観視していた。

だけどまさか、それから二時間以上経《た》ってても戻ってこないとは思ってもみなかった。

10　冗談は通じる相手以外に言ってはいけない

すでに太陽は落ちてしまい、西の空が燃えているように見える。

これではもう家には帰れない。うちの山は街灯がないから、暗くなると運転できないし。

桂木さんと相川さんは渋っていたが、暗くなる前に先に帰した。おばさんがすぐ横にいて、おっちゃんは庭から畑の方を行ったり来たりしている。

「おっちゃん、大丈夫だよ。そのうち、多分戻ってくるから」

「……すまねえな。まさか本気で探しに行ってくれるとは……」

「ポチ、はりきりやだから……」

「昇ちゃん、ごめんねぇ。私がここにいてもしょうがないから夕ご飯作ってくるわ」

「おばさん、すみません」

「いいのよ～。しっかり食べて。今夜は泊まっていってね」

「ありがとうございます、助かります」

家の鍵《かぎ》は開けてあるからタマも夜は家の中で寝るだろう。一晩くらい俺たちがいなくても大丈夫、なはずだ。相川さんが知らせてきましょうかと言ってくれたが、タマはそれこそこれぐらい暗くならないと帰ってこないからと遠慮した。明るい時間に帰ってきたとしても今度は相川さんの帰りが遅くなってしまう。

「一晩ぐらい大丈夫ですよ」

「そうですか？」

相川さんの方が心配そうである。

大丈夫。明日帰ったら延々つつかれるぐらいだ。って、俺がつつかれるのか。なんか理不尽だな。

「……探しに行くか？」

おっちゃんが困った顔をして聞いてきた。

「大丈夫ですよ。一晩中駆けずり回ったりしていますから。明日の朝になっても戻らなかったら……心配ですけど」

うちの山でだが、夜中騒いだ時に家から叩《たた》き出したこともあるのだ。あの時は山の中を駆け回って戻ってきた気がする。うちのニワトリたちはどんだけタフなんだろう。

「そうか。もし、明日の朝になっても帰ってこなかったら探しに行こう」

「はい」

それでいいと思う。心配じゃないのかと聞かれたら心配だけど、不思議と怪我《けが》とかしてるようには感じられないんだよな。道に迷って困ってるとかはありそうなんだけどさ。……かなり遠くまで行きすぎて帰り道がわからないとか、ありそう。ポチ、意外とヌけてるからなぁ。

「アンタ、昇ちゃん、ごはんよ～」

「はーい」

やれることはやっておかないと、探しに行くこともできない。そうしてごはんをいただいていたら、クァ――――ッッ‼　というかなり大きな鳴き声が聞こえてきた。

「？　ポチ？」

行儀が悪いとは思ったが、夕飯の途中で懐中電灯を持って外へ出た。

クァ――――ッッ！　という鳴き声が近づいてくる。

「ポチ――――っっ⁉」

クァ――――ッッ‼　と、返事をするような鳴き声が聞こえて、タッタッタッタッタッと走る音も聞こえてきた。この重量を感じさせる音。間違いなくポチだ。

俺は庭から畑の方へ向かった。懐中電灯で辺りを照らすと、ポチがすごい勢いでこちらに駆けてくるのが見えた。

「ポチ――――っ！」

クァ――――ッ！　と鳴きながら勢いよくタックル。さすがに勢いが乗っていたせいか俺は受け止めきれなくて倒れた。ちょっとは加減しろー。

「おー、ポチか！　よく帰ってきたなー！」

「ポチちゃん帰ってきたの？　ユマちゃんは？」

おっちゃんとおばさんもつっかけを履いて出てきた。

あ、そうだ。ポチが帰ってきたのは嬉《うれ》しいけどユマは？　後ろから来ているんじゃないかと思ったけど影も形もない。

「おおおい！　ポチ！　ユマは？　会わなかったのか？　ユマどこ⁉」

タックルしてきたのを抱きしめたまま、ポチをがくがく揺さぶる。ポチは目を白黒させたみたいだった。

クァーッ！　と鳴いてどうにかとさかを上げるポチ。

「ユマ上？　まだ上にいんの？」

クァッ！

「なんで？」

クァークァックァッ！

「わっかんねーよ！　わかる言葉で言えー！」

するとポチは一瞬止まって、いいの？　というような顔をした。いや、だめだな。俺は首をぶんぶん振った。

うちのニワトリたち頭よすぎだろ。

「上にいんの？」

クァッ！

俺はポチと一緒に起き上がった。どうも事情があるらしい。

「じゃあ準備するから、ユマがいるところに案内してくれ」

懐中電灯、かなり光強いやつ買っといてよかったと思った。とりあえずポチに道案内を頼んで、おっちゃんと山を登ることになった。

何が起きたんだろうな？

夜の山を舐《な》めんなってことで、露出は極力しないようにして、虫除《よ》けスプレーをしっかり撒《ま》き、頭に懐中電灯つけて、手にも持って、簡易リュックに飲み物とおにぎり詰めて（おばちゃんが握ってくれた）いざ出発。

ポチはずっとたしたしと足踏みをしていたがこればっかりはしょうがない。うちの山じゃないし、しかも山道を行くのだ。本来ならこんな運動靴じゃなくて足首がきっちり固定される登山靴を履きたいぐらいである。あれけっこう重いんだけど安定感は素晴らしいんだよな。

「ポチ、お待たせ。あんまり早く進むなよ、俺たちがついていけなくなるからな」

クァッ！　といい返事をするポチ。だが俺は知っている。いいのは返事だけだって。

「ポチ、頼んだからな！　ちゃんと俺とおっちゃんが通れる道を通ってくれよ！」

そう言わないと道なき道を踏破しようとするのでだめ押しは必要だ。ポチは首をあちらこちらに向けると、昼前に登った山道を進むことにしてくれたようだった。しっかり言ってよかったと思う。

ポチは最初軽快にトットットッと登って行ったが、俺たちがそのスピードについていけないことに気づくと速度を落とした。悪いけど人間はそこまで早く登れないんだよ。昼間ならともかく夜だし。懐中電灯なかったら何も見えないし。

足元も気にしながら、ポチの案内に従っておっちゃんと山を登ること約一時間。ポチがやっと足を止め、クァ――ッ！　と鳴いた。

するとしばらくして、ガサガサガサガサッと草をかき分けるような音が近づいてきた。ユマじゃないかなと思ったが油断は禁物である。俺とおっちゃんは木の枝を持って腰を低くして構えた。イノシシの突進だったら即避《よ》けなければいけない。退路はどっちだ？

ガサガサッとすぐ側《そば》で音がしたかと思うと、ユマが顔を覗かせた。

「ユ、ユマ～～～～ッッ!!」

俺は反射的にばっと両手を広げてユマが飛び込んでくるのを待った。が、残念ながらユマは俺の腕の中には飛び込んできてくれなかった。俺の服をつんつんとつつき、来た道を戻る素振りを見せた。俺超恥ずかしくない？

「ついてこいって言ってるみたいだな」

おっちゃんが俺の恥ずかしい姿をスルーした。一言ぐらいツッコミ入れてくれたっていいじゃないか。かえって恥ずかしいっての。

「……そうみたいですね」

内心切ない思いを抱えながら、俺たちはユマの後をついていった。

んで。

「えええええ……」

「うわあ……大猟だなぁ……」

五分ぐらい進んだ先に、何故《なぜ》ポチとユマが戻ってこられなかったかの理由が倒れていた。暗いからわからないが、懐中電灯で照らすと草が倒れているのがわかる。ここまで二羽でどうにかして引きずってきたみたいだった。

「……ポチ、本当にありがとうな」

おっちゃんがしみじみ言った。

そこには、大きなイノシシが一頭と、子どもより少し育ったようなのが三匹倒れていた。

おそらく、すでに死んでいるのだろう。

「ネコでも持ってくりゃよかったな。どーしたもんか。このまま置いといてクマにでも見つかったらことだしな」

「この辺りもクマっているんですか？」

「なかなか下りてこねえだけで裏の山にはいるんだよ。特に今は秋だ。冬眠に備えて餌を探してるに違《ちげ》えねえ」

「それは困りますね」

「しょうがねえ、俺が朝までここにいるからお前はニワトリたちと戻れ」

「そんなことできませんよ！」

俺はびっくりして声を上げた。思ったより俺の声は夜の山中で響いた。

クァーーーッ！　とポチが鳴く。そして戦利品の側にもふっと座り込んだ。なんか羽が以前よりもふもふしているように見えた。

「ポチ？」

「お？　一緒に見張りしてくれんのか？」

クァッ！　と返事をするようにポチが鳴いた。朝までおっちゃんと一緒にいてくれるらしい。それなら安心だと思った。

だって、ポチはイノシシを倒せるぐらい強いのだから。

確かに俺がここにいてもしょうがない。こんな暗い中じゃ運ぶこともできないし、解体も難しい。それより早く戻っていろいろ連絡して、朝一で助《すけ》っ人《と》に来てもらった方がいい。

「ポチ、おっちゃんとイノシシを見てててくれるか？」

クァッ！

任せろ、というようにポチが鳴いた。なんて頼もしいんだろう。

「おっちゃん、誰に連絡しますか？」

「あきもっちゃんには必ず連絡してくれ。あとは……うちのの方が詳しいだろう。ネコがあるといいが、下りはきついよな。縄と、吊《つ》るす用の棒があるといい。ああ……とりあえず縄があればいいか。編んでもいいが時間がかかるしな」

編むって、山の材料を使ってだろうか。できないことはないだろうが、茎だの葉だのの繊維をわざわざ取り出すなんて器用なことは俺にはできない。せいぜいできて藁《わら》を編むぐらいだ。

「ロープと、ビニール袋ですかね。虫除けは置いていきます」

「おう、ありがとな」

「朝、できるだけ早く戻ってくるようにします」

「昇平、ありがとな。ポチも、ユマもな。本当に助かったよ」

手を上げて、ユマと共に山を下りた。下りる時はそれほど時間はかからなかったが、ひやひやした。やきもきして待っていたおばさんに事の次第を伝えると呆《あき》れられた。

「三頭？　四頭？　ポチちゃんは優秀ねぇ……昇ちゃん、ありがとう。ごめんね」

解体を生業《なりわい》としている秋本さんに電話をしたり、相川さんと桂木さんに連絡をしたりした。そして、俺は風呂《ふろ》をいただいて寝ることにした。体力回復は必須《ひっす》である。

ユマについては湯をもらって外でざっと汚れを取ってキレイにした。家の中に入れるなら必要最低限キレイにしなければいけないと思う。大分山の中にいたし。明日無事に帰ったら一緒に風呂に入ろうなと羽を撫《な》でたら気持ちよさそうに目を細め、ココッと返事をしてくれた。

「ユマ、ありがとうな」

俺は何度も礼を言った。ここにタマもいたらもっと早く行動できただろうか。いや、タマはタマで好きなように遊んでるからだめかななんて考えたらおかしくなった。本当に、ニワトリたちにはお世話になっている。俺が世話してるんじゃなくてお世話されてるんだよなーとしみじみ思った。

翌朝は日が昇る前に起き出して、おばさんが作ってくれたごはんを食べて夜明けを待った。夜明けと共に秋本さんともう一方《ひとかた》、それから相川さんが来てくれた。

「おはようございます。秋本さんのところで働いてる結城《ゆうき》と言います。よろしく」

「佐野です。ありがとうございます、今日はよろしくお願いします」

「君が佐野君か。あのニワトリ飼ってるの？　すごいねぇ」

何がすごいのかわからないが、そこで情報交換をした。

「死んでるのか……そうなると放血が難しい。持って帰ってから作業した方がいいな」

秋本さんが少し難しい顔をした。

「でもかなり涼しいですから、けっこうしっかり冷えてるでしょう」

「いつ殺したかなんだよなー」

秋本さんと結城さんが言い合いながらロープとカマを持った。俺はビニール袋を持つ。相川さんは食料を持った。

「棒は途中で拾っていこう。杖《つえ》みたいないいのが見つかるといいな」

「気をつけていってきてね。ごはん作って待ってるから」

「おう！　がんばるよ！」

おばさんに言われて、秋本さんは張り切って応えた。ユマに先導してもらって、まだ肌寒い中再び山を登った。

「こんな上まで登ってたんですね」

相川さんが感心したように言う。夜のうちは必死だったから全然気づかなかったけど、それなりに上の方まで登っていたらしい。

今日はリンさんとテンさんは留守番のようだった。って、ついて来ても困るよな。

「ポチのことだから本当にしらみつぶしに探したんだと思います。アイツ、お調子者だから……」

「ポチさんは真面目なんですよ。できると思ったから引き受けたんでしょう。すごく優秀で、カッコイイですよね」

「そうですね」

アイツは確かに自分の能力を把握しているのだと思う。今回は一頭だけじゃなくて子どもも見つけてしまったから手間取っただけで、そうでなければ暗くなる前に知らせに来てくれたに違いなかった。

昨夜よりは時間はかからなかった。とはいえ多分五十分ぐらいはかかったと思う。煙が出ているところを見つけて、俺たちはそちらへ急いだ。

「おー、来てくれたのか。ありがとうよ」

おっちゃんがニヤッとしながら、焼きおにぎりを食べていた。昨夜は俺の分のおにぎりも一つだけ残して後は全部渡しておいたのである。それを木の枝に刺して、焚火《たきび》に触れるか触れないかという位置であぶって食べていた。醤油《しょうゆ》がないのでそこまで香ばしい匂いはしない。なんか心配して損した気分だ。ポチはイノシシの周りで何やらつついていた。きっと虫がいるのだろう。

「うまそうなの食ってんじゃねえか」

「握りたてのがあるならそれと交換してやってもいいぜ」

「交換は必要ねえよ。真知子《まちこ》ちゃんがお前の分も持たせてくれたからな」

秋本さんとおっちゃんが笑い合う。真知子ちゃんとはおばさんのことだ。相川さんはリュックからおにぎりを出した。

「真知子さんからです」

「おう、あんがとな」

みんなでその場に座り込み、焚火に当たりながらおにぎりを食べた。これから働くのでちょっとした栄養補給である。

「子どもはこんだけか？」

「いや、もしかしたらまだいるかもしれねえんだよな。ポチ、見つけたところまで秋本を案内してやってくんねえか？」

クァッ！　とポチが元気よく返事をした。本当に元気だな。

「ポチ、俺が秋本だ。コイツは結城。道案内よろしくな」

秋本さんと結城さんが立ち上がった。

「あ、俺も……」

「大丈夫だ。子どもの方を持ってもらうことになるから休んでてくれ」

一緒についていこうと思ったが、断られた。こういうのはプロに任せた方がいいだろうと、俺は立ち上がりかけた足を下ろした。

「俺も行きます」

「相川君は狩猟免許持ってるんだったな。じゃあ一緒に行こう。ちょっと時間かかるかもしれねぇが待っててくれ」

「はい」

ポチと三人はすぐに山の中に消えて行った。後ろ姿がかっこいいなと思った。けっこう太い木の棒が置いてある。おっちゃんが探してきたようだった。

「昇平」

「はい」

「少し寝るわ。さすがに眠い。秋本たちが戻ってきたら起こしてくれ」

「わかりました」

鳥の声、虫の声、生き物が動く音。静かだが、ぼーっとしていると騒がしいとも思われる自然の音たちを聞きながら、秋本さんたちが戻ってくるのを待った。ユマがしきりにおっちゃんや俺をつつく。きっと小さい虫がついているのだろう。

虫等はけっこう服に止まってそのままついてくることが多いのだ。急いで戸を閉めたのにいつのまにか家の中に虫が入っているというのは大概服についてきている。それをうちのニワトリたちは逃さないので、うちは山の家のわりにそれほど虫がいない。

この山の中ではスマホは使えないが時計代わりにはなる。一時間ぐらいしてから秋本さんたちが戻ってきた。また二匹ほど子どもに毛が生えたようなイノシシを持って。

「大猟、大猟！」

ご機嫌である。

「生きてるんですね」

「戻ってから作業した方がいいからな。おう、ゆもっちゃん起きろ」

「……ん？　おお、戻ったか。大猟だな」

「ああ、しっかし困ったな。雄が見つかんねえ。こりゃあひょっとしたら奥の山はイノシシだらけだぞ」

「クマもイノシシじゃよっぽどのことがねえ限り襲わねえしなぁ。困ったもんだ」

ああでもないこうでもないと言いながら、大きいのを棒にくくりつけて秋本さんと結城さんが運ぶことになった。死んでる小さいイノシシは俺がビニール袋に入れて担ぐ。捕ってきた二匹は相川さんとおっちゃんがそれぞれ持った。

そうして山を下りる。何度か山に登って気づいたのは、下りはそれほど時間がかからないがとても危ないということだった。特に下る時は疲れているので怪我をしやすい。俺たちは慎重に足を動かした。ユマが先導し、ポチが殿《しんがり》である。何かに襲われるということは考えづらいが、山中だ。イノシシが突進してくる危険はいつでもある。

そうして、行きと同じぐらい時間をかけて山を下りた。

「いやー、今年は佐野君ちのニワトリのおかげで大猟だよ。ポチとユマだっけか？　これからも……」

「秋本、待て！」

おっちゃんが慌てて止めた。

「その話は後だ！　ポチ、ユマ、ありがとうな。その辺で遊んでてくれるか？」

二羽は頷《うなず》くように首を前に動かすと、おっちゃんちの畑に散っていった。ポチはまた山際の方へ向かったが、ユマは畑の側で地面をつついている。

「危なかった……」

「ですね……」

おっちゃんと共にはーっと息をついた。

下手なことを言ったらまた山中に戻ってイノシシ探しをしかねない。秋本さんは目を丸くして、それから笑った。

「あー……言動には気を付けた方がいいか」

「そうしてくれ」

おっちゃんの返事に、秋本さんはわかったと頷いた。

秋本さんと結城さんは先にイノシシを解体する場所に運んでから戻ってくるらしい。俺たちは一足先に風呂を借りて、やっと落ち着いた。

さっぱりして風呂を出たら昼になっていた。そういえばタマに何も言ってきていない。やべって思った。

帰ったらすごくつつかれそうで怖い。

そんなことを考えていたら秋本さんたちが戻ってきた。

「いやー、今回はさすがに腕が鳴ったよ～」

上機嫌である。おっちゃんが声をかけた。

「おう、ありがとな。精肉まで頼むぞ」

「それはかまわないけど、先に死んでたのはもしかしたら肉が生臭くなるかもな。けっこう傷がついてたから」

「そりゃあしょうがねえ。相手はニワトリだしな」

「真知子ちゃん、生臭くなっちゃったらごめんな。みそ煮込みにしちまえば多分そんなに気にならなくなると思うよ」

「あらあ、いいのよ。どうせ鍋《なべ》にするつもりだから。他にも捕まえたんですって？」

「ああ、あっちは焼くだけでもうまいと思う。しっかり冷やしてるから、明日持ってくるわ」

「助かるわ～」

宴会は明日になるようだ。

「佐野君、小さいのの内臓は冷凍したから明日渡すよ。さすがに先に狩ったのは死んでたから処分したけど」

ポチからしたら残念だろうがしょうがない。朝晩冷えると言ってもまだ微妙な季節である。死んでしまうとすぐに腐敗し始める。恒温動物なら猶更《なおさら》だ。夜から朝までの時間で一気に冷えたのなら問題ないだろうが、川の水に沈めていたわけでもない。その分の内臓は諦《あきら》めるのが無難だった。

「ありがとうございます。助かります」

みなが揃《そろ》ってから乾杯した。ポチも昨夜ほぼ寝ずの番をしていたらしく、こちらに戻ってきてから肉をもらって寝たみたいだった。土間でもふっとしているのを見て思わず笑顔になった。

「ポチは寝てるが、イノシシを捕ってきたポチに乾杯！　だな」

おっちゃんもほとんど寝てなかっただろうにハイテンションである。これ、酒飲んだら倒れるパターンだろ。

「潰《つぶ》れたらほっといていいからね～」

おばさんはわかっているらしく、料理を並べながらそう言った。

「何言ってやがる！　まだまだ徹夜だって余裕だぞ！」

焼きおにぎりを作ってるの見た時は最強だと思った。ライターは持っていただろうから、あとは枯草や枯れ枝を探してくればいいだけとはいえ周りに影響がないように焚火をしていたのがすごい。この辺りの動物は基本臆病《おくびょう》だから煙などを見れば絶対に近寄ってこないという。クマなどももっと奥の方にいるからなかなか遭遇するものではないらしい。

「いいか昇平、クマに遭ったら背を向けて逃げちゃだめだ。逃げるものは追っかけてくるし、アイツらの足の速さは尋常じゃない。クマは二本足で立つこともあるが、基本は四本足だ。だから人間がすごく大きく見えるらしい。ゆっくりと後ずさってその場を離れるのが一番だ。昇平ならクマ撃退スプレーを買っておくといいかもな」

クマが走ると時速六十キロメートルぐらいになるんだっけ？　人間が走ってもそこまで速くないもんな。

「そのスプレーって、おっちゃんは持ってる？」

「一本ぐらい買ってあるんじゃないか？」

まるで他人事《ひとごと》である。おっちゃんにとっては一応買った程度のものなのかもしれなかった。

「倉庫に一本転がってるわよ」

おばさんもアバウトだった。

「一本確か一万円ぐらいだったと思います。うちにもありますよ」

相川さんが教えてくれた。一万円か。一本ぐらいは買っておいてもいいかもしれない。

「まぁ今となっては出番もそうそうないとは思いますが……」

相川さんは遠い目をした。確かに相川さんの山だと全く出番はなさそうである。

「そういえば大蛇飼ってるんだっけ？　クマぐらい撃退できそう？」

秋本さんが食いついた。

「おそらくは。シカとかも食べているのを見たことがありまして」

「あれだろ？　大蛇っていうとこうぐるぐる巻きにして……」

「ええ。光景としてはパニック映画ですね」

「すげえな。ちょっと見てみたい」

聞いてるだけで俺は遠慮したいです。おっちゃんはいつのまにか撃沈していた。さすがに一晩寝ていなかったのだ。酒が入ればてきめんだった。

「おーおー、いい顔してらあ」

秋本さんが楽しそうに笑う。俺と相川さんは今日これから帰るのでジュースだ。こういう時飲めないのがちょっとアレだが、飲んで運転なんかしようものなら山では死ぬので気をつけるようにしている。秋本さんは一本飲んでいるが結城さんは飲んでいない。結城さんが運転して戻るのだろう。

「明日の夕方前には精肉して持ってくるから、明日の夜は宴会だな」

「そうね。本当に、昇ちゃんのところのニワトリちゃんたちには頭が上がらないわ～」

おばさんがしみじみと言う。俺自身もうちのニワトリたちには頭が上がらないと思う。

「この辺りに出てたのを捕まえたんならいいんだけどなぁ」

秋本さんが言う。確かに捕まえたイノシシではない可能性も否定できなかった。イノシシの縄張りってどれぐらいあるんだっけ？　そもそもイノシシに縄張り意識ってあるのか？（縄張り意識は弱いらしい。だいたい行動範囲は二キロメートルぐらいだと後日聞いた）

「そうねえ、ただ……あとは罠《わな》でも仕掛けるぐらいしかないからね。困ったもんだわ」

おばさんがため息をついた。

俺も気軽にニワトリを貸し出すとは言えなかった。イノシシを探すとしたら夜になるだろう。うちの山であればある程度慣れているから夜でもどうにかなるかもしれないがここは知らない山だ。もしうちのニワトリたちが怪我でもしたらと思ったら気が気ではない。

その日はお昼をごちそうになって、「では明日の夜に」と言って自分の山に戻った。相川さんはリンさんテンさん用にシシ肉を買い取れないかと交渉をしていた。さすがに連れてくるわけにもいかないだろうしな。

俺はそれほど大したことはしていなかったが、それでもかなり疲れた。ポチもユマもお疲れさまだ。

山に帰りついたのは二時ぐらいである。家の前でタマが仁王立ちしているのではないかとちょっと怯《おび》えていたのだが、予想に反してまだ戻ってきてはいなかった。俺はほっとした。

それにしても、まさかポチが本気でイノシシを狩ってくるとは思わなかった。ビールをもらってきたので今夜は一缶空けることにする。これぐらいならどんなに遅くても明日の昼には抜けているだろう。明日の夜は宴会だ。イノシシを捕ったからみんなで行かないとな。

それにしてもポチが思ったより汚くなっている。ざっと汚れは取ってきたのだが……。

今洗おうか、それともタマが帰ってきてからにしようかと考えたが、先ほどまで寝ていたせいか遊びたくてたまらないようである。足をたしたししている。だからどんだけ動きたいんだよ。

空を見上げてま、いっかと思った。軽トラを降りて待っていてくれるってことは、許可を求めてくれているということだ。ちゃんとポチに認められているのだということを再確認して、俺は笑った。

「暗くなる前には帰ってこいよ。わかったか?」

「ワカッター」

「タマを見かけたら一緒に連れて帰ってきてくれ」

「ワカッター」

ポチはとてもいい返事をして走って行った。昨日からかなり走り回っていただろうに元気なものである。さっきまで寝てたもんな。昼夜逆転とかにならない為《ため》にも運動してきてもらった方がいい。

「ユマも遊んできていいんだぞ」

いつも通り声をかけたらツーンとされた。

「ユマあああ〜〜」

ユマが冷たいのはつらい。でも俺が情けない声を出したら、しょうがないなあと言うように近寄ってきてくれた。やっぱりユマは天使だと思う。羽を撫《な》でさせてもらった。

そうしてユマと畑や家の周りを確認しているうちに日が陰ってきた。みんな洗いたいからできるだけ早く帰ってきてほしい。少しやきもきしていたらポチとタマがこちらに帰ってくるのが見えた。

「おーい、ポチー、タマー」

手を振ったら、何故かタマがものすごいスピードで駆けてきた。え？　これってもしかして……。

ドカッ！

えーと……。まさかの飛び蹴《げ》りをくらいました。

昨夜留守にしてすみませんでした。

よく見たらポチもあっちこっちに羽が乱れまくっている。これは相当つつきまくられたなというかんじだった。うんうん、女子にはかなわないよな。

「昨夜は帰ってこなくてすみませんでした！」

頭をバッと下げてタマに謝る。タマはツーンとした。ユマほどではないけどそれでも傷つくぞ。

「明日はおっちゃんちでイノシシが食べられるよ。タマも行くか？　相川さんは来るけどリンさんたちは来ないから……」

「タベルー」

「アッ、ハイ」

そうですよね。明日は間違いなくシシ肉祭りだ。帰り際、珍しくまだおっちゃんが寝ていたのでおばさんに挨拶《あいさつ》だけして帰ってきたのだ。

「明日は鍋よ〜」

と言われた。どうしても、殺してから処置をしないで時間を置いたものは生臭くなってしまうらしい。その臭みなどを取るにはみそなどで煮るのが一番だとか。シシ肉は煮れば煮るほど柔らかくおいしくなると聞いたことがある。あ、考えただけで涎《よだれ》が。

そういえば今朝は卵を産まなかったようだ。ユマも産まなかったしな。

「明日への活力が欲しい……」

タライを出して温めておいた湯を足しながらニワトリたちを洗う。ユマは後で一緒にお風呂《ふろ》に入る予定だからざっと洗い、タオルドライして家の中に入れた。ちなみに昨夜タマはきちんと帰ってきてくれていたようである。土間が汚くなっていたのでそれはすでに掃除済だ。

「寒くなってきたよな〜」

そろそろ外で洗うのがつらくなってきた。だってお湯がすぐ冷めるし。

「相川さんとこ露天風呂だったけど、そろそろ厳しくないか……？」

それとも日が出ている時間に入るんだろうか。明日にでも聞いてみようと思った。

おっちゃんちから豚肉をもらってきたので野菜くずや野菜と一緒に出した。三羽はやっと落ち着いたようで、がつがつと食べた。いつも思うんだけど、そこらへんで虫つついてるだけじゃ足りないんじゃないかな。けっこう身体《からだ》も大きくなってるしな。

羽を観察する。先日ニワトリたちの羽が一気に抜けたのを思い出した。あまりにも動揺して獣医の木本さんに電話をしようかと思ったが、まずはネットで調べてみた。ニワトリにも換羽期とかいうのがあるそうだ。その前に羽が変わったかなと思った時があったがそれは気のせいだったようだ。気温が下がって寒くなってきたからなのか、あの三日間ぐらいでかなり抜けた。その後また新しい羽が生えてきているみたいだ。

ユマとお風呂に入って実感する。うまく説明できないのだが明らかに羽のかんじが違う。なんだか厚みがあるような羽というのだろうか。俺の気のせいかもしれないけど。

「明日はイノシシいっぱい食べような」

「タベルー」

バシャバシャとはしゃがれて俺も嬉《うれ》しくなった。

え？　ニワトリバカだって？　ほっとけ。


ポチは昼夜逆転はしなかったみたいだった。帰ってきてからそれなりに暴れたのかなと思ったけど、タマにものすごい勢いでつつかれたみたいだからそれで疲れたのだろうと思う。きっとポチのことだから正直に全部話してしまったんだろうし。どうしたって女子にはかなわない。（論点がずれた）

行く前に手土産どーすっかなとか考えたけど、ポチがイノシシを捕まえたんだからいいかと今回は持って行かないことにした。今度まとめてまた紅茶のセットでも贈ろう。おばさんには苦労かけっぱなしだし。

今日は桂木さんも来る予定だ。

「なんで呼んでくれなかったんですか！」

と昨日の件について怒られたけど、

「女の子にイノシシ運ばせたりできないだろ。なんかあった時守れないし」

と言ったら、

「お、女の子！　で、でででもユマちゃんも女の子じゃないですかぁっ！」

とかわけのわからないことを言っていた。ユマと人間の女子は全然違うし。

「ユマ、山駆け登れるけど？」

「うう……」

「前はポチたちと一緒だったけどイノシシ狩ってきたぞ」

「あーもう！　そういうことじゃないんですよお！」

やっぱりよくわからなかった。とりあえず後で、と言って電話を切った。女子の心理はさっぱりわからない。

んで、日が落ちる前に山を下りた。いつものように助手席にユマ、荷台にポチとタマである。荷台ってかなり揺れるんだけどよく乗っていられるなーといつも感心する。もちろん立って乗っているわけじゃないし、下に毛布も敷いてある。過保護だなっておっちゃんに笑われたけどいいのだ。うちのかわいいニワトリたちの為なら労力は厭《いと》わない。おかげさまでそれなりに身体は鍛えられたと思う。力こぶが見掛け倒しになっていないのが嬉しい。

おっちゃんちに着いた。

今日は駐車場が満杯である。

「やあ、佐野君。またニワトリがイノシシを捕ったんだって？　すごいねえ」

「こんにちは、松山さん。そうなんですよ」

養鶏場の松山さんも来ていた。夫婦でいらしたらしい。

「佐野君のところのニワトリ、本当にすごいねえ。いつ見てもニワトリではないんじゃないかなって思ってしまうよー」

「でっかいですけど、ニワトリですよー」

なんつーかコカ◯リスっぽいけど。どこぞで実験動物状態になったらやだからニワトリと言い張らせてもらう。

「佐野君、いつもありがとうなー！」

秋本さんは上機嫌だ。

「いやー佐野君のおかげで臨時収入が入ってとても助かるよー。おかげさまで解体の腕も鈍《なま》らないし！」

「それならよかったです」

そういえば解体だってただでやってもらえるわけじゃない。今回はおっちゃんがポチに頼んで捕ってきたからと、解体の費用は払わせてもらえなかった。なんか解せぬ。

「佐野さん、ポチさんすごいですね」

相川さんがやってきた。もちろんリンさんやテンさんは来ていない。そういえば家の横にドラゴンさんがいるのを見た。桂木さんはもう手伝いをしているのだろう。

「あら、昇ちゃんいらっしゃい。庭にポチちゃんたちの分を置いたから、足りるかどうか見てもらっていい？」

「おばさん、こんにちは。ありがとうございます」

みなでぞろぞろと庭に移動する。庭から縁側に上がる形だ。ビニールシートが敷かれている場所に野菜や生肉がどどんと置かれている。これがうちのニワトリたち用のスペースなのだろう。で、軽トラを停《と》めた途端に駆けて行ったニワトリたちがどこに行ったのかというと、庭の向こうにある畑である。キレイに整備されて秋植えをされているところはつつかないように言ってある。そちらの方を見やると、三羽とも何やらいろいろ啄《ついば》んでいるようだった。多分虫がいるのだろう。

もう日は落ちているので一気に暗くなるだろう。秋の日はつるべ落としとはよく言ったものだ。

今回ただ焼いただけで食べられる肉が少ないことから、松山さんのところから鶏肉《とりにく》も買ったらしい。やっぱり迅速に冷やすって大事なんだな。

女性陣はもう肉だの魚だの、野菜だのを焼き始めている。俺たちは庭から縁側に上がった。

「よーし、だいたい揃《そろ》ったか？」

おっちゃんがみなに声をかけた。

「今回も昇平のところのニワトリが身体を張ってイノシシを狩ってくれた。まだまだイノシシはいるだろうが、これからも捕まえてどんどん食っていこうじゃないか！　乾杯！」

みなでコップを持ち上げてやんややんや言い合いながら乾杯した。ニワトリたちも一応空気を読んだのか、おっちゃんが乾杯！　と言ってから肉や野菜をつつき始めた。

今回、松山さん夫婦、秋本さん、結城さん他仲がよさそうな人々、相川さんに桂木さん、桂木さんの知り合いの山中さん家族、それから近所のご家族などいろいろな人たちが来ていた。俺はそれほど社交的な方じゃないけど、人がいっぱいいるところは嫌いじゃない。ましてイノシシを狩ったのはうちのポチだ。誇らしい気持ちで焼いた肉を食べ、その後出されたみそ味が強めのシシ鍋《なべ》に舌鼓を打った。

確かにちょっとシシ肉が生臭いかんじもしたが、それほどは気にならなかった。これは秋本さんの腕がよいからだろう。秋本さんと相川さんが熱心に何やら話している。相川さんは狩猟をしているからいろいろ聞いているのだろう。

「俺も狩猟免許取った方がいいですかね？」

なんとなく聞いてみたら秋本さんと相川さんに微妙な顔をされた。

「佐野君は……ニワトリがいるからわざわざ取らなくてもいいんじゃないかな」

「狩猟より、猛獣使いってかんじですよね」

猛獣使いって、それを言ったら相川さんの方がよっぽど猛獣使いっぽい。ここでは言わないけど。ちょっと猟銃なるものを持ってみたい気もしたが、そんな不純な動機で持っていいものではないだろう。そもそもそう簡単に買えるもんじゃないし。

そんなことを話しながらいいかんじに酒が回った。ポチが狩ったイノシシも食べられて万々歳である。

桂木さんの顔が一瞬浮かび、その後ドラゴンさんの顔が浮かんだ。ちゃんとドラゴンさんは食べただろうか。

ビールを飲んだ。焼酎《しょうちゅう》を飲んだ。イノシシを沢山食べた。鶏肉も沢山食べた。やっぱ養鶏場の鶏はうまい。うちのは絶対に食べない。っつーか間違いなく返り討ちに遭う。俺が食われること請け合い。

途中で桂木さんはちゃんと食べてるかなと気になって様子を見に行ったら、おばさんたちとしっかり食べていた。よかった。子どもたちは早々に食べ終えてポチと追いかけっこをして遊んでいる。

うちのニワトリたちはなんだかんだいって面倒見がいい。

……一番使えないのは俺か……ってことは考えないようにしよう。


朝である。

これでもかと飲まされた翌日の朝は頭痛が痛い。（間違ってることぐらいわかってる。ほっとけ）

大体頭痛薬ってなんだよ。頭痛を誘発する薬なのか。抗がん剤だって抗《あらが》うって書いてあるじゃないか。それを言ったら風邪薬飲んだら風邪引きそう。ああ頭痛が痛い。

そんなくだらないことを考えながら布団で頭を抱えていたら、相川さんが水を持ってきてくれた。

「佐野さん、おはようございます。飲めますか？」

「……ありがとうございます」

「声、ガラガラですね」

「……飲みすぎました」

水がうまい。頭痛はするが胃はおかしくならなかったようである。

「ポチさんのおかげでいっぱいお土産をいただけました。ありがとうございます」

「……いえいえ」

解体費用その他払ったのは俺じゃないし。

「何か食べられるなら持ってきますよ」

「……食べられる、と思います」

きっと台所とか居間は女性陣でいっぱいなのかもしれない。申し訳ないとは思ったが朝飯を持ってきてもらうことにした。

「もらってきますね」

相川さんが機嫌よく出て行った。さて、布団を畳まなければ。

まだおじさんたちはぐあ～～といびきをかきながら寝ている。さすがに夏の頃と違って布団は被《かぶ》っているが、なかなか気持ちよさそうだ。すでに畳まれている布団は相川さんが寝ていたものだろう。相変わらず几帳面《きちょうめん》だなと思いながらどうにか布団を畳み、縁側でぼーっとした。

トットットッと庭の向こうからユマがやってきた。

「おはよう、ユマ。今日も元気だな……」

ユマは俺の手の届く位置まで来て俺に撫《な》でさせると、飛んでいる虫などを中心にパクパクと食べ始めた。過ごしやすくなってきたせいか蚊がすごい。縁側には蚊取り線香が置いてあるからあまり寄ってはこないが、それでも近くを飛んでいるのを見るのが嫌だ。

ユマはそれらをひょいひょいと食べている。ニワトリってこんなに動体視力よかったんだっけ？と首を傾《かし》げた。

「もらってきましたよ。いただきましょう」

相川さんだけでなく桂木さんも来た。

「ありがとうございます。おはよう」

「佐野さん、おはようございます。ユマちゃんおはよう！」

相川さんと桂木さんは自然と俺を挟んで座った。そろそろ俺が端っこでもいいんじゃないかと思うが、そういうわけにはいかないらしい。ユマはずずっと俺と桂木さんの間に入った。

「ユマちゃんかわいいね～」

大人しく桂木さんに羽を撫でられている。

「イノシシ、おいしかったですねー」

「タツキさんも食べられた？」

「ええ、しっかりいただいてましたよ。いっぱい狩ったんですよね。見たかったなー」

現物を、という話だろう。さすがにアイツらの狩りの様子は見たいとは思わないはずだ。想像しただけで恐ろしい。俺が獲物じゃなくてよかったと思うばかりである。

「イノシシ、ヘビ、シカ、スズメバチ、ときたら次はクマですかねー」

桂木さんが能天気に言った。

「いや……クマはさすがに……」

俺は苦笑した。確かにうちのニワトリたちなら勝てそうだが、そこまでして狩るものでもないだろう。だってまず姿見てないし。

「でもクマってけっこう山深いところにいるみたいですね」

「うん、だからそっとしておこうよ」

この辺りのクマは臆病《おくびょう》だっていうし。こちらにとって害にならなければ、なんとなく離れたところで暮らしていてもいいんだと思う。だいたいこの辺を開拓するなんて予定もないわけだし。

「でもシカは食べるんですよね」

「畑を荒らしたりする害獣だからね」

「そういえばこの辺りサルって見ませんね」

「いないのかも。それとも他のところにはいるのかな？」

そんなことを言い合いながら梅茶漬けをいただいた。飲んだ翌日の朝は梅茶漬けが最高である。野沢菜もうまい。そういえばなんかTVでしゃくしな漬けとかいうのを見た。野沢菜っぽいと聞いたことがある。（菜っ葉類を十把《じっぱ》一絡《ひとから》げにするなと言われそうだ）食べてみたい。

「……おいしい」

いつのまにか頭痛は消えていた。

「うちも、なにか捕って提供できたらいいんですけどね」

相川さんが嘆息して言う。

「相川さんはこれからでしょう」

「ええまぁ……イノシシがいっぱい捕れるといいですよね。罠《わな》がいいかな」

十一月にもなれば猟期が始まる。そろそろだ。

「猟期に狩った獲物はどうしてるんですか？」

「解体は秋本さんに頼んで、陸奥さんのところで宴会ですね」

「どこかに卸したりはしないんですか？」

「そこまでは狩れないんですよ～」

猟師さんもたいへんそうである。そんなとりとめもないことを話しているうちに昼になり、近所のおじさんたちは帰って行った。

「昇平、本当にありがとうな。イノシシの被害自体は減らねえかもしれねえが、それでも少し気が楽になったよ」

おっちゃんに礼を言われるべきはポチだと思ったが、それは素直に受けた。

「また様子を知らせてください。なんか……ポチもタマもやる気みたいなんで……」

そう、ポチとタマは山の際でたしたししていたのだ。やる気満々である。さすがに止めたが。

「お前んところのニワトリたちは元気でいいなぁ」

おっちゃんはガハハと笑った。

そうして、夕方になる前に山に帰った。やっぱりうちの山が一番だと思った。

11　外来種の駆除は骨が折れます

……今日も元気だ。卵がうまい。

タマとユマの卵最高です。毎日熱く語りたいぐらいうまい。

ニワトリたちも今日も元気だ。イノシシの肉で更に元気！　かもしれない。ニワトリってこんなに肉食でしたっけ？　いつも通り野菜と肉を交ぜた朝ごはんをあげたら、今日はポチとユマが出かけて行った。タマは俺と一緒にいてくれるらしい。なんだかんだいって優しいもんな。にこにこしてたらすんごく冷たい視線を浴びせられた。タマさん、ツンが強すぎます。もう少しデレを増やしてほしい。

　おっちゃんちの畑の様子が気になるので電話をかけてみた。

「今朝見たかんじだとイノシシが掘り返したような跡はなかったな。ま一しばらくは様子見だけどな」

　イノシシは縄張り意識が低いから、そこにおいしい餌があると思うと集団でやってきたりするらしい。厄介な話である。

「だからな、捕まえて食っちまうのが一番なんだよ。増えすぎりゃこうやって人里まで下りてくるし。イノシシが山を荒らせばクマだって他の生き物だって餌がなくなって下りてくる。オオカミを狩っちまったのがここまで響くなんてなぁ、誰も思わなかっただろうぜ」

　しみじみとおっちゃんが言う。ニホンオオカミは二十世紀初頭には絶滅したと言われている。まだどこかに生息しているのではないかという話もあるがどれも眉唾《まゆつば》だ。基本いないと考えていいだろう。

　オオカミがいなくなったことでイノシシやシカ、サルが大繁殖してたいへんなのだ。この辺りではサルは見ないが、シカは普通に見ると桂木さんが言っていた。そういえばこの間もシカ、普通に見たよな。桂木さんの土地でだったか。

　うちの山ではあまりこれといった動物は見ないけど、それはもしかしたらニワトリたちがパトロールしているからかもしれなかった。

　今日はどこにも行かないので山の中の見回りをしていこうと思う。

「タマ、畑見てから川に行こう」

「ハーイ」

素敵な返事である。ポチやユマはちょっと難しいことを言うとわかんないって顔をするんだが、どうもタマはいろいろ理解している節がある。ポチやユマより頭がいいんだろうな。

タマはひょいひょいと飛んでる虫を捕まえては食べていく。一応虫除《よ》けスプレーは身体《からだ》に塗ってあるが、顔だけはどうにもならない。そういえば頼んだ防蜂帽子を昨日受け取ってきたことを思い出した。

「タマ、ちょっと待っててくれ」

というわけで防蜂帽子を被《かぶ》ってみた。夏は暑くて無理だろうがこの時期はいいな。タマがナニソレ？　って顔をしていた。

「虫除けだよ。くわれないようにさ」

「へー」

へーって言われた。うちのニワトリ、ホント人間くさいなぁ。

気を取り直して畑のビニールなどが破れていないかどうか確認する。朝晩はとても冷えるのだが、とりあえず大丈夫なようだ。タマがぱくぱくと虫を見つけては食べていた。ミミズはやめてね。畑の周りの草取りなどをしてから次は川だ。

今日も見た目はキレイな水が流れている。うちは川から水をとっているがダイレクトではない。川からの湧き水を取っていて、途中に天然の濾過《ろか》装置を置いて濾過して使っている。（メンテナンス必須《ひっす》である）濾過したものでもそのままでは飲めない。一度沸騰させて煮炊きには使っている。だから飲み水はお湯かお茶、コーヒーまたはペットボトルだ。夏もそれほど暑くはならないからそれでやっていけているのだ。これで暑かったら煮沸したお湯を冷まして〜までやる必要があるだろう。あ、煮沸したお湯を冷まして氷は作ってる。……俺、意外とまめだな。（自分で言うな）

まだちらほらアメリカザリガニの姿が見える。いったいどんだけ繁殖してしまったのか。

「……リンさんたちに来てもらって根こそぎ浚《さら》ってもらった方がいいのかな……」

そう呟《つぶや》いたらタマにつつかれた。

「いてっ、タマ、痛いってっ！」

苦手なのはわかるけどアメリカザリガニは駆逐しなきゃだめなんだよ。

「アメリカザリガニにはいなくなってほしいんだよ。食べてくれる人がいるなら食べてもらった方がいいだろ？」

タマがおもむろに川に足を突っ込み、頭も突っ込んだ。

「タ、タマ？」

面食らった。

ばしゃっと上げた嘴《くちばし》にはアメリカザリガニ。どんだけリンさんたちが嫌なんだよ。

しかしやはり殻が邪魔するのか食べづらいようである。バリッバリッと殻を割る音を立てて食べたが、なんだかとても不機嫌そうだった。もしかしたら好みではなかったのかもしれない。

「タマ、諦《あきら》めて頼もう。無理して食うことないって」

「……タベナーイ」

やっぱり好みではなかったようだ。味はともかく食べづらいんだろうな。殻とかその場でペッてするのは止《や》めなさい。

川を下の方まで見回って、ところどころ木切れや石などが堆積《たいせき》しているところは取り除いてと作業をし、近くにある他の川も見回りした。こちらにもアメリカザリガニの姿はあった。困ったものである。

「二、三回集中して来てもらって根こそぎ食べてもらった方がいいよな」

さすがに泊まりは勘弁である。タマの精神が持たない。(俺の作業着も多分持たない)頼むなら早くしないとザリガニが冬眠してしまう。というわけで家に戻ってから相川さんにLINEした。

昼食を食べて、山の上へ墓参りに行く。気づいた時に行かないとすぐ草ぼうぼうになってしまう。栗《くり》の木からイガがいっぱい落ちている。落ちたのはやっぱ食べない方がいいんだよなと思いながら、うちも来年は農薬を撒《ま》くかどうかちょっと考えてみることにした。

三月の終わり頃ここに来てもう十月だ。改めて指折り数えたら半年以上経《た》っていた。冬は当然ながら雪が降ると聞いている。どれだけ降るんだろうか。食べ物の保存とかどうしたらいいだろうか。不安は尽きないが、それも含めてみんなに聞けばいいかとも思った。

俺は一人だけど、もう一人じゃない。

相川さんからLINEの返信があった。家に戻ってから改めて相川さんに電話をする。

「アメリカザリガニですか……けっこうしぶといですね」

「繁殖力がかなりあるみたいで……」

「一匹見つけたら三十匹じゃないですけどそんなかんじですもんね」

Gかよ。でも日本の川では天敵がいないからそんなかんじかもしれない。なんでも食べるし、食べ物がなければ共食いもするって聞くし。恐ろしい話だ。

「そういえば、リンさんとテンさんは冬眠ってされるんですか？」

アメリカザリガニが冬眠するという話から思い出して、ふと尋ねてみた。

「……動きは鈍くなりますけど、リンは冬眠しませんね。テンは冬眠するので使っていない小屋に行かせます。鍵《かぎ》をかけておくので誰にも邪魔されません」

確かにあの大きさでは土を掘って埋まるというのも一苦労だろう。

「そうなると少し寂しくなりますね」

「そうですね。でも小屋にいるとわかっていますから、それはそれで安心です」

大体十一月の終わりから三月半ばぐらいまで冬眠するらしい。リンさんは冬眠はしないものの体温が下がるらしくあまり食べなくなるのだとか。

「よく食べるのも今のうちですから、明日か明後日《あさって》辺りお伺いしてもいいですか。リンとテンを連れて行きます」

「はい、なんのおもてなしもできませんけど……」

「いえいえ、ポチさんのおかげで昨日イノシシ肉をいただけましたから。冬はシシ肉いいですよね〜」

イノシシを家畜化したのが豚という話だが、肉の味も扱い方もかなり違う印象がある。生物学的には同じ種で交配は可能らしい。どちらもうまいがイノシシはやはり狩猟でしか食べられない。

「相川さんも罠とか設置するんですか？」

「テンが冬眠したら設置します。今はまだリンとテンのごはんになりますから」

大蛇のイノシシ捕食風景……想像しただけで身震いする。とても怖い。

「お二人って、後ろの山も見回られてるんですかね」

「それほど動きが速いとはいえませんから、あまり行ってはいないようです」

それもあって、相川さんは猟期は仲間に後ろの山を開放しているようだ。うちも裏山全然見に行ってないもんな。俺が買う前からかなり長いこと手入れできてなかったみたいだし、そう考えるととても怖い。でもうちのニワトリたちは見回りをしているのだろうか。

「明日でも明後日でも、来ていただけると助かります」

「わかりました。明日の朝改めて連絡します。佐野さん、何も用意しなくていいですからね」

「はい」

素直に応えて電話を切った。が、「何も用意しなくていい」なんて言葉を鵜呑《うの》みにしてはいけないのだ。いくら相川さんが本気でそう思っていたとしても、ある程度のもてなしは必要である。野菜は昨日おっちゃんちからもらってきたからいいとして、問題は肉類だ。

「何作るかなー……煮込みラーメンでもいいか……」

先日実家から荷物が届き、その中に煮込みラーメンがあったのだ。一人で食べるのはな〜と思っていたからちょうどいい。昔は和田○キ子がCMをしていたような気がしたが、パッケージに和田○キ子の姿はなくなっていた。なんとなく煮込みラーメンといえば和田○キ子みたいなイメージがあったから、起用タレントを変えたのかと少しだけ残念に思った。(ただのイメージである)

きのこ類もおっちゃんちで分けてもらえた。おっちゃんちの山とか、うちの山で採ったものらしい。きのこ類を採るのはおばさんが得意だと言っていた。山菜を採りに来る時はいつでも声をかけてくれればいいと思う。俺はわからないから採らないし。

そういえば裏山の件だ。

「なー、タマ。この山のさ、後ろにある山とか行ったりすんの？」

本人に聞くのが一番だと、北の方向を指さして聞いてみた。

「アソブー」

あっさり答えられてしまった。やっぱり裏山も回っているらしい。

「そっか。なんか珍しい生き物とかいた？　って、これじゃわかんないよな。イノシシとか、タヌキとか見た？」

タマはコキャッと首を傾《かし》げた。

「イノシシ、トルー？」

いるんだな。うん、わかった。頼むから足をたしたししないでほしい。今捕ってこられても困るから。

ぶんぶんと首を横に振る。これぐらいの意思表示をしないと危ない。

「大丈夫、今日はいらないよ。また今度頼んだ時に狩ってきてもらってもいいか？」

「ワカッター」

なまじっか狩れるだけの能力があるからフットワークが軽い。特に羽も切ってないから短い距離ならバサバサと羽を動かして飛ぶ。野鶏かよ、と思ったこともあるが、ただのニワトリではありえないだろう強靭《きょうじん》な足はディアトリマを思わせる。鳥類はマニラプトル類の子孫なんだっけ。爬《は》虫類《ちゅうるい》を思わせる長く太い尾があるけど形はニワトリなんだよな。

つーわけでうちの子たちはニワトリだ。ギザギザの歯はトロオドン科かなとか考えてしまうけど……ニワトリなんである。歯磨きもしてるんだぞ。歯は大事だからな！

最初はポチに超嫌そうな顔をされたけどさ。ユマが好奇心いっぱいで磨かせてくれたおかげか、ポチとタマも思うところがあったらしい。今は寝る前に歯磨きをさせてくれる。うちのニワトリたちはいい子なのだ。

現在は柔らかめで幅広の歯ブラシを使って磨かせてもらっている。使えなくなるのが早いから他の歯ブラシも考えないといけないだろう。なんかいいのはないだろうか。

日が陰ってきたなと思った頃にポチとユマが帰ってきてくれた。まだそれほど冷えていないから外にタライを出し、お湯を足してニワトリたちをざっと洗った。毎日これぐらいに帰ってきてくればなと思っていたから助かったが、よく考えたらユマに愚痴っていたりするから、ユマが気を利かせてポチを連れて帰ってきてくれたのではないだろうか。

本当に、ニワトリたちには助けられてるなぁと苦笑した。

俺、やっぱ甘えすぎかも。


「今日の昼過ぎにお邪魔します」

朝、相川さんからＬＩＮＥが入った。昼過ぎってことはこちらで昼飯は食べないという意思表示かな。こちらが頼んで来てもらうのにそれじゃあなんか悪いと思ったので、一応「昼は煮込みラーメンにするんですけど一緒に食べませんか？」と返信しておいた。

即、

「お言葉に甘えさせていただきます。昼に参ります」

と返ってきた。煮込みラーメンは量を作らないとおいしくない。（俺個人の意見です）

「今日昼頃に相川さんが来るから。リンさんとテンさんにもアメリカザリガニを食べてもらう為《ため》に来てもらう。川を中心に見回ってもらうからな」

「ワカッター」

「ヤダー」

「ワカッター」

タマよ、往生際が悪いぞ。

「川の周りに行かなきゃいいだろー？」

嫌なものは嫌なんだろうなってことはわかる。好きになれとは絶対に言わない。でもアメリカザリガニは本当に困るのだ。俺はあの川で魚釣りがしたいんだよお！　鮎《あゆ》とか釣りたいじゃん。

そんなわけで朝食の後は畑と家の周りを見回るぐらいに留《とど》めた。ポチとタマはツッタカターと駆けて行った。夕方までまんま帰ってこないつもりだろう。それはそれで全然かまわない。そろそろまた道路の周りも見回ったり、保全に努めなければいけないなと草をむしりながら思った。

昼ちょっと前に相川さんの軽トラが到着した。下の柵《さく》の鍵は開けておいたのだ。南京錠《なんきんじょう》だから開けておけばかけてもらうことはできる。なんだか、軽トラの動きがとても重そうだなという印象を受けた。大蛇が二人乗ってるんだもんな。そりゃあ重いだろう。積載量とか大丈夫なんだろうか。

「こんにちは～」

夕方頃に帰ってくるかと思っていたのに、何故《なぜ》か呼ばれたようにポチとタマが帰ってきていた。

相川さんの軽トラが停《と》まると、その近くまでトトトッとポチとタマが移動した。気にすることないのになと苦笑する。

「こんにちは、ポチさん、タマさん、ユマさん。うちのリンとテンが虫や動物などを食べてもいいですか？」

「イイヨー」

「……イイヨー」

「イイヨー」

タマは少し含むところがありそうだが返事をした。許可が下りたと、リンさんとテンさんが車を降りる。意外とリンさんは下半身がほっそりしているのでそれでどうにか助手席に収まっているようだ。これでテンさんと同じ太さだったらとても無理だろう。頭の上の方だけでかい蛇というとコブラを彷彿《ほうふつ》とさせるけど、テンさんと柄は同じだから完全に突然変異なのだろうな。

「コニチハ、サノ、アリガト」

リンさんは相変わらず上半身だけキレイな女性の姿をしている。今日はシャツの上に薄手の上着を身につけていた。完全な擬態の為表情は動かない。目だけが蛇のそれなので、近くで見るととても怖い。

「いえいえ、こちらもアメリカザリガニで困っていますから、食べ尽くしてもらえると助かります」

「ココロエタ」

難しい言い回しをするのはテンさんだ。確かにヨルムンガンドといわれればそうかもしれないと思う。その長さも、胴の太さも、ニシキヘビというよりアナコンダっぽくてやっぱりぞわぞわする。

これなら大きい物も食べられるだろうし、人なんか丸飲みだろうな。こわい。

「先に川に行ってもいいですか？」

「あ、はい」

はっとして、一緒に近くの川まで行った。うちの山は川が多いので、その全てをもし見回れるのなら見回ってほしいことを伝えた。もちろん今日一日で全てを回る必要はない。リンさんとテンさんがよければ何度か来てほしいという話はした。

「サノ、イイヤツ」

「サノ、エライ」

二人にすり寄られそうになったが、タマとユマが間に入ってくれた。嫌いじゃないし、敬意もあるけどやっぱりこの大きさで近寄られるのは怖い。だって巻き付かれて締め付けられたら死ぬだろ、間違いなく。

「リン、テン、あまり近寄るな」

相川さんが苦笑して止めてくれた。

二人は首を傾げた。自分たちが俺の脅威になるとは全く気づいていないようである。まぁ強大な物は手加減も苦手だろうしな。

「ニワトリには絶対に手を出すなよ。今日はアメリカザリガニだけだ。他に何かあれば聞きにこい」

「ワカッタ」

「ココロエタ」

二人は川の周りに陣取ると、水の中に頭を突っ込み始めた。

うわあ、って思った。

そこで一旦《いったん》解散となった。暗くなったら戻ってきてもらうことにして、ポチとタマはツッタカターと遊びに出かけて行った。心配して戻ってきてくれていたらしい。少し胸が熱くなった。

「……佐野さんちのニワトリさんたちって、優しいですよね」

相川さんがしみじみ言う。

「そうですね。優しいと思います。相川さんちの、リンさんテンさんも優しいですよね」

「……そうですね。優しい、です」

ペットというかんじではない。種を超えた同居人みたいな、そんなかんじだと思う。ユマが俺の前をとてとて歩いていく。家に戻ってお茶と、野菜の浅漬けを出した。うどんスープの素《もと》で味付けをしたものだ。最近うどんスープにハマっている。N町のスーパーに売っていた素をいろんなものの味付けに使っているのだ。顆粒《かりゅう》なのでなかなかに使いやすい。メーカーからお金はもらっていない。手抜きなら任せろ。あれ？　でも今は手抜きじゃなくて手間抜きって言うんだっけ？　手間抜きっていい言葉だよな。

「用意しますからつまんでてください」

「はーい」

土鍋《どなべ》を出して野菜をごっちゃり入れて煮込みラーメンを作る。おとした卵はタマとユマが産んだものだ。うん、新鮮。もちろん火はしっかり通す。サルモネラ菌怖い。

「お待たせしました」

「ありがとうございます。おいしそうですね、いただきます」

土間から続く居間の座敷でごはんだ。土間があって、台所が上がったところにあって、その横に座敷というへんな造りだが、台所の部分は昔は全部土間だったらしい。そんなわけで土間の部分は玄関の靴を脱ぐ場所、というよりけっこうな広さがある。おかげでそこがニワトリたちの居場所になっているのだからよくできている。

「この卵って……」

「タマかユマのです」

「これをいただけるだけでも来た甲斐《かい》があります」

相川さんは嬉《うれ》しそうに言った。

「煮込みラーメンもいいですね。一人ではなかなかやりませんが」

こういうのは囲んで食べるのがうまい。俺も同意した。

しっかり食べて汗を掻《か》いたのでぼーっとした。ユマは用意した野菜の他に虫などをぱくぱく食べている。家の中にもけっこう入ってくるんだよな。

「……虫除けいりませんね」

「ええ、ほぼ使わないで済んでます」
二、三日に一度三羽の足をキレイに洗って家の中に上がってもらい掃除を手伝ってもらっている。主に虫を食べてくれるからとても助かっている。羽が落ちるなんていうのは些細《ささい》なことだ。ほうきでざっと掃いて、あとは掃除機をかけるだけである。ごくたまに雑巾《ぞうきん》がけもする。手入れをしないと家は傷む。水回りはもっとキレイに掃除しないとな。
外に出て畑のアドバイスを受けていたらリンさんが戻ってきた。

「バケツ、ホシイ」

持ち帰りもしてくれるようだ。

「サノ、アリガト」

バケツを二つ渡したら、無表情ながらも機嫌よさそうに川へ戻って行った。

「バケツ、次来る時にお返しすればいいですか？」

「はい、それで」

来週も来てもらうことになった。これでほぼいなくなるといいな。川魚食べたいし。

リンさんの細腕に食い込むぐらいアメリカザリガニをバケツに獲《と》って、彼らは上機嫌だった。それは全然かまわないのだが、どこにあんなにいたのだろう。なかなかにざわざわする。

「思ったよりいるようですから、来週も参りますね。ニワトリさんたちによろしく」

「ありがとうございました、また」

日が暮れる前に相川さん一行は帰って行った。軽トラの最大積載量について雑談した際、

「もっと積めるのに替えたいですね」

なんてことを言っていた。もっと積めるとなると小型トラックになるのだろうか。うちの山道では無理そうな気がする。

「今年に入ってから更に成長している気はします。……もしかして、相乗効果みたいなものがあるんですかね」

ユマを見ながら相川さんが言う。負けじと成長したりするんだろうか。うちの周りの動物たちはいったいどこまで育ってしまうんだろう。

「ニワトリさんたちもどこまで大きくなるんでしょうね」

「今ぐらいで止まってくれるといいんですけどね～」

今はポチがとさかの分一番大きくて俺の胸辺りまで背がある。これぐらいで留めてくれないと、ユマをもう軽トラの助手席には乗せられないかもしれない。そんなことを言っていたら、それを聞いていたらしいユマがすりっと擦り寄ってきた。

「？　ユマ？　どうしたんだ？」

「佐野さんは本当にニワトリさんたちに好かれていますね」

「ええ……まぁ……」

好かれている自覚はあるけど、このすりっの意味がわからなくて困った。

「ユマ？」

そんなつぶらな瞳《ひとみ》でじっと見つめられてもわからないって。

「今日は出かけないぞ？」

「……ワカッター」

なんか出かけるのかと思われたらしい。もしかして軽トラの助手席の話をしていたからだろうか。やっぱりタマほどの理解力はないみたいだ。そこがまたかわいいんだが。（ニワトリバカだって？　ほっとけ）

そんなこんなで相川さんたちを見送った後でポチとタマが戻ってきた。

「ポチ、タマ、おかえり。相川さんたちは帰ったよ」

「タダイマー」

「タダイマー」

とてもいい返事である。タライを出してお湯を足し、二羽をざっと洗う。どんどん暗くなっていく西の空を見ながら秋だなとしみじみ思う。もう少ししたら家の中で洗うことになるのだろうか。だいぶ寒くなってきた。俺はともかく、ニワトリたちに風邪を引かせるわけにはいかない。

「また相川さんたちには来週来てもらうから。思ったよりザリガニ多いみたいでさ。近くだけじゃなくてどの川にもいるっぽいんだよなー」

そんなにがんばって繁殖しなくてもいいじゃないかと思う。手入れを怠ればすぐそういうことになるのだ。かつてはこの山にも水田があったと聞いている。でももうその痕跡《こんせき》は全くない。もしかしたらそこらへんをある程度掘り返してみればわかるのかもしれないけど、そこまでする気にはなれない。


翌日は山の中の道路をじっくりと見て回った。昨夜ニュースを見ていた時、台風が発生したと出ていたのだ。幸い今年はまだこの辺は影響を受けていないが、台風の備えも必須《ひっす》だろう。そんなわけで道路の舗装状況（アスファルトが割れてないかなど）や、その山肌などを確認することにした。以前相川さんに教えてもらった柵《さく》をつけたところは大丈夫そうだったが、他がちょっとあやしい。

「もう全部柵つけるかネットで覆うとかした方がいいんだろうなー」

木なども密集しているところはできるだけ切ってメンテナンスもしなければならない。重機はないからチェーンソーで切っていくようだ。

「木、切ってもいいけどどーすっかな……」

炭焼きでもするか。一人じゃ難しいけど。川の水の濾過《ろか》装置にも炭は必須だ。

一人でやるには限界もある。木を切るにしても素人の自分じゃその木の下敷きになりかねないし。

そんな時は、

「相川さん、昨日はありがとうございました。すみません、また相談があるんですけど……」

先達に聞くのが一番である。もちろんおっちゃんにも連絡した。なんでもかんでも聞くのはどうかと思うが、すぐ近くに経験者がいるのに話を聞かないのはもったいない。

「そうですね。台風も確かに来ていますし……じゃあ明後日にまた伺いますよ。応急処置できるところはしてしまいましょう。その代わり、うちの山も手伝ってくださいね」

「はい！　ありがとうございます、助かります！」

おっちゃんにも聞いたら畑の後ろの山を改めて見てくるそうだ。今のところイノシシ被害はないらしい。（まだ数日だからわからない）

明後日はうちを見てもらって対策できるところはして、その次は相川さんちの山、そのまた次はおっちゃんのところの山を見に行くことになった。桂木さんはというと、もう村の人に頼んでいるらしい。仕事が早い。しっかり者だなと思った。

「えぇー？　佐野さんたちは自分たちでされるんですか？　そしたら私も入れてもらえばよかったー」

「いやいや、女の子にそんな力仕事はさせられないから」

「それって偏見じゃありません？」

「俺の中の女の子像はそうなんだよ。そりゃあ桂木さんが筋骨隆々な女子だったら一緒にやろうってなるけどさ」

「私だって筋肉ついてきたんですよー」

「だからさ、自分の身を守れない子を守り切る自信は俺にはないんだって」

男なら自力でどうにかしろって思うけど。だって俺男だし。

「むむむむむ……」

「なんか困ったことがあったら声かけてくれ。応えられるかどうかはわからないけど」

「……もー、そういうところなんですよねぇ」

よくわからないことを言って桂木さんはやっと解放してくれた。

でもま、男だけってのもむさいなーと思うことはある。だけど、タマとユマがいるからいっかと思い直した。アイツらも立派な女子だ。俺より絶対強いけど。

12 台風への備えを始めよう

次の日は歩いて危険箇所などをメモして回った。木が密集しているところや倒れているところなども忘れずに。こういうのを放置しておくとたいへんなことになるのだ。倒れた木は撤去した方がいい。確か村で重機の貸し出しをしていたはずだ。聞いてみることにしよう。

と思って村の役場に電話したらすでに貸し出し中で、今月いっぱいは予約が満杯で無理だと言われた。

「台風が来るっていうから予約がいっぱいなんですよ」

「ああ……そうですよねぇ……」

みんな考えることは一緒だ。

「そうでなくても九月以降は早めに予約していただかないと無理なんです。山で暮らされるなら一台ぐらい買われた方がいいと思いますよー」

そんなことはわかっているがそれなりの値段はするのだ。おいそれとは買えない。

重機なぁ、重機。ショベルカーとか一台あるだけで違うよなぁ。いやちょっと待て。そういうのの買う前にそもそもその手の免許がなきゃだめじゃん。免許取るにもお金が必要だし。世知辛い世の中だ。

重機を借りられたとしてもそもそも免許なかったじゃん。だめだめだ。

という愚痴を、その翌日に来てくれた相川さんとおっちゃんにしてみた。

「免許は持ってた方がいいですけど、公道に出なければ免許なしでも……」

相川さんがあっけらかんと言った。ああそっか免許って公道を走らせる為《ため》のもので……っても借りたら公道走らせてくるよな。やっぱだめだ。

「僕は一応、一通り免許は取ってますから重機が借りられればどうにかなりますけど……」

さすが相川さんである。

「おっちゃんは？」

「俺は一応……小型車両系のは講習を受けたぞ。確か、三トン未満だったら油圧ショベルとかブルドーザーも扱えるな」

「おおう……」

やっぱり講習など受けているらしい。山って気軽に買っていいものではないのだということがわかった。

「油圧ショベルぐらいは扱えた方がいいだろうな」

「ですよね。教習所とか行けばいいんですか?」

「普通に免許持ってるんだから所定の時間講習を受ければいいはずだぞ。物にもよるが」

「わかりました。調べてみます」

いろいろ面倒くさそうだ。

「ところでおっちゃんは持ってないの?」

「うちも前は持ってたんだがなー。畑の規模を縮小したからいらねえと思って売っちまったんだよ」

年を取るとさすがにいろいろ維持していくのも難しいんだろう。跡取り問題とかどうするんだろうと思ったが、それは俺には関係ないので考えないことにした。

「……そろそろうちで買った方がいいかもしれませんね。そうすればお手伝いもできますし」

相川さんは株で稼いでるからって気前がよすぎである。

「あればあったで便利だろうが……まぁ、相川君はそんなに村の者《もん》と付き合いがないからいいか」

「?　なんで付き合いがないといいんです?」

首を傾《かし》げる。

「あんまりこういうことは言いたかねえが、どこどこの家の者が持ってるとか言うとそれを便利に使おうとする奴《やつ》が必ず出てくんだよ。村の重機ならみんなのものだからいいが、個人に負担をかけるわけにはいかねえだろ？」

　そういうものなのか。相川さんは笑んだ。

「湯本さんがいろいろ考えてくださるのでとても助かります。一応重機は今のところ陸奥さんが所持されてますのでそちらを借りたりはしているんですよ。ただこういう台風とかがあった時は自分で持っていた方がいいかと思いまして。佐野さんとか、桂木さんが困っていたら助けることもできるじゃないですか」

「相川君がいい奴だってことは俺も知ってる。山繋《つな》がりで仲がいいのはいいが、無理はしないでくれよ」

「はい。お気遣いありがとうございます」

　重機系の免許は一応取っておいた方がいいな。真面目に調べてみようと思った。

　山についてはとりあえず応急処置で網をかけたり、倉庫に残っていた柵を挿したりと、できるだけ補強はしてみた。アスファルトの舗装は見積もりをとってやってもらわなければいけないらしい。私有地だしな。

　昼は煮込みうどんにした。おっちゃんがうどんを打ってきてくれたのだ。

「蕎麦《そば》打ちのついでだからな」

「おいしい……」

「自分で作るっていいですね」

おっちゃんは蕎麦を打つのが趣味らしく、俺も何度かお土産にもらっている。でもみんなで囲むならやっぱり煮込み系の鍋《なべ》がいい。

今回は当然のことながらリンさんも同行していないので、タマには朝上に乗られるぐらいで済んだ。とはいえ無事とは言い難かったが……。

「ぐええっ⁉」

「オキロー」

「わかったわかった……」

早く餌を出して出かけさせろということだったらしい。ちゃんと目覚まし時計はセットしておいたのだが、それよりも早く起こされるんだから困ってしまう。餌をあげながらそうぼやいたらタマにつつかれた。

あと十分ぐらい寝せろよなー。

ポチとタマは一日中、山の中を駆けずり回っている。ユマは土間で野菜くずと肉の切れ端を食べ、後は家の周りや畑、俺の見回りについてきていろいろ摘《つ》まんでいた。

「そういや、相川君とこの大蛇は冬眠するのか？」

「ええ、します」

「そうか、なら食料にはそれほど困らないか」

「そうですね」

相川さんは苦笑した。リンさんは起きているから多少は考えるのだろう。

「昇平、冬の間ニワトリの食料はどうするんだ？」

「N町で買い込んでくるのと……あとは養鶏場で買わせてもらうつもりです」

「そうだな。潰《つぶ》しちまうわけにはいかねえからな」

おっちゃんがユマを眺めて物騒なことを言った。

「……多分ですけど、返り討ちに遭いますよ」

「違《ちげ》えねえ」

おっちゃんはガハハと笑ったが、ユマがじっとこちらを見ていた。ちょっと怖かった。


翌日はおっちゃんと共に相川さんの山を見に行った。道の端などキレイに整えられていて性格がよくわかる。うちなんか大雑把だしな。

「でも草刈りがあんまりできていないんですよ。けっこうテンが道なき道を進むので一歩山に入ると木が倒れていたりして危ないんです」

リンさんはともかくテンさんは確かに、細い木ならなぎ倒して進みそうだもんな。やっぱり重機がほしいという話になった。道に落ちてきそうな折れた木などを何本か動かしただけでへとへとになった。乾いているわけではないからかなり重い。もちろん乾いていたとしても重い。

「……クレーン車が欲しい」

相川さんがしみじみ言う。確かに欲しい。

「ショベルカー、まだ持ってた方がよかったかー」

おっちゃんがしまったというように自分の額をぺしんと叩《たた》いた。確かにクレーン車じゃなくても動かすことはできるもんな。

とまぁそんなかんじで、相川さんの山で作業をした。

昼ご飯は大量の唐揚げとキャベツの千切り、そしてみそ汁とごはんだった。もちろん漬物もある。

「なんでこんなに唐揚げってうまいんだろうな」

おっちゃんがしみじみ言いながらもりもり食べていた。俺と相川さんも負けじと食べる。唐揚げは正義だ。（自分でも言ってる意味がわからない）

「そういや人見知りの彼女さんはどうしたんだ？」

おっちゃんが思い出したように言った。そういえばリンさんの設定ってそうだったな。忘れてた。

「人見知りなので裏の方にテンと出かけてますよ」

相川さんが苦笑して言う。

「あの大蛇と一緒なら安心だな」

「そうですね」

おっちゃんがもし、リンさんも大蛇だと知ったらどうするんだろう。つか、そんな日は一生こなくていいと思う。知らなくていいことは知らないままでいいのだ。それにしても相川さんが作ったえのきの和《あ》え物うまいよなぁ。

「今時はやっぱり男も最低限料理ができないとな！」

「ええ、そうですね。湯本さんも蕎麦を打たれますよね。昨日のうどん、とてもおいしかったです」

「おお！　そいつはよかった。俺が蕎麦打ちだのなんだのを始めたのは退職してからだからなぁ。うちのには散々苦労させたから俺もできることはするようにしてるんだよ」

かたない。

「そうなんですか」

おっちゃんと相川さんがしみじみ語り合っている。これで酒が飲めないのがつらいところだがし

「パスタも打つんだぞ」

「それはすごいですね！　麺《めん》はどういう風に……」

「なんか平べったい麺？　を作れるとかいうのを買ってあるから今度食わせてやるよ」

「フェットチーネですかね。楽しみです」

なんかおっちゃんがハイカラだ。

今日はポチとユマもこちらへお邪魔させていただいている。昨日の段階で相川さんに伝えて、リンさんとテンさんの許可は取ってあるから大丈夫だ。相手の縄張りを侵すんだから断りは必要である。しかし何故《なぜ》今日着いてから直接言わなかったのかといえばおっちゃんがいたからだ。テンさんはとっさの判断が甘いらしく、話しかけられたら普通に返事をするかもしれないという。なので直接会って許可を取るのは見送った。みんな違ってなかなか面白いと思う。

午後もどうしてもこれは……という木を撤去したり、炭焼き小屋の確認をしたりした。うちの山にもあるが、相川さんの方が本格的にやっているようなので今度こちらに参加することになった。

炭焼きはただ火を入れて放っておけばいいというものではない。夜も窯の中の温度が下がらないよう管理しなくてはならないのだ。だからほぼ徹夜である。おっちゃんと二人で一度やってみたが煙いし眠れないしでたいへんだった。人数がいると多少は楽になるだろうと思う。

「炭はあると便利ですよね」

うちも川の水の濾過《ろか》に使っているから炭はけっこう欲しい。相川さんの言に頷《うなず》いた。

「炭があると焼き鳥もうまいしな！」

おっちゃんは食い気のようだ。

「そういえば焼き鳥とか、最近食べてないかも」

串《くし》に刺した鶏肉《とりにく》とかステーキっぽいのとか唐揚げとかは食べているが、焼き鳥はついぞ見ない。

「そうですね。村に焼き鳥屋さんってないんですか？　見た記憶がないんですが……」

相川さんが聞く。

「んー……何年か前まではあったんだがな、今は廃業してらあ。でも鶏と炭を持ち込んでやりゃあ振舞ってくれるかもしんねえな」

自分で焼くより仕事として焼いていた人が焼いたものの方がきっとおいしいだろう。でも法律とかどうなんだろうな。友達が材料を持ってきたのを焼いて振舞うぐらいならいいのだろうか。

そんな話をしていてもさすがに腹は減らなかったが、周りの匂いに敏感になったのかもしれない。

「？　なんか甘い香りが……」

どこかで嗅《か》いだ匂いなんだよな。なんだろう。

「ああ、キンモクセイですね。この頃咲き出したんですよ。きっと佐野さんの山でも咲いていると思いますよ」

「あったかなぁ……ちょっと記憶にないですね」

こんないい香り、うちの山でしたっけかな？

「キンモクセイは日本だと自然に増えはしねえからな。昇平の山に住んでた人たちが植えてなきゃあねえよ」

「え？　そうなんですか？」

それは初耳だった。

「ああ、日本には雄株しかねえから、挿し木でしか増えねえんだ。ま、これはうちのの受け売りなんだけどよ」

おっちゃんはそう言って頭を掻《か》いた。正直である。

挿し木でしか増えないなんてまるでソメイヨシノみたいだな。桜の理由はまたちょっと違うんだっけ。今度調べてみよう。

明日はおっちゃんちの山を見に行く予定だ。今日も重機の必要性をよく感じた日だった。免許取らないとなと思った。


さて、今度はおっちゃんちである。これが少し難しい。畑から上はおっちゃんちの山ではあるが、こっからここまでと土地の範囲が決まっている。山菜を採るとかイノシシを狩る程度の話では済まないのだ。隣接している山を持っているのは二つ隣のご近所さんで、それも親戚《しんせき》ではないらしい。

「台風が近づいてるからその対策をするっつー話はしたんだがな。あっちはうちよりも年寄り夫婦で暮らしてるもんだから、身体《からだ》が動かねえっつってなんもできねえんだよ。あそこはじいさんの足も悪《わり》ぃんだ。子どもたちは別のところに暮らしててなかなか手伝いにも来られねえしな」

どこの家でも事情があるようだ。田舎暮らしはなかなかにシビアである。

今回は二つ隣のご近所さんが持っている土地の部分についても見回りをすることにした。それはおっちゃんが伝えてあるらしい。

さて、今日はタマとユマがついてきてくれた。相川さんちからリンさんとテンさんは参加しないと言ったらタマが来ることにしたようだ。だからどんだけ苦手なのか。

おっちゃんのところの山は畑の脇から登れるようになっている。柿の木があるところまでは軽トラでどうにか入れないことはないが、舗装されているわけではないので最近は車では入らないようにしているらしい。確かに登りはともかく下りが怖いもんな。

「いやー、何年か前に軽トラで滑ってなー。あと少しずれていたら死ぬところだったんだ。だからもう車の乗り入れはしてねえんだよ」

「命あっての物種ですね……」

舗装されていない道はやはり危険である。なんだかんだいって気を付けるに越したことはない。

というわけでしっかり登山である。そんなに高い山ではないが、木が密集していないか、どこか折れていないか等いろいろチェックしていく。人数が多いと見落としも少ないので楽だ。気になる倒木などは撤去したりしてけっこう上まで登った。

「はー……意外と体力ないなぁ……」

自分で言ってて少し落ち込む。山に住んでいるというのに、頂上付近で息を切らしているとは何事かと自分でも思った。

「自分の山だって下から歩いて全部登ったことなんかねえだろ？」

「まぁ、確かに……」

墓のあるところまでは車で行けるし。そういえばその先ってまだ登ったことがないなと今更ながら気づいた。自分の山なのにだめだめである。そもそもあそこからどう登ったら山頂まで行けるのかわからない。ここも今頂上付近と言っているが、高い木が所狭しと生えているので本当に頂上なのかどうかもわからない。だがこれ以上タマとユマが登って行く気配がない為、この辺りが頂上なのだろう。なんとも情けない話である。

「この辺りで休憩するか」

おっちゃんがそう言うので比較的平らなところを選んで座った。木がすごくて全然頂上らしく思えないが、普通はこんなものなのだろう。一般的なイメージの山頂といえば、開けていて平らなところがあって山頂何メートルとか書いてあるものがあって、というかんじかもしれない。だが個人の山は木々が生い茂って下なんか全然見えないものだ。

おばさんが握ってくれたおにぎりをもぐもぐ食べる。梅のおにぎりが沁《し》みる。本当はおばさんも一緒に来るようなことは言っていたのだが、俺と相川さんで断った。俺たちがいなければ二人で手入れをしてもらうようだが、俺たちがいるのである。いくらこの村にずっと住んでいるおばさんでも、女性にこんな力仕事はさせられない。

そう言ったら目を丸くされた。

「昇ちゃん……その考えは時代錯誤よ。でも私は嫌いじゃないわ」

役割うんぬんを言っているのは時代錯誤なんだろうな。でも俺が嫌なんだからしょうがないのだ。

「昇平はいい男だよなぁ」

ガハハとおっちゃんが笑う。おっちゃんもおばさんが今回ついてくるというのは断ったらしい。

男三人もいるんだから大丈夫だと。その代わりといってはなんだが、ごちそうを作って待っていてくれるそうだ。かえって悪いことしたなと思った。

ペットボトルのお茶を飲んで下山の準備をする。

「もう少し真面目に間伐もしないとな」

おっちゃんがそう言いながら頭を掻いた。下山しながら拾った木などを転がしていく。これらはあとでおっちゃんが薪《まき》にするらしい。

「下の方は多少手入れしてあるんだが、上の方はどうしてもなぁ」

「運ぶのたいへんですもんね」

「そうなんだよ。問題は運搬なんだよな～」

山の上から下に向かって一直線に落とすなんてことはできないから、せいぜい枝葉を切るぐらいしかできないみたいだ。

見れば見るほど問題が出てくる。でも見なければわからなかったのだからこれはこれでいいのだろう。

木切れの運搬に関してはタマとユマもその長い尾と足を使って手伝ってくれた。紐《ひも》かなんか持ってきていたらもっと楽に運べたかもしれない。うちのニワトリたち、体重はそれほどないのだが力はものすごく強いのである。

「ニワトリすげえな。って昇平んとこのニワトリだからか」

おっちゃんがガハハと笑う。午前中の少し早い時間から始めて、午後を過ぎたところで下りることができた。

おばさんが心配そうな顔をして畑で待っていた。

「昇ちゃん、相川君、ありがとうね」

「「いえいえ、いつもお世話になってますから」」

ハモッてしまった。苦笑する。

「あら、随分木切れを運んできてくれたのね」

「けっこう折れてたからな。タマとユマが手伝ってくれたぞ」

「あらあら、タマちゃん、ユマちゃん、ありがとうね〜。おなかがすいたでしょう。ごはんの支度するわね」

遠慮なくごちそうになる。

山は住めば住むほど奥が深いなと思った。

タマとユマは畑で、ここからここまでは好きに食べていいと言われた場所へツッタカターと駆けて行った。野菜のバイキングみたいなものである。うちのニワトリは相当硬くてもばりばり食べてしまうので、人が捨てる部分などもおいしそうに食べている。食べてはいけなさそうなものは自分たちでなんとなく判断できるらしく、ネギやキャベツ類には見向きもしない。そこがすごいなと思う。頭がいいというか、何かわかるものなんだろうか。それともうちのニワトリたちが特殊なだけか。

「こんなものしか用意できなくてごめんね」

何をおっしゃるのか。出された回鍋肉《ホイコーロー》に肉がごろごろ入っている。うまい。戻ってきてから揚げてくれた天ぷらもうまい。野菜がメインだが何もかもがうまい。俺たちは無言で料理を頬張った。

「足りない？　ごはんはあるから、納豆とか卵で食べる？」

料理を平らげてしまったせいか、おばさんが心配そうに言った。

「大丈夫です。おなかいっぱいです」

「おいしかったです。ありがとうございます」

相川さんと二人で丁重にお断りした。納豆も卵も好きだがもう入りそうにない。皿が空になると足りなかったんじゃないかって不安に思う気持ちはわからないでもない。うちの親なんかもそうだし。

それでも漬物があると摘まんでしまうのはなんでだろう。

「うちの山はどうだったの？」

「荒れちゃあいねえが、もっと上の方は切らないとだめだな。あとは雑草を刈らないとだめだ」

「山の手入れってたいへんねえ。昇ちゃんとか相川君は毎日手入れしてるんでしょう？」

おばさんがしみじみ言う。手入れってほどはしていないが、一応はしていると思う。

「雑草を抜くぐらいですよ。木までは切ってません」

本当は枝葉を切ってもっと太陽の光が入るようにした方がいいのだろうが、そこまで手が回らないのだ。

「うちも雑草……以外は道のメンテナンスぐらいですね。住んでいたってそんなにはできませんよ」

相川さんも苦笑しながら答えた。

「ざっと見ただけだしな。本当なら普段から見とかなきゃならんが、なかなかなぁ……」

土地が広いとそういう難点もある。昔は山持ちだと林業で食っていけたが、今は山だけでは食べていけない。

「ああそうだ。言い忘れてたんだが、またイノシシが出たらしくてな」

「それはたいへんじゃないですか」

「見てきた限りではそれっぽいところはありませんでしたが、もっと奥の方に隠れているんでしょうね……」

「それでなんだがなぁ……」

おっちゃんは言葉を濁した。言いたいことはだいたいわかっている。

「うちのニワトリでよければ貸しますよ。ただ、言うことを聞いてくれるかどうかが問題ですけど」

「そこなんだよな」

「何晩も見張るんでしたら、俺も泊まり込みさせてもらえば指示は通ると思います」

「済まねえな。台風過ぎてからで頼むわ」

「わかりました」

ポチとタマが超張り切りそうである。イノシシー！　とか叫びながら駆けて行ったらどうしよう。ポチのことはタマに重々頼んでおかないと危険だ。

「そういえば最近クマがどこかで出没している、なんてニュースを見ましたが、この辺は大丈夫ですか？」

相川さんが思い出したようにそんなことを言った。

ええぇ、クマは勘弁してほしい。

「この辺は今んとこ聞かねえな。ただだいぶ個体数は増えてるらしいってのは聞いてる。猟期にあんまり見かけるようなら駆除してもらった方がいいだろうな」

「そうですね。何かあってからでは遅いですし」

山に食べ物がなくても下りてくるし、増えすぎても下りてきてしまう。お互い関わらないよう別々の場所で生きているなら問題はないが、そういうわけにもいかない。

「さすがにクマが出るってなったら電気柵《さく》とかつけないとな」

「あるんですか？」

「収穫の時期にはつけたりするんだよ。でも今は植え替えたばかりだから外してる。農家も意外とたいへんなんだぜ」

「……ですよね」

ほっとけば虫がつくし、気象状況に左右されるし、害獣までやってくる。田舎で農業しながらスローライフに憧《あこが》れる年寄りがいると聞くがとんでもない話だ。（若い頃に従事していたのならイメージは掴《つか》みやすいとは思う）どうせ住むなら若い頃からだな。何せ田畑をどうにかするのも重労働だ。

腹が落ち着いてからおいとまることにした。

「明日の夕方辺りから雨ですかね。山はもっと早いかな」

相川さんが空を見上げながら呟《つぶや》いた。まだそんなに雲の姿は見られない。

「明日降り出したらもう引きこもりですね。買物行ってから帰ろうかな」

「N町まで行きますか？」

「あー……それもいいかも。おっちゃん、おばさん、ちょっと買い出ししてくるからタマとユマ預かってもらっていい？　買物したら連れにくるから」

「いいぞー」

「いいわよー。あっちまで行くなら買い出しお願いしていいかしら？」

「はい。メモください」

ニワトリたちを連れて行ってもいいのだが、タマは荷台に乗ることになるので注目を浴びてしまうかもしれない。かといって相川さんの助手席に乗ってはくれないだろう。二人でそれぞれの軽トラを走らせてN町に向かった。

それにしても山を買って初めての台風である。どんなことになるのかと想像したらどきどきしてきた。

あれだあれ。子どもが台風とか嵐になるとわくわくしてしまう心理である。まだまだガキだなと自分で思った。

何かあった時の為にとクーラーボックスを積んでおいてよかったと思う。おばさんに頼まれた買物も自分の買物もできてほくほくした。台風の備えのせいか、スーパーなど、多少品薄になっているかんじがした。カップラーメンの棚がずいぶんとすかすかになっているように見えたのだ。お店もたいへんである。

停電になってもどうにかなるように米を沢山炊いておいた方がいいだろうか。缶詰や、レトルトなどを買ってみた。レトルトカレーがあればだいたい生きていける。パスタソースも買った。ごはんの上にかけて食べてもいいだろう。ガスはプロパンだから停電になっても大丈夫だし、卓上コンロもある。それ用のガスも買ってあったはずだ。懐中電灯用の電池も買ってあるし、水もある。明日はお風呂《ふろ》に早めに入っておくことにしよう。停電対策としては一応発電機もあるが使わないに越したことはない。

「台風、被害があまりないといいですね」

相川さんとそう話した。おばさんに買ってきた品物を渡し、タマとユマを回収して山に戻った。雨が降り出したら雨戸を閉めればいいとして、玄関はガラス戸だから養生テープを張っておくべきだろうか。用心はしないよりはした方がいいのである。

よく台風情報などに対して大げさだとか怒る人がいるが、そこは大事がなくてよかったと言うべきだと思っている。自分だけはそんな目に遭わないなんてことはないのだ。

「なんかー……山暮らしって真面目にやらないと死ぬよなぁ……」

こんな過酷な土地によく昔の人は住もうとしたなと思ってしまう。でも開拓すれば自分の土地になるというのなら、山の上だって天国だったのかもしれない。他の山はともかく俺の山は川が多い。その分地盤が緩い場所もあるようだが、とりあえず今のところはどうにかなっているようだ。水が豊富というのはすごいアドバンテージだ。でも近年はそれこそ何が起こるかわからないから備えは必要だと思う。

起きないことなんてない、と思っていれば大概はどうにかなる。

桂木さんにLINEを入れた。ドラゴンさんがいるとはいえ女性の一人暮らしである。台風は怖いのではないかと思ったのだ。

「台風の備えはどう？　大丈夫？」

「もー台風怖いですよねー。一応窓とかには養生テープ張ったんですけど。家なくなっちゃったら佐野さんちにやっかいになろうかなぁ」

　ＬＩＮＥから察するに、桂木さんもわくわくしているようだった。不謹慎とか言われそうだが気持ちはわかる。怖い物見たさ、というかこういう状況も楽しんだ者勝ちというか。どちらにせよ当事者なので大目に見てほしい。

「その時は引き受けるよ。そちらに新しく家が建つまでは」

「ええ〜。そこは全部任せとけ！　っていうところじゃないんですかー？」

「責任はとれないし」

「もー‼」

　怒っているような絵文字が入っていたが、元気そうなのでいいことにする。実際ヘルプがきた時出られるかどうかはわからないが、山にいるのならある程度覚悟もしているのではないかと思う。明後日《あさって》ぐらいまで山中さんかおっちゃんちにお邪魔になるという選択肢もないわけではないのだから。

　翌日は風が強かった。家の周りの物を改めて片付け、ポチとタマには雨が降る前に帰ってくるように言った。

「タイフー、ナニ？」

　コキャッと首を傾げてポチに聞かれた。いい質問だ。

「うーん、すごい風と雨が同時に来るんだ。ポチとタマが風に飛ばされたら困るし、飛んできた何かにぶつかって怪我《けが》とかしたら困るだろ？　雨が降ってくると滑るしな。だから雨が降る前に帰ってきてくれよ？」

「ワカッター」

「ワカッター」

聞き分けがよくてとてもよろしい。……実際はどうなるかわからないが。

明日も一日雨だろう。雨の日は外には出ないだろうが、出ようとした時ニワトリたちを止められるだろうか。

「明日も多分台風だから、家から出たらだめだぞ」

念の為言っておいた。

「ワカッター」

「……ワカッター」

タマがとてもあやしい。俺はやだぞ、嵐の中探しに行くとか。

こういう時真っ先に出て行くのはポチだと思っていたが、いつもとはなにか違うものを感じたみたいだ。そういう危機管理能力が高いのはポチのようである。予防接種も逃げようとしたしな。

今のところ一番心配なのは近くに建っている家屋である。無人の家屋の周りにあった物はあらかた処分してあるが家や小屋などはそう簡単に解体できないから困る。こんなことならもっと早く解体しておくべきだった。後悔先に立たずである。

「台風って……あと何回来るかなぁ……」

年に一回というわけではないから困る。日本列島は地震の巣で、台風の通り道だ。他にも災害は枚挙にいとまがない。なんでこんなたいへんなところにみんな住んでいるんだろう。それを言ったら俺もか。でも世界中どこへ行ったとしても楽園なんてないと思う。不満が全くない土地なんて想

像がつかない。（あくまで俺の考えです）

　できることはやった、と思う。夕方黒雲が出てくる前にポチとタマが戻ってきた。やっぱりうちのニワトリは最高だ。

「ありがとうなー」

　ざっと洗って家に入れてから少しして雨が降り出した。降る前に洗えてよかった。

　スマホでニュースを確認する。随分と台風が近づいてきている。上陸はしないようだが、それでも緊張でどきどきしてきた。

　何事もありませんように。急いでユマとお風呂に入った。

　停電はなかったが雨風が想定外に強くて、夜間家がガタガタバリバリ鳴ったのがすごく怖かった。

　元庄屋《しょうや》さんの家なせいか、この家はけっこうな広さがある。普段は土間と座敷がある居間にいるが（仕切りの襖《ふすま》はあったが今は取っ払っている）、寝室として使っている座敷の奥にも襖を隔てて座敷がある。寝室と奥の座敷は、風呂場やトイレに繋がる廊下と、縁側に繋がる廊下に挟まれている。縁側への廊下と座敷の間には半分だけのガラス障子がある。昔は普通の障子だったらしいが、張り替えるのがたいへんだということで半分をガラス障子に変えたのだと言われた。（半分だけでも手間ではないのだろうか）ガラス障子の向こうにある廊下は入側縁というらしい。入側縁の外側に窓があって雨戸がある。その向こうはいわゆる縁側。濡《ぬ》れ縁《えん》だ。

　古い家のせいか強い風を受けて家中がギイギイガタガタと揺れた。それだけではなく寝ている俺の頭の向こうにあるガラス障子がバリバリバリバリッとすごい音を立てて生きた心地がしなかった。ガラス障子にしないのにはしないだけの理由があったのだなと実感した。

そんなわけで寝不足である。昨夜ほど風は強くないが、それでも家はギイギイガタガタと時折揺れている。壊れないといいけど。

「……自然の脅威、すごすぎる……」

とりあえずニワトリたちに朝ごはんをあげよう。あげてからまた寝てもいいよな？

そう思いながら居間に移動した。

天気が悪いせいか三羽はまだうずくまっていた。でも俺が行くと目を覚ましたらしい。

「オハヨー」

「……オハヨー」

「オハヨー！」

と挨拶《あいさつ》してくれた。

「おはよう。ちゃんと眠れたかー？」

「ネター」

「……ネタ」

「ネター！」

タマはよく眠れなかったらしい。寝室の方からバリバリという音が聞こえていたなら申し訳ない。張り替えは面倒かもしれないが障子に戻した方がいいかもしれない。どちらにせよそれは、雨が止《や》んでからの話である。

今朝は卵を産まなかったようだ。残念だがそれは仕方がない。買ってきた菜っ葉類と豚肉を朝食として出した。どうせ今日は特にやれることもないので俺は昨日の残りのごはんと野菜と肉で雑炊にした。うん、我ながらなかなかうまい。味付けは顆粒《かりゅう》だしとみそだけだが、これがまたうまいのである。もちろん醤油《しょうゆ》もみりんも酒も買ってある。みりんと酒の区別はついていない。なんかレシピを見て、ここはみりんなのか、これは酒なのかと確認しながら作っている程度である。鶏ガラスープの素《もと》も炒《いた》め物などでけっこう使うから買ってある。こちらも顆粒で使いやすい。（山暮らしでいちいち買いに行くのもたいへんなので、鶏ガラスープの素は業務用サイズで買ってある）

台風のせいか暗いので、今日は朝からずっと電気をつけている。ニワトリたちが驚かなくてもいいように、「風と雨が強いからいきなり電気が消えることもあると思う」とは伝えておいた。びっくりして飛び上がって怪我とかしたら困るもんな。

朝食を終えて、玄関のガラス戸を少しだけ開けて後悔した。

風がっ風がっ。

こういう時って開けちゃいけないんだっけか。割れたらどうするつもりだったんだ、俺。

ポチとタマが俺の様子を見てコキャッと首を傾げていた。

外出ていーい？　と聞かれているようだった。

「今日は台風で風がものすごく強いから家にいてくれ」

二羽にはショックを受けたような顔をされた。俺がガラス戸を開けたから期待してしまったんだろう。悪いことをした。

「ちょっと失礼」

ポチをよいしょっと持ち上げてみる。思ったより重い。それでも十五キログラムぐらいしかないんじゃないだろうか。

「この重さじゃ風に飛ばされるぞ？　それになんか飛んできてぶつかって怪我したらいやだろう？　風って怖いんだからな」

と言い聞かせた。ポチはきょとんとしたが、みんなして素直にふんふんと聞いてくれた。でもタマだけは玄関の側《そば》から長いこと離れなかった。体力余ってるんだろうなと思った。

梅雨の時期もあまり出られなかったと思うけど、それでも雨が降っているだけで気温はそれほど下がっていなかったから表に出す日もあった。

「タマ、明日は大丈夫だと思うから、今日は家にいてくれよな？　俺、お前たちが心配なんだよ」

しゃがんでそう諭すように言ったら、タマが頷《うなず》くように顔を前に出した。そこで済んでしまえばよかったがそうは問屋が卸さないらしい。タマはそんなことわかってるわよッ！　というように俺を散々つつきまわした。

「いてっ！　タマ痛いってっ！　しょうがない、だろっ！　いててっ！」

念の為作業着を着ててよかったと思った。全くなんでタマはこんなに凶暴なのか……。

ぼろぼろになったが今日は家の中の掃除をする日と割り切った。床を掃いたり畳を掃いたりしてほこりを取り、掃除機をかけたりした。

そういえば山暮らしというとトイレや生活排水などの問題があると思う。一人だから大丈夫ーとそのまま放流するのは嫌だったのでそこはしっかり確認をしていた。

そう、なんとうちには合併浄化槽が設置されているのである。さすが元庄屋さんちだ。

浄化槽とはなんぞや？　と思う方には簡単に説明しよう！　浄化槽はバクテリア等の微生物の働きによって汚物を分解するのだ。つまり浄化槽を通して放流すると汚れの量が少なくなるのである。

とはいえバクテリア等が全て分解してくれるわけではないので汚泥が中に溜《た》まる。それは専門業者に頼んで取ってもらうのだ。うちはついこの間取ってもらったのでまた来年だ。もちろん浄化槽点検業者さんにも来てもらっている。せっかくのサワ山だ。キレイに暮らしていきたいものである。

風呂掃除やトイレ掃除などをして、昼寝をしたりもして台風の日は過ごした。

翌朝は嘘《うそ》のような快晴だった。ポチとタマが張り切って、朝食の後ツッタカターと駆けて行ったかと思ったらポチが滑ってこけた。晴れたからって土がすぐに乾くわけではない。足元はびしゃびしゃだった。

あーあ……と見ていたら、スクッと起き上がってそのまま駆けて行った。懲りない奴である。

「……帰ってくるまでにどれだけ汚れるかな……」

台風明けだし風もまだ少し強いから、タマもきっとあちこちでスッ転んでくるんだろうなと思った。

昼間家の周りをユマと見回り、あちこちから飛んできたであろう枝や葉っぱなどを片付けていた。畑は水に浸《つ》かったわけではないので大丈夫そうだがこちらは様子見である。うちの東側にある川は多分増水しているだろう。家の方に被害がないので明日までは見に行かないことにした。下手に見に行って自分が流されたりしたら困るし。台風の時に田畑とか川が気になって見に行く人がいるがあれは自殺行為だ。台風の次の日だって川は危ない。道の確認も明日になるだろう。家の周りにある無人の家屋や小屋を見に行ったが、目立った損傷はなさそうだった。よかったよかった。

明日は道路の確認をしがてら墓を見に行った方がいいだろう。

桂木さんと相川さんにＬＩＮＥを入れた。

台風すごかったね。被害はなかったか、的な。

「そちらはどうですか？　うちは今のところ目立った被害はありません。でも木とかいろいろ飛んできてて片付けがたいへんです。そちらもたいへんですよね」

「こちらは特に問題はありません。佐野さんのところはどうですか？　何かあれば手伝いに行きますので遠慮なくおっしゃってください」

こんなかんじで桂木さんと相川さんからすぐに返事がきた。こちらも特に被害ありませんでした、と。

確認したのは家の周りだけだからこんなもんだが、家に被害がないのが一番である。

「あー、でも……」

道路とかに木とか落ちてて通れなくなってたらやだなぁ。考えたくないので明日確認することにした。

明日は明日の風が吹くッ！　って誰が言ってたんだっけ。誰かの歌だったたっけか。よく父さんが言っていた気がする。

日が暮れる前に泥だらけで帰ってきたポチとタマをわしゃわしゃ洗った。帰ってきた時はさすがに不機嫌そうな顔をしていたが、一番たいへんなのは俺だ。俺なんだ。

念の為お湯を多めに用意しておいてよかった。砂浴びはしてもかまわないが泥まみれはいただけない。ユマは俺とのんびり見回っていたからそれほど汚れてはいなかった。よかったよかった。

翌日はまず墓に向かった。墓を見に行くと伝えたせいか、何故か三羽とも残っていたので軽トラに乗せて運んだ。幸い道に崩れているようなところはなかった。

だがさすがに墓の周りはしっちゃかめっちゃかになっていた。栗がいっぱい落ちていたが拾うことはしなかった。墓の周りの木も幸い折れているのは見受けられなかった。三羽がうろうろしているのを横目で見ながら墓の周りを掃除し、雑草などは抜けるだけ抜いた。土がまだ柔らかいのでよく抜けた。雨が上がった翌々日ぐらいが一番抜きやすいかもしれない。

「もう台風が来ませんように」

線香を供えて手を合わせる。神様じゃないし知らんがなと言われたような気がしたが、仏様なんだからいいだろう。って、そもそもこの山に住んでいた人たちは仏教だったんだろうか。今度元庄屋さんである山倉《やまくら》さんから連絡があったら聞いてみよう。連絡なんてめったにないとは思うけど。

火の始末をして片付け、一度家に戻った。ポチとタマはそれからツッタカターと遊びに行った。なんか思うところがあったのかもしれない。

さて、片づけをしたら次は麓《ふもと》へ続く道である。

「何もないといいけどな～」

軽トラに再びユマを乗せてゆっくりと発車した。

13　台風の爪痕《つめあと》とか勘弁してほしい

……結論から言おう。麓近くで木が一本倒れてた。

「どーしよ……」

クラリネットの歌を歌いたくなった。

「やっぱ重機の免許取っとけばよかったなー……」

ここで呆然《ぼうぜん》としていてもらちがあかないのでおっちゃんに電話した。

「ああ？　木が倒れてたあ？　一人じゃ無理そうか？」

「そうですね。チェーンソーで切ってもいいんですけど一人で動かすのは無理があるかと……」

意外と大きな木である。切って下に落とせればいいが、今は道を横断しているのだ。

「わかった。とりあえず相川君と行くが、確認したのはそこだけか？」

「はい。ですが下の方は確認してないので、もしかしたらもっと倒れているかもしれません」

「わかった。また連絡するから一度家に戻ってろ」

「ありがとうございます、助かります」

やっぱ倒木ってあるんだな。

重機の免許を取らなければいけないと、かなり切実に感じた。

でもなぁと倒木を見て思う。どうしても上に登って、折れている箇所を確認したらチェーンソーで切って、という作業が必要になる。クレーン車が操作できてうまく引っかけられれば吊《つ》り上《あ》げてどかすことは可能だろう。ただそれを一人でやるというのはかなり無理がある。できないことはないだろうが、手伝ってくれる人がいるなら手伝ってもらった方がいい。

こんな時山は不便だなと思う。

うちに戻って連絡待ちの間、炊飯器の中のごはんに混ぜご飯の素《もと》を混ぜてみそ汁と共に食べた。

ユマには青菜と豚肉をあげた。そろそろ養鶏場の松山さんに連絡を取らなければならないだろう。冬の間の餌問題は重要だ。あれこれありすぎて頭がパンクしそうだったが、ユマがどうしたの？と言うように首をコキャッと傾《かし》げたのを見たら和んでしまった。ニワトリ様々である。

「ユマ、ありがとうな」

「アリガトー？」

ユマが反対側にコキャッと首を傾げた。この動きだけでも一日見ていられる。

ニワトリたちにはすごく助けられている。心を癒す為《ため》だけじゃなくて物理的にも。

食べ終えた後の嘴《くちばし》の周りを丁寧に拭《ふ》いてやり、羽を撫《な》でる。

ユマは気持ちよさそうに目を細め、じっとしていてくれた。本当に優しいよな。ユマは癒しだとしみじみ思った。

昼食を軽く食べ終えて少ししてから、おっちゃんから連絡があった。相川さんと同じ狩猟仲間の陸奥さんが小型のクレーン車を貸してくれることになったらしい。ありがたいことである。

「役場なんかに連絡しても、貸し出し中だとしか言わねえしな」

お役所仕事になってしまうのはしょうがないと思う。それでも役場が重機を貸してくれるというのはでかいだろう。

「とにかくまず相川君と見に行くわ。状態を見てからどうするか相談しよう」

「はい、ありがとうございます」

「……それから、今日の今日撤去とかは無理だと思っとけ。雨で地盤が緩んでるからな」

「はい、大丈夫です」

台風に備えて買い出ししておいてよかった。幸いまだそれほど寒くはないので虫などもかなりいる。ニワトリたちの餌に困らなければどうとでもなるはずだ。おっちゃんにも麓の柵《さく》の合鍵《あいかぎ》を預けておいてよかった。

一応出る準備だけして、連絡を待った。麓についたという連絡を受けて、またユマと共に軽トラで倒木があるところまで下りた。

「よう」

「こんにちは」

「こんにちは、ありがとうございます。この下は大丈夫でしたか？」

倒木を挟んで、おっちゃんと相川さんに挨拶《あいさつ》をする。

「あー……草とかはすごかったから、撤去できるものはしておいたぞ」

「ありがとうございます……」

やはり草とか枝が飛んで道が……ということはあるらしい。

「うちの山もそんなかんじでした。でもこれ……困りますね。上で……あそこで折れてますね。あそこまで登ってまずは切らないと……」

相川さんが斜めに倒れている木を眺めながら言う。そうなのだ。しっかり道に倒れているわけではなく、途中で折れてまだ皮が繋《つな》がっているのである。だから切る必要があるのだが、足場がしっかりしていないと切ることも難しそうだった。

「まず足場をしっかりさせないとなぁ」

「そうですね」

切りました、落としましたでも困ってしまうので、すぐに作業に取り掛かるのは難しい。

「よし、明日だな。昇平はチェーンソーは持ってるんだよな？」

「はい、持ってます」

念の為でかいのを買ってあるのだ。

「じゃあそれで切っていくことにするか」

翌日、軽トラとクレーン車、チェーンソーを用意して木は折れてるところからまず切り、四等分にしてクレーンで軽トラの荷台に載せてもらった。これを乾かして薪《まき》にしようという算段である。生木のままだと火もつかないからな。

今朝、倒木のことをニワトリたちに話したらこんな反応をされた。ユマは昨日俺に付き添ってくれたから見たはずだが、みんな見たくなったらしい。

「トウボクー？」

ポチが首をコキャッと傾げた。

「木が折れて道を塞《ふさ》いでるんだよ」

「キー？」

「オレルー？」

「ミルー」

ポチとタマがしきりに首をコキャコキャ傾げていた。なんかかわいい。

「ミルー」

「ミルー」

「えええ……」

そんな、山の中では特に珍しいものではないだろうに、三羽は興味深そうに俺がチェーンソーで木を切るのを見ていた。もちろん木っ端が飛ぶことがあるのでかなり離れてもらったけど。ヘルメットとかいろいろ買っておいてよかった。山暮らしの備えは本当にたいへんである。

クレーン車を返しに行く相川さんの後をおっちゃんが軽トラに乗ってついて行き、おっちゃんちで合流することになった。

……山暮らし舐《な》めてた。育ちきった木とはいえ、あんなに切るのがたいへんだとは思わなかった……。

大型のチェーンソー、といっても俺が買ったのは軽量タイプだったから余計にかもしれない。かといってもっと重いのは持ち運びに難があるし。なかなかに難しい問題だ。

「あー、でもよかった……」

丸太にした木は相川さんが引き取ってくれるというので持って行ってもらっている。それにしても迷惑をかけてしまった。

相川さんが陸奥さんちに軽トラを置いて、クレーン車を借りてここにきて、おっちゃんが一緒に軽トラで来て切った丸太を運んで、また陸奥さんちに行って、クレーンでおっちゃんの軽トラに積んだ丸太を相川さんの軽トラに乗せ換えて、クレーン車を返して……と考えただけでパズルかよというかんじである。なんにせよ、クレーン車は素晴らしい。小型のを陸奥さんが持っていてよかった。今度陸奥さんにもお礼をしなければと思う。そういうことはしっかりするべきだ。

というわけでニワトリたちを連れておっちゃんちに向かった。

「あ、昇ちゃん。木が倒れてたんだって？　たいへんだったわねぇ」

おっちゃんちに着くとおばさんが心配そうに声をかけてくれた。

「いえ、おっちゃんと相川さんが撤去してくれたので……」

「撤去できるような量でよかったわねぇ……」

それもそうだと思って冷汗をかいた。いきなり何本も折れて、なんてことも想定されるし、土砂崩れもしないとはいえない。簡易なプラスチックの柵はつけてあるが、それだけではまかなえない場合もあるのだ。もっとしっかり山の管理をしなければならないなと気持ちを新たにした。

ニワトリたちはおばさんの許可を得て畑の方へツッタカターと駆けて行っている。

お茶をいただいている間に二人が戻ってきた。車の音がしたので外に出る。

「今日も本当にありがとうございました」

「礼なんか言われるこっちゃねえよ」

「お役に立ててなによりです」

相川さんの軽トラの荷台には倒木を切ったものが載せられていた。

「炭を作られるんでしたっけ？」

「ええ、それもありますがまず薪にしてからですね」

「おかえりなさい。木を持って帰ってきたんでしょう？　見せて〜」

おばさんが出てきて相川さんの軽トラの荷台を覗《のぞ》き込んだ。

「あらあら、それほど太くなくてよかったわねぇ」

これでもそれほど太くないのか。もっと太いのが倒れてきたらどうしようと遠い目をした。

山を舐めてはいけない。昨日今日で何度も思っている。

おっちゃんちで昼ご飯をごちそうになっていたら、桂木さんから電話があった。どうやら桂木さんの山の、麓の金網のところが壊れているらしい。

「昨日と一昨日《おととい》は出なかったから気づかなかったんですよー」

桂木さんは情けない声を出した。確かに台風に備えて買い出しもしっかりしていたら山を下りる必要もないだろう。おかげで発見が遅れたようだった。

「それはたいへんだな。とりあえず見に行くよ」

「すみません、ありがとうございます」

桂木さんは山の手入れ等については村の人に金を払ってしてもらっているらしいが、それ以外のこういう突発で何かあった時が困るようだった。去年はどうしたんだろうな。それほど被害がなかったんだろうか。

「どうかしたんですか？」

「どうかしたのか？」

相川さんとおっちゃんが気にして声をかけてきた。

「いや、桂木さんのところの麓《ふもと》の金網が壊れてるみたいで……ちょっと見に行ってきます」

「僕も行きます」

「俺も行くぞ」

「あら、どうしたの？」

おばさんに事情を話したら、「ちょっと待ってなさい」と言っておにぎりを握ってくれた。

「おなかがすいてなくてもね、一口食べれば落ち着くから。みやちゃんにも渡せたら渡してちょうだい」

「わかりました」

俺たちの分と桂木さんの分の包みをもらって、俺とおっちゃん、相川さんは桂木さんの山に急行した。ちなみにニワトリたちにはおっちゃんちで留守番しててくれと言い置いて出てきた。けっこうアイツら心配するからな。相川さんの軽トラはおっちゃんちに置いてきた。

で、桂木さんの山の麓である。

「うわーあ……」

とんでもないことになってた。

こういう時って、とんでもないことになってるとしか言えないものだ。

「佐野さん、ありがとうございます！」

金網の向こうで困ったような桂木さんの顔が見えた。

「桂木さん、危ないからもっと離れて！」

注意をして、ひしゃげた金網を眺める。ここには元々二メートルぐらいの高さの金網があった。GW以降金網は四メートル以上の高さの物に替えられた。上には鳥よけのとげとげがいっぱいついているいかついものである。それが見事にひしゃげていて、近寄るのも怖い状態になっていた。

「こりゃあ……派手にやったなぁ……」

「こんなになるんですね」

おっちゃんと相川さんが金網を見上げて呟《つぶや》いた。

周りに細い木が二、三本落ちていることから、上から落ちてきてこの金網を壊したのだろうということはわかった。なんて恐ろしい。

「どうにか取り外して、新しいのをつけるっつってもなぁ……」

「取り外したその日に付け替えられるならいいですけど、そうでないと心配ですね」

おっちゃんと相川さんが壊れた金網を見ながら話す。

「他に出られるところってないんだよね？」

「ありませーん！　でも、奥にも柵をつけてあるので、ここを撤去しても一応は大丈夫ですー」

そういえば桂木さんちは曲がって進んだところにもう一つ柵をつけてあるのだった。

「そういやそうだったな」

「そうでしたね」

危ないから早く撤去した方がいいだろう。それにしても金網が大きすぎる。替えたことはわかっていたが、どうやってこんな大きな金網を運んだんだろうとか今更ながら思った。

「これだと……どうやって運ぶかだなー」

「鉄を切る道具とか持ってる人いるんですかね……」

金網自体は自分ちの工具でも切れるだろうが、枠は鉄製だ。曲がってひしゃげているから端っこのねじを外したぐらいではとれないだろう。チェーンソーで、と思ったけど、うちのでは木を切ることはできても鉄が切れるかどうかはわからない。そういう道具を揃《そろ》えるのも必要なのだなということがわかった。

「うちに電動の工具あったかなー。とりあえず外しちまうか！」

「はーい」

「昇平、軍手はめろ。んでそっち持て」

「はい」

ってことでかなり手荒にばきっと、つなぎ目も壊れかけていたので金網を外した。で、手前の広い場所に置く。さすがに高さ四メートルもある金網は重かった。それが二枚である。更に落ちてきたのであろう細い木などもあった。男三人で汗だくになってどうにか運べたので、桂木さん一人ではどうにもならなかっただろう。つくづく山で一人暮らしをするデメリットが感じられた。

「今日は運べないから置いといていいか？　明日切断するものを持ってくる。それで後は産廃だな」

「はい、大丈夫です。ありがとうございます」

桂木さんはほっとした顔をした。

「奥に柵があるっつっても、ここにもあった方がいいよな。注文してどれぐらいで届くものなのかな……」

「ああ、ええと、一応前にあった金網を外して倉庫に保管してあるんですけど……」

「それがまた設置できればいいけど……」

金網は観音扉のようにこちら側に開くようになっていた。前の金網も似たようなかんじだったのでそれを支える鉄の支柱が脇にある。幸いその支柱は壊れていないから、つける為の金具とかそういった材料が揃えば改めて設置することはできそうだった。

金網を撤去したことで桂木さんの軽トラがこちらに出てきた。

「これ、おばちゃんから」

「うわあ、ありがとうございます！」

おにぎりを渡したら、笑顔になった。なんとなくみんなで各自軽トラ（相川さんはおっちゃんの助手席）に乗ったままおにぎりを頬張った。

「ところで、佐野さんはともかく湯本さんと相川さんはなんで一緒にいらっしゃったんですか？」

俺の軽トラの後からすぐついてきたのを不思議に思ったらしい。なので実は午前中にうちの倒木を処理したという話をしたら驚かれた。

「えー⁉　佐野さんのところもそんなたいへんなことになってたんですか⁉」

「うん、おっちゃんと相川さんに助けてもらったんだよ」

「山ってたいへんですねー」

「そうだね」

「あんな高い金網つけてたらまぁやられるわなぁ……」

おっちゃんが呟いた。確かにそれはそうだけど……。

「ですね……もう、大丈夫そうだから前の金網が設置できればいいと思います」

桂木さんが言葉を濁した。

「あれ、あの男が村でうろうろしてるって聞いたから替えたものだったんで……」

ああ、とみんなで顔を合わせた。ストーカー男ナギはどこまでたたるのか。

とりあえずみんなでおっちゃんちに向かう。金網については明日以降改めて作業することとなった。

桂木さんの山の内側の柵《さく》についてはおっちゃんと相川さんも知っているので、一応内側の柵だけでも一日二日は大丈夫だろうと判断したようだった。俺もまあ大丈夫だと思う。もうストーカー男はいないから、二メートルぐらいの金網でも十分だろう。

「ちょっと四メートルはやりすぎましたかねー」

桂木さんはそう言って舌を出したが、あれが恐怖にかられて設置した気持ちの高さだったのだろうと思う。いろいろなところにあのストーカー男は爪痕《つめあと》を残していったものだ。

「みやちゃん、大丈夫だった？」

「おばさん、ご心配をおかけして……」

「いいのよ、そんなことは！　入口の柵が壊れたんですって？　怪我《けが》とかしてない？　もう昇ちゃんとかうちの人なんかいくらでもこき使っていいんだからね！」

おっちゃんちに戻るとおばさんが家の外でうろうろしながら待っていた。その姿を見て、俺も心配かけてしまったのかもしれないと反省した。力仕事は以前より筋肉がついたので任せてほしいと思う。

何事かとユマが近くまで来てくれた。

「ユマ、ただいま。また後でなー」

ユマは俺の側《そば》まで来て首をコキャ、コキャと巡らせる。どういうことなのかと疑問に思ってくれているのだろう。あんまりかわいいからにまにましながら羽を撫《な》でた。ユマはなんともないことを確認すると、また畑に戻っていった。

「ユマちゃん、優しいですねー」

「お土産がないか確認してたのかもしれないぞー」

桂木さんが感心したように言った言葉に、おっちゃんが茶化すように返した。俺としては別にそれでもいい。

「ユマがよければそれでいいんですよー」

と笑って応えた。来てくれたことが嬉《うれ》しいのだから。

「めろめろだな」

「おっちゃん、それは死語だよ」

「なんだとー⁉」

みんな笑顔でよかったよかったと言い合った。桂木さんは荷台にドラゴンさんを乗せてきていた。ドラゴンさんはのっそりと荷台から降りると、家の陰に収まった。普段あまり動かないけど、やる時はやるドラゴンさんである。

「タツキさん、こんにちは。うちのニワトリたちもいますのでよろしくお願いします」

改めて挨拶《あいさつ》したら、目を細めて軽く頷《うなず》いてくれたように見えた。ドラゴンさんに限ってそんなことはないだろうと思うが、うまそうなニワトリがいる、パクッとしようとしたら戦争勃発《ぼっぱつ》なんてことは勘弁してほしいのだ。うちのニワトリ三羽とドラゴンさんだと決着がつく気がしない。

おっちゃんちに入り、居間で一息ついたらまたおばさんがいろいろ用意してくれたのでみんなでわいわい食べた。桂木さんがおばさんの手伝いをしようとしたが、

「今日は疲れたでしょう。いいのよ、座ってて」

と言われて戻ってきた。

「私、何もやってないんですが……」

「精神的に疲れただろ？　おばさんがいいって言ってるんだから気にすることないって」

なんなら俺が手伝うし。

料理運ぶぐらいしかできないけど。今日は桂木さんを奥に座らせて、お盆を運んだりは相川さんが買って出てくれた。うん、役立たずは俺である。

「残り物でごめんねー」

天ぷらや唐揚げ、煮物と漬物が並ぶ。どこが残り物だというのか。意外と腹がすいていたらしく、みんないくらでも食べられた。ってよく考えたら午前中は木を切って運んで、午後は桂木さんちの柵を外してたじゃないか。腹も減るはずである。

「内側に柵があるとは聞いたけど、本当に大丈夫なの？」

「はい、高さも二メートルぐらいはありますから大丈夫です」

「明日には手前のもまたつけられるのかしら？」

「金具さえありゃあすぐつくだろう」

おじさんが答えた。

「でもねぇ……心配だわ。今夜はうちに泊まっていったらどう？」

「とても魅力的なお誘いなんですが、着替えがないので……」

桂木さんがやんわりと断る。

「私のでよければ下着も新品があるから貸してあげるわよ？」

いや、いくら新品でもおばちゃんのじゃなぁ……とか俺が余計なことを考えてしまった。以前は金網が一つだった（外側）というから内側に一つでも問題はないだろうけど心配だという気持ちもわかる。

そうしてふと思った。桂木さんの山の麓に金網の残骸《ざんがい》を置いてきているのだ。明日行ったらごみが増えているなんてことにならなければいいけど。あと、今日もし桂木さんが山に帰らないなら外側の支柱のところにロープなどをかけた方がいいのではないかと思った。

それを提案すると、壊れた金網にはビニールシートを被《かぶ》せることにしようという話になった。桂木さんは恐縮していたが、とにかく不法投棄をされない為にはできるだけキレイにしておく必要がある。

人間というのは不思議なもので、キレイなところにはごみを捨てないが、ごみがちらほらあるところには平気でごみを捨てるのだ。ごみではないが類似したことを思い出した。銀行にちょっと用があるからと自転車を停《と》めて用事を済ませて戻ってきたら（その間五分程度）、本当は停めてはいけないところだというのに自転車がずらーっと並んでいたなんて経験はないだろうか。あの時ごめんなさいごめんなさいと思いながら逃げるように帰った。そんな話をしたら、確かにそうかもしれない～とみんな笑った。

赤信号みんなで渡れば怖くない、なんていうのは誰が言い出したのだっけか。集団心理を表していてとても怖いなと思う。

おばさんがどうしても心配だというので、桂木さんは今夜おっちゃんちに泊まることになった。食休みをしてからまた桂木さんの山の麓《ふもと》に行って作業をし、明日やるべきことを確認してからおっちゃんちに戻った。帰る時ポチとタマがまたおっちゃんちの畑から山を見上げていたりしたが、「行かないよ」と言ったら興味を失ったようだった。（ユマは畑の周りをつついていた）

今日も濃い一日だったと思う。

とりあえずうちにある工具の確認をして、いつも通りユマとお風呂《ふろ》に入って寝た。


金具なんて意外と持ってそうでないものだ。うちの工具箱などを見てみたが、さすがに扉を取り付ける蝶番《ちょうつがい》などは入っていなかった。

おっちゃんが倉庫などを探してやっと見つけたらしい。ちょっと錆《さ》びていたから磨いたと言っていた。当然ながら桂木さんに確認済だ。

「これでつけられるといいんだがな」

桂木さんの家の横の倉庫から以前使っていた金網を取り出し、麓まで運んで作業をした。どうにか取り付けられて、みなでほっとした。

「あ、南京錠《なんきんじょう》……」

そういえば、と壊れた金網についていた南京錠を取って再利用した。けっこう丈夫なもんなんだなと感心した。

「産廃の業者が明日取りにくることになってるから、半分に切断しちまおう」

ということでおっちゃんが持ってきた工具で柵の鉄の枠部分を切った。（鉄が切れるノコギリなんてあるんだな）金網の部分は慎重に折ったので怪我などはしなかった。こういうところで気を抜くと怪我をする。

「本当にありがとうございました。お礼はまた後日改めてします」

「いいってことよ！　困った時はお互いさまだろ！」

桂木さんが深々と頭を下げた。おっちゃんがガハハと笑って気にするなと言う。

「いえいえ、こういうことはきちんとさせてください」

明日も産廃業者が来たら立ち会うことにして、今日は疲れているだろうからと撤収した。

「明日終わったらN町まで買い出しに行きませんか？」

桂木さんがしっかり鍵《かぎ》をかけて金網の向こうから手を振ったのに振り返してから、相川さんに言われた。それもいいかなと思った。

「桂木さんにも声かけてみます？」

「……うーん、それでもいいんですけど……リンがいるので……」

「あー、そうですよねー……」

買い出しには必ずリンさんがついてくるという。さすがにリンさんの正体を知られるわけにはいかない。そうでなくても妙齢の女性が苦手なのは継続中なようだった。

「ってことは明日の立ち会いにもリンさん付き合います？」

「いえ、それはさすがに。うちの麓の近くで待っているというのでピックアップしていこうかと。けっこうドライブ好きなんですよ」

「へえ」

テンさんとは違うらしい。テンさんはあまり外に出たくないと言っていた気がする。

「ユマもリンさんに会うのは好きみたいですから是非行きましょう」

そんなこんなでまた次の日、桂木さんの山の麓で産廃業者が柵の残骸を引き取りにきたのに立ち会った。業者が来るのでニワトリたちには遠慮してもらった。さすがにうちのニワトリはもうでかすぎる。ユマは後で迎えに行くことにした。

こちらの産廃業者はおっちゃんも使っている業者さんらしい。

「河野《こうの》と申します。お三方とも山で暮らされてるんですか？　なかなかたいへんでしょう」

四十代ぐらいの優しそうな顔をしたおじさんと、金髪の若いにーちゃんがやってきた。挨拶をしてくれたのは社長だという四十代のおじさんである。

「そうですね。でもまぁ、住めば都です」

相川さんがそつなく答えた。

「もしお困りのことがあればなんでもおっしゃってください。解体なども請け負いますので」

と聞いて驚いた。

「あー、そういえばそういうこともやってたか」

おっちゃんが今やっと思い出したように呟《つぶや》いて、頭を掻《か》いた。おっちゃんの場合大概のことは自分でやってしまうので忘れていたようだった。

「ごみの処理だけではなかなかやっていけませんからね。どちらかといえば壊す、捨てるが専門です。倒木の撤去作業なども請け負いますよ」

俺はおっちゃんをじとーっと見た。

「い、いいじゃねえか。どうにかなったんだし」

「そうですね。その節はお世話になりました。ありがとうございました」

倒木については一昨日撤去したばかりだが、なんかいろいろあってもう何日も経《た》っているような気がする。こっちにもあっちにもお礼をしないといけない。ほぼ身内だからそれが面倒とは思わないが、そうでなければ面倒である。知り合いが誰もいなければこういう業者に頼んだ方がいいだろう。


名刺をいただき、壊れた金網を運んでいってもらった。

「ありがとうございました。……処分するのにもお金かかりますねー。勢いであんな大きい金網取り付けなきゃよかったです。もー、原因を作った本人に請求したいぐらいですよー！」

桂木さんがものすごく怒っていた。

「そうだなぁ。でも、またあの人と関わりたい？」

「絶対に関わりたくないです‼」

即答だった。

「今日これからN町に買い出しに行くけど、なんか買ってくるものある？」

桂木さんに聞いたら食いつかれた。

「えー？　私も一緒に行っちゃまずいですか？」

俺は相川さんと顔を見合わせた。

「リンが……一緒に行くので……その」

相川さんが言いにくそうに呟く。それで桂木さんは察したようだった。

「あー……そうですよね。じゃあ遠慮しておきます。リスト、ＬＩＮＥで送るんでお願いします」

「わかった。帰りに寄るよ」

「お願いします」

そうして一度解散した。

俺はユマをピックアップし、相川さんはリンさんを連れて、西の山の麓で合流した。

「……まだ苦手ですか」

「……そうですね。ご迷惑おかけします」

「いえ、迷惑なんかじゃないですよ」

相川さんの、妙齢の女性への苦手意識はなかなか消えないようだ。急ぐことはないだろうし、相川さんの人生だから俺がとやかく言うこともない。そうして軽トラ二台でN町へ向かうことにした。

14　秋の味覚はまだまだあるらしい

いつもの駐車場に隣同士で軽トラを停《と》める。窓を開けておけばリンさんとユマが何やらおしゃべりを始める。ごくごくたまに声を発してる時もあるけれど、基本はただ二人で見つめ合っているみたいだ。俺たちが出かけた後はどうしているかわからないけれど。

仲がいいなって思いながらスーパーだの銀行だのと各自用事を済ませに向かった。

桂木さんからもらったＬＩＮＥを確認し、俺の買物と一緒に済ませてしまう。クーラーボックスに入れるは入れるけど桂木さんには早く届けた方がいいだろう。

軽トラに戻ってからそう相川さんに伝えた。

ここでお昼を食べてもいいが、それだと桂木さんちに届けるのが遅くなってしまう。

「そうですね。桂木さんの分は早めに届けた方がいいでしょう。よかったらその後うちの山でお昼にしませんか？　ちょっと手伝っていただきたいことがあるんです」

「手伝う？　俺で役に立ちますかね」

「はい、ちょっと試してみたいだけなので無理なら無理でかまいません。見てから断っていただいてもいいですよ」

なんだろう、と思いながら先に桂木さんちに買った物を届けた。

「ありがとうございます、助かります！」

桂木さんはぴょこんっと頭を下げた。顔がとても晴れやかになっていた。よかったと思う。

麓でそのまま精算した。

桂木さんがいきなり難しそうな顔をして聞いてきた。

「リンさんて、相川さんの彼女さんなんですよね？」

「うん」

って話だったよな、確か。一瞬ギクッとした。

「相川さんの彼女さんって、ユマちゃんのことは好きなんです？」

「うん、よく愛《め》でてもらってるよ」

「愛でてもらってるって、なんか古風な言い方ですねー」

「そうかな」

桂木さんが笑う。それ以上追及されなくてよかった。じゃあまた、と手を振る。

「ユマちゃんもまたねー」

桂木さんもひらひらと手を振った。見えないだろうがユマが羽を少し動かした。手を振る動きを真似《まね》たのだろう。うん、かわいい。

クーラーボックスの中身を冷蔵庫などにしまって片付けをしてから相川さんにＬＩＮＥを入れる。

「お待たせしました。今家です。これから向かいます」

「お待ちしてます」

買ったお弁当を持って相川さんちにお邪魔するってなんかおかしいなと思うが、あまり深く考えないことにした。こういうことは考えたら負けだ。（意味がわからない）

それにしても、車で自分の山の麓の柵《さく》のところまで下りるだけでも十分ぐらいかかるのだ。相川さんの山の上の家に向かうには、ゆうに三十分はかかる。麓の村まで行くのと変わらないかんじだ。お隣さんの家まで車で三十分ていい距離だよな。

相川さんの山の麓の柵は開いていたのでそのまま入った。柵の鍵は閉めなくていいという話だったので、扉は閉めて坂を上る。こうやって暮らしているとガソリン代もバカにならない。でも車がなければとても生きていけないと思うのだ。

相川さんの家の前の駐車場に軽トラを停める。リンさんが悠然と近づいてきた。

「こんにちは、リンさん。先ほどぶりです。ユマが虫や草などを食べてもいいでしょうか」

「サノ、コニチハ。イイヨ」

許可が下りたのでユマを降ろす。ユマはさっそくリンさんに近寄って見つめ合った。相川さんが家から出てくる。

「佐野さん」

あからさまにほっとした顔をされてなんだかなぁと思った。相川さんも桂木さんを手伝いたい気持ちはあるみたいだけど、苦手なのはどうにもならないんだろう。

「遅くなってすみません」

家にお邪魔する。

「いえ、わざわざ来てもらってしまってすみません」

相川さんが苦笑した。相変わらずスタイリッシュな土間にある椅子に腰かける。カブや白菜、野沢菜漬けが出てきた。とても嬉《うれ》しい。メインが買ってきたお弁当というのが締まらないが、それはそれでいいと思う。

「お弁当、温めますか?」

「お願いします」

麻婆豆腐弁当を相川さんに渡した。スーパーでなんだかとてもおいしそうに見えたのだ。相川さんが台所へ行ったと思ったら、わざわざお皿に移し替えて出してくれた。相川さんが買ってきた弁当もお皿に移し替えられている。なんだこの女子力。

「うわあ、わざわざありがとうございます!」

一瞬引いたけど、こうやってお皿に移し替えてもらうと更においしそうに見える。お惣菜《そうざい》とかも皿に移すって大事なんだな。でも一人だったら絶対やらないし、誰かにやらせたいとは思わない。

「いえ、この方がおいしそうだと思いまして」

そういうことなんだろうな。

「俺だったらわかっててもやらないんで、すごいと思います」

「あははは、褒めても何も出ませんよ」

そんなことを言いながら相川さんはまた台所に戻っていった。今度はシャケの南蛮漬けが出てきた。なんというかこう、次から次へと出てくるのがすごい。

「出てきましたよ？」

「いやあ、うまく味が漬かっているかどうかわからないんですけど」

「ありがとうございます。いただきます」

N町に行った時はいつも車の中でお弁当を食べて帰るだけなので、得をした気分だ。

少し食休みをしてから、相川さんが切り出した。

「実は、自然薯《じねんじょ》掘りをしようかと思いまして」

「自然薯って……ヤマイモですか」

「ええ。山の麓《ふもと》の方に自然薯が生えているところを見つけてはいたんです。今まではうまく掘れないかなと思ってむかごを採る程度に留《とど》めていたんですが、今回の台風で土が柔らかくなっていないかなと期待していまして」

「確かに……けっこう雨が降ったみたいですよね」

「一人で掘るには不安なので、もしよかったら手伝っていただけないかと思ったんです」

場所がわからないからなんとも言えないが、確か自然薯ってすごく長く生えてるんだっけ？　確かに一人でうまく掘れるかどうかなんてわからないよな。

「そういうことでしたらお手伝いしますよ」

どーせ作業着だし。

ということで自然薯掘りの手伝いをすることにした。ゴム手袋も持ってきているから大丈夫だ。リンさんも見守ってくれるということなので、自然とユマも一緒に向かうことになった。麓の方なので軽トラに乗って移動する。

相川さんが麓の側《そば》で軽トラを停めた。

「この、ちょっと上の方なんですけど……」

プラスチックの柵の少し上の方に、細いつるのようなものがあった。ぽこんとした丸っこい茶色いものがいくつもついている。ちょうど日当たりがいいせいかけっこう生《な》っていた。って、日当たりとか関係すんのかな。

そんなことを思っていたらユマが反射的に一個ぱくりと食べた。

「あっ」

「それがむかごですね」

相川さんが笑った。とりあえずぽこんぽこんと付いているむかごを回収し、つるの根元を探す。多少落ちている葉っぱをかきわけ、多分この辺りというのが特定できた。

「周りの土をまず掘ってからですね」

相川さんの顔は真剣だった。どれぐらい長いのが掘れるだろうか。俺もちょっとわくわくしてきた。周りの土をシャベルで少しずつどけ、自然薯の形がどうなっているのかを探るのに十分ぐらいかかった。その時点ですでに汗だくである。

自然薯がまっすぐ生えているのかわからないからと、相川さんは刷毛《はけ》なども使って慎重に掘っていく。これ、どんぐらいかかるんだろうと俺は少し遠い目をした。

ふと後ろを見やると、少し離れたところにリンさんがいた。リンさんは俺に向かって祈るように両手を合わせた。あの仕草ってどこで覚えたんだろうな。顔は無表情だし頭を下げているわけでもないんだけど、なんだかとても申し訳なさそうだった。大丈夫ですよ～と軽く手を振る。

もしかしてリンさんて苦労性なんだろうか。俺が知らないだけで、相川さんは今までにもいろいろやらかしているのかもしれない。

ユマは周りで木や草をつついている。けっこう虫がいるんだろうな。

虫がいるのはどうしようもないんだが、顔の周りを飛ぶのは止《や》めてほしかった。うっとうしい。

一本掘るのにかなり時間がかかったと思う。

掘ってみたら、先に向かって細くなってはいたが長さが一メートルぐらいあった。少しカクッと曲がってはいるが、立派である。（途中に石があったからそれを避けたみたいだ）

「おお、すごいですね……」

「ありがとうございます。付き合っていただいて」

「いえいえ。やっぱ自然薯掘りってたいへんなんですね」

「あと二か所ぐらい見つけたんですが……」

「ええっ⁉」

まだ掘る気か？　と声を上げてしまった。

「さすがに今回は止めておきます。かなりたいへんだということがわかりましたから」

相川さんも遠い目をした。自然薯はとてもおいしいとは聞くけど、これだけ掘るのがたいへんじゃなかなか掘ったりもしないよなとしみじみ思った。

作業着も泥だらけになった。

相川さんはとても責任を感じたみたいで、作業着は洗って返しますとか言ってたけどさすがに断った。土とか泥も手で払えばだいたい落ちるし。

元から体力が違うのか、その後相川さんの家に戻って自然薯の素揚げをごちそうになった。あれだけの作業をした後に揚げ物を作れるとか、相川さんはいったいどうなっているのだろう。

自然薯は普通のヤマイモと違ってすごくほくほくしていておいしかった。

「これ、すごくおいしいですね！」

「採れたてですから余計ですね」

採ったむかごは一部ユマにあげた。

「おいしい？」

と聞いたら「オイシーイ！」と答えてくれた。

「生で食べていいものなんですよね？」

「ヤマイモと一緒ですから、生で食べられますよ」

相川さんはそう言って笑った。ユマから一個もらえないかなと思ったけどさすがにそれは断念した。もし今度見かけることがあったら採ってみよう。でも自然薯掘りまではしたくないなと思った。

帰りにシャケの南蛮漬けをお土産にもらった。自然薯掘り、手伝ってよかったなぁとほくほくする。俺って単純だなと思ったのだった。

15　冬支度をどんどんしていく

昨日はあれをしたりこれをしたりとても忙しかったと思う。

おかげで今日は朝からあくびばかりしていた。

おっちゃんちもまた近々見に行かないといけないよな。イノシシがまた出たって言ってたし。いつ行こうか。

ポチとタマはいつも通りツッタカターと出かけて行った。まだ土が緩い状態だから泥だらけになって帰ってくるんだろうなと思ったらげんなりした。

洗濯をして干していたら電話があった。掛川さんだった。

「もしもし、佐野君か。新米ができたから、都合のいい時に取りに来てくれないか？」

「え？　できたんですか？　ええと、じゃあ今から行ってもいいでしょうか？」

新米と聞いたら黙ってはいられない。たるいなーと思っていたがそんなものは吹っ飛んでしまった。

「お？　いいぞ。精米して待ってるからな。三十キロでいいか？」

「十分です！」

待ちに待った新米である。ユマと一緒に出かけることにした。

「ユマ、新米を買ってこよう」

「シンマイー？」

ユマがコキャッと首を傾《かし》げた。

「月初めに掛川さんちに行っただろ？　ニワトリがいるところだよ」

「ンー？」

よくわかってなさそうだけど、軽トラの助手席には当たり前のようにもふっと収まってくれた。こうやって付き合ってくれるユマは本当にかわいいよな。

村の南側に向かう。以前訪れた方向へ軽トラを走らせると、家の前で麦わら帽子を被《かぶ》った掛川のおじさんが手を振っていた。

「ありがとうございます」

「おー、佐野君早かったなぁ」

にこにこ顔である。

「よし、せっかくの新米だ。食ってけ」

「えええ？」

ユマを降ろしたら俺は庭へと連れて行かれてしまった。

ユマが何事ー？　というようにココッ、コココッと鳴きながらついてくる。

「大丈夫だよ、ユマ」

宥《なだ》めるように声をかけた。

庭から縁側に上がって、居間でごはんをいただくことになってしまった。

「今日は、ブッチャーはどうしたんですか？」

見当たらなかったので聞いてみる。

「ああ、普段はそこらへんで散歩してるんだよ。たまーに遠くまで走っていっちまうみたいだが、不思議と夕方には戻ってくるんだよなぁ」

ニワトリの行動範囲は意外と広いらしい。

「そうなんですか」

ユマが心配そうに縁側のところにいる。

「ユマ、俺は本当に大丈夫だよ。そこらへんにいてもらえるか？」

ココッと返事をしてもらえたから大丈夫だろう。

「佐野君、いらっしゃーい」

掛川のおばさんがお茶と漬物を持ってきてくれた。

「すみません、お邪魔して……」

「いいのよ。お客さんなんてめったに来ないんだから。お昼ご飯、食べていってくれるわよね？」

「アッ、ハイ」

おばさんの圧には逆らえなかった。だけどこれだけは聞いておかなければ困る。

「あの、すみません。図々《ずうずう》しいとは思うんですが、ニワトリ用の餌を少しいただけますか？」

「ええ、もちろんいいわよ。その子は……ユマちゃんでいいのかしら？」

「はい」

「大きいからねぇ……」

そう言いながらおばさんは野菜を用意してくれた。ありがたいことである。

そして俺は炊きたての新米と、赤だしのみそ汁、まだ時期は早いけど～と言いながら出してもらった飴色《あめいろ》の大根の煮物や、むかごの塩炒《しおいた》めなどをいただき幸せを噛《か》み締《し》めた。

「甘い……」

新米はそれだけで味がある。粒も立っていて、真っ白でたまらなかった。日本人でよかったとかしみじみ思ってしまう。

きんぴらごぼうやこんにゃくを鰹節《かつおぶし》と一緒に炒めたものもあった。おばさんたちが作るおかずは全て絶品である。

白米を三十キログラムと、玄米を五キログラム買わせてもらった。玄米は俺も食べるけど主にニワトリ用である。

「新米の玄米をニワトリにか。贅沢《ぜいたく》だなぁ」

掛川さんはそう言って笑った。

「また欲しくなったら声かけてくれ」

「はい、ありがとうございます」

台風の時どうしたのかとか、まだ三週間も経《た》ってないけどどうやって乾かしたのかなど雑談をしてから家に戻った。

新米のでかい袋を居間に運んだらもうだめだった。

「ユマ、ごめん。ちょっと昼寝するから、遊んできていいぞ……」

居間にバタッと倒れた。

「サノー」

ユマに呼ばれた気がしたが、もう目を開けていられなかった。心配をかけてしまったならごめん。……タマにつつかれて起きた。声をかけてくれればいいと思うんだけどそういうのはないんでしょうか。タマ的にはつついた方が早いんだろうな。

「おー、ありがと。……ってまた随分暴れてきたなぁ……」

ところどころ汚れているし、足元は泥だらけだ。うちの山は川が多いから、もしかしたらぬかるんだところに突っ込んだのかもしれない。ユマは、と思うとどうやら一緒に昼寝していたらしく羽が何か所かピンピンと跳ねていた。かわいい。（土間でお座りして居間の方にもたれて昼寝したりするのだ）

タマには家の外に出てもらい、土間を掃いて汚れを表に出す。外はそれなりに暗くなってきていた。ポチは表で虫をつついていた。タマに負けず劣らず汚れている。

「お湯沸かすから待ってろよー」

日が陰ってくると水だけで洗うのはさすがに冷たい。ニワトリに風邪引かれても困るのでそこらへんはきちんとやることにしている。

「ガス、またそろそろ交換に行かなきゃか……早い方がいいよな」

うちはプロパンガスなのである。都市ガスの方が安いらしいが山には引かれていない。それはもうしょうがない。不便は不便なりに楽しんでやっていけばいい。幸い電気は通ってるし。元庄屋《しょうや》さん、電気を引いてくれてありがとう。台風でも大丈夫だった。発電機もあるということは前述した。

（まだ使うようなことにはなっていない）

「冬ってどれぐらい寒くなるんだろうなー……」

ここに来た当初もかなり寒かった。寒くて寒くてちょっと後悔したことを思い出した。お祭りが村の方であって、カラーひよこを三羽買って、一緒に寒さに震えたっけ。タオルをかけたりインコ用の暖房を付けたりして調整して……。ちっちゃくてかわいくて、俺が守らなければ死んでしまうって、もう少し育ってからは布団に入れて暖をとったりもした。

それが今や……。

ちら、とざっと洗ったポチとタマを眺めた。視線に気づいたのか、タマがこっちを向く。ちょっと敏感すぎじゃないですかね。

いや、もちろんいつまでもひよこじゃ困るよ？　一緒になってふるふるしてちゃ困るよ？　小さいままだと他の動物に襲われるかもしれないし。そういえば大きな鳥が飛んでて怖いと思ったことあったな。無事でよかったけど。

でもなぁ、大きさってものがさあ。イノシシとか狩っちゃうし、蛇はひょいひょい捕るし、スズメバチにも負けないし……そろそろクマとか狩ってきそうで怖い。クマさん可哀《かわい》そうだから手加減してやってほしい。つか、クマは全力で逃げた方がいいと思う。

ニワトリ繋《つな》がりで養鶏場を営んでいる松山さんに電話した。冬の間の餌を頼まないと、と思ったのだ。（実はまだ買えるかどうかも聞いていなかった）

「ニワトリの餌？　ああ、いいよ。備えて多めに作ってるのがあるから譲ってあげるよ。でも佐野君ちのニワトリの口に合うかなぁ……」

「そうですね……じゃあ味見とかさせてもらいに行くことってできますか？　もちろんお金は払いますんで」

「味見分ぐらいならサービスするよ。特に予定もないから来たい時に来てくれればいいよ」

松山さんはなかなか話が早かった。とても助かる。

「あ、そうだ。毎年冬の間は必要そうだったら夏の頃には声かけてね。それによって飼料の準備とかも変わってくるから」

「ああ！　そうですよね、すみません……」

こんなぎりぎりに声をかけていいものではなかった。俺って奴《やつ》はあああ。

「今年はしょうがないよね。初めてのことだし」

松山さんは苦笑した。

「来年は早めに声をかけるようにします。さっそく明日お伺いしてもよろしいですか？」

「いいよー。昼前においで」

「ありがとうございます、伺います」

後ろにおばさんがいたらしい。またごちそうしてくれるようだ。手土産どうしよう。

どうせ行くのは明日だけじゃないから、明日は雑貨屋で物色して……通販で注文するのは紅茶と果物、どちらがいいだろうか。

リンさんとテンさんにアメリカザリガニも冬眠する前に食べてもらっちゃった方がいいよな。明日養鶏場行っていつ餌をもらうか話してからにするか。いろいろ考えることが多すぎて頭がパンクしそうである。でも本来冬支度ってそういうことだ。

「雪降ったらどうなるんだろうなぁ……」

車のタイヤに巻くチェーンも買ってある。いくら山道が舗装してあるといっても冬タイヤだけでは生きていけない。もちろん冬タイヤも大事だと思うから準備してある。

大分山も色づいてきた。ところどころ葉が黄色くなってきている。モミジが赤くなっているのも見た。

「秋だよなぁ」

紅葉を見ながら露天風呂《ろてんぶろ》とか風情があっていいかもしれない。また今度相川さんちにお邪魔させてもらいに行こうと思った。

翌日、雑貨屋で豚肉のブロックを買って養鶏場へ出かけた。もちろんニワトリたちを全員連れてである。

朝ごはんの際に今日は養鶏場の方に行くと言ったら、ポチとタマは他人事《ひとごと》のような顔をしていた。養鶏場で作っている餌を味見してほしいから一緒に行こうと言ったら、ポチはしぶしぶというかんじでついてくることにしたようだ。一応獣医さんも来ないということは伝えてある。それでもなんか気分的に嫌なのだろう。タマとユマは味見をする気満々だ。

で、昼前に養鶏場に着いた。

「ポチ、タマ、ユマ、ちょっと待っててくれ。まだ遊びに行くなよ！」

釘《くぎ》を刺して家の呼び鈴を押す。すぐにおばさんが出てきてくれた。

「こんにちは、急なお願いをしてしまってすみません」

「佐野君こんにちは！　あら、手土産なんかいいのに～。でもわかってるわね～」

冷凍の豚肉のブロックを受け取っておばさんはうふふと笑った。手土産としてはどうかと思うが、チョイスは間違っていなかったらしい。

「うちの人、畜舎に行ってるからちょっと待っててね～」

「はい、ニワトリたちいるんで外で待ってますね」

確かニワトリの飼料はオリジナルブレンドだと言っていた。うちのニワトリたちが気に入ってくれるといいなと思いながら、松山さんが戻ってくるのを待った。

ニワトリたちは駐車場の周りで虫をつついている。飛んでいる虫などもひょいひょい捕っては食べているから、動体視力すごいなぁと感心してしまう。ユマは俺の側《そば》にいて、俺に向かって飛んでくる虫をパクリパクリと食べている。器用だし、優しいんだよなと嬉《うれ》しくなる。虫除《よ》けは塗っているんだけど、それでも山では普通に虫が飛んでくるから困るのだ。

そうやってのんびり待っていたら松山さんがニワトリの畜舎から出てきた。

「あ、佐野君。こんにちは。ちょっと待っててくれるかい？」

「こんにちはー。わかりました」

松山さんは畜舎の後ろに向かい、大きなバケツを持ってきた。いわゆるポリバケツである。

「あとはー……」

「何が必要か教えていただければ手伝います」

「えーと、それじゃあ……」

松山さんはうちのニワトリたちを見て考えるような顔をした。

「佐野君、ニワトリたちにどうやって餌をあげてる？」

「え？」

どうやってって言われても。

「ええと、ボウルに餌を入れて、ですけど……」

「高さとか考えてる？」

「高さ、ですか？」

イマイチ、ピンとこない。

「普通のニワトリなら地面にボウルを直置《じかお》きでもいいけど、佐野君ちのニワトリは大きいだろう？」

「ああっ！」

言われてやっと気づいた。そういえばヒヨコが育った程度の大きさの頃からボウルは土間に直置きしていた。そうなると首を前に倒して……。

愕然《がくぜん》とした。俺はどれだけニワトリたちのことを考えてなかったんだろう。

「まぁ、ニワトリがここまで大きくなるとは誰も思わないからね。そうだな、せめてビールケースぐらいの高さはあった方が食べやすいんじゃないかな」

倉庫からビールケース等を出して裏返す。確かにこれぐらいの高さはないと食べづらいだろう。そこにボウルを置いて餌を入れてもらった。

「ポチ、タマ、ユマ、食べてみてくれ。口に合えば冬の間はこれを出すことにするから」

ニワトリたちは頭をふりふり近づいてきて、各自ボウルに頭を突っ込んだ。高さがあった方が食べやすそうだった。確かビールケースならうちの倉庫にも転がっていた気がする。あったら掃除して使ってみることにしよう。もしなければ他の台を調達した方がいいな。

「口に合ったみたいだね。よかったよかった」

三羽はガツガツと細かくなっている餌をよく食べた。ぺろりとキレイに平らげた後は、首を持ち上げて、コキャッと首を傾げた。これはあれだ。おかわりよこせだ。

「……すみません。もう少しいただいてもいいですか？」

「いいよいいよ。いやあ、佐野君ちのニワトリの口に合うなんて光栄だなぁ」

おじさんはとても嬉しそうに、ポリバケツから餌を掬《すく》うとまたボウルに入れてくれた。

「これで終わりだからな」

味見なんだからこれ以上は迷惑だろう。そう思って言ったらポチが首を上げた。そしてじっと俺を見る。なんだかその目が抗議しているみたいだった。

「……ポチ、今日は味見だから……」

……コッ！　としぶしぶ返事してくれた。わかってくれて嬉しいよ。家に帰ったらつつかれそうだけど。

「そんなに気に入ってくれたなら、このバケツ分は持って帰っていいよ。次来た時に返してくれればいいから」

「じゃあお金払います。おいくらですか？」

「この分はいいから」

「それじゃ気が済みませんよ。買わせてください」

押し問答をしていたらおばさんが家から出てきた。

「アンタ！　払うって言ってんだからもらっときな！　その分もてなせばいいんだから！」

「それもそうだな」

「え、ええと、あのぅ……」

もてなしをする方が松山さんちの負担になるのではないだろうか。

「餌はいつから入用だい？」

「そうですね。十一月以降にいただけると助かります」

「随分食べそうだもんね……。下手したら一樽《たる》分で三日も持たないんじゃないかい？」

マジか。確かにうちのニワトリたちはよく食べる。おばさんに言われてニワトリたちを見た。三羽はボウルの中身をまたキレイに食べ切ったようだった。遊びに行きたさそうな顔をして待っている。今回はこれで満足したみたいだ。

「そうですね。事前に一樽分購入させてもらって、それで様子を見てもいいですか」

「かまわないよ。おなかいっぱいになったかい？　畜舎の方に近づかなければ遊んできていいよ」

コッ！　とポチが返事をし、俺を見てからタマと共に駆けて行った。食べたらすぐ運動。俺がそんなことをしたら脇腹が痛くなってたいへんそうだが、ニワトリは違うのだろうか。

「そっちの子はいいのかい？」

おばさんに聞かれてユマはコキャッと首を傾げた。ユマは俺の側にいてくれる。

「ユマは俺のことが心配らしくて、側にいてくれるんですよ」

「あらあら優しいのねぇ。大事にしてあげなよ」

「はい、ありがとうございます」

そうして餌の購入についての話を詰める為《ため》に松山さんのお宅にお邪魔した。ユマは外でのんびりするようだった。

またいろいろごちそうになった。鶏《とり》料理、最高である。大丈夫、うちのニワトリは絶対に食べな

い。（それ以前に捕まえられない）

漬物がいっぱいに盛られ、チキンステーキ、竜田揚げ、鶏を使った煮物も出てきた。

「鶏ばっかですまんなぁ」

「いやいや、すごいですよ。とてもおいしいです！」

もりもり食べてご機嫌である。野菜は少ないが、やはり肉を食べないと活力が出ない。だからこれでいいのだと思う。

お昼ご飯をいただいて、おばさんの話し相手をしてから帰った。

養鶏場なので基本は鶏の世話と家事などで一日が潰《つぶ》れてしまう。することがないよりはあった方がいいのだろうが、こうしてお客でも来ないと話し相手がいないようなことは言っていた。

「うちの人と話したって楽しくもないでしょーよ」

おばさんが笑いながら言う。

「そうだなぁ。いつも同じ話しかせんもんなぁ」

松山さんが頭を掻《か》いた。ＴＶぐらいしか娯楽がないから話す内容も似たり寄ったりになってしまうのだという。

もちろん旅行等に出かけることもない。

「家空けるわけにはいかねえからな」

「そうですね」

生き物の面倒を看《み》ているのだ。それはしょうがないことだった。相手はうちのニワトリではないのだ。それでも実家に帰った時は、ニワトリたちがどう過ごしているかと心配した。

あんな、それこそ半日いなかっただけでも気が気ではないのだ。一泊だって出かけるのは躊躇《ちゅうちょ》してしまうだろう。

お子さんはいるらしいが離れたところに暮らしていて、毎年春とお盆の頃ぐらいしか来ないらしい。

「息子だからね、電話もあんまりしてこないんだわ」

おばさんが寂しそうに言う。俺も母親とはＬＩＮＥは一応しているがそんなに頻繁にとはいえない。母親に聞かれたことに答えるぐらいだ。もう少しこちらの生活のことなど書いて送った方がいいかもしれないと反省した。

そういえば息子さん家族が正月は帰ってこないのか気になったが、正月は雪深くなるので危ないということで、来ないように言っているらしい。

こちらも山だからそれはしかたないことだ。俺たちの山ほどではないが、ここも多少上がってきたところにある。

「冬はやっぱり雪が降るんですか」

「ああ、麓《ふもと》でみぞれが降ってりゃあこっちは雪だな」

「やっぱり下と上では全然違うんですね」

「佐野君ちぐらい高いと夏もクーラーいらなかったんじゃないか?」

「……さすがにいらないってほどではありませんでしたけど……朝晩は過ごしやすかったですね」

「そういうことだよ」

松山さんに言われて納得した。山は全体的に気温が低いのだ。確か千メートルで三度下がるなんて話を聞いたことがある。さすがにうちの山は千メートルもないけど一度違うだけでもえらい違いだろう。

「佐野君はいつ頃こっちに来たんだっけ？」

「三月の終わりぐらいですね」

「じゃあ雪降ったんじゃないの？」

「そうですね。一度は降りました」

記憶を探る。あの時はひよこたちと引きこもって寒さにぶるぶる震えていたからよくわからなかった。あの時は死なせないように必死だったし。それが今やあんなに逞《たくま》しく……。

「早ければ十一月頃から山には降り始めるから、ちゃんと備えた方がいいよ」

「ありがとうございます」

十一月か。思っていたより早いかもしれない。

帰宅して、ポチとタマが遊びに行くのを見送ってから倉庫を漁《あさ》った。倉庫は元庄屋《しょうや》さんの家の隣にあって、ほぼガラクタ置き場のようになっている。でもここから意外と使えるものが出てきたりするから重宝している。そんなこと言ってないで早く片付けろってての。

しっかり扉を閉めていたつもりなのだが、開けたら蜘蛛《くも》の巣《す》に突っ込んでしまった。なんでだ。つか、入口に巣を張るなよって思う。でっかい女郎蜘蛛が何すんのよとばかりに近づいてきて巣を修復しようとする。だからここに作るなって。

「……こんなところに餌はこないから別のところに張ってくれよ～」

ぼやいて倉庫の床に置いてあるプラスチックのビールケースを見つけた。黄色い、ビール瓶が入っていただろうプラスチックケースを見てなつかしいなって思う。じいちゃんちにも普通にあった。昔は缶じゃなくてみんな瓶だったなーなんて思った。意外と数があったので三ケースを表に出し、外でよく洗った。さすがに埃《ほこり》まみれだった。年代物である。（古い物という意味で使ってみたかっただけだ）家の壁に立て掛けて夜までに乾けばいいなと思った。

でもさすがに劣化しているだろうから、ちゃんとした台は買った方がいいかもしれない。こういうビールケースって普通はどうするんだろうな？（プラスチックのP箱はレンタルのものもあるらしい。元庄屋さんの家の倉庫にあったのはどうだかわからない）

中途半端な時間だったのであとは家の中を軽く掃除したりして過ごした。

夕飯時にはビールケースが役に立った。高さがあるので三羽とも食べやすそうだった。でも台としては穴だらけだから、やっぱり専用のを買おう。そこはおいおい考えることにした。

「……今まで気づかなくてごめんな」

飼主失格だなって落ち込んだ。

でも首《こうべ》を垂れてばかりもいられない。明日は相川さんたちに来てもらうことになっているのだ。

「……明日、相川さんたち来るから。ザリガニの駆除に」

「ワカッター」

「…………」

「ワカッター」

案の定タマは無言だった。

「ザリガニがいなくなったらもう来ないと思うからさ。タマ、頼むよ」

「……ワカッター」

しぶしぶという体でタマが返事をくれた。

「みんな、ありがとうなー」

なんだかんだいってうちのニワトリたちは優しい。苦手なら苦手でもかまわない。無理に好きになる必要はない。でも、ちょっとだけ妥協してもらえたらって思うのだ。

今日は養鶏場から、ニワトリたちの餌を買ってきたのとは別に鶏肉も買ってきた。養鶏場に行くと新鮮な鶏肉が食べられるのがいい。冷凍してあった肉ならそのまま分けてくれようとするのが問題だ。そんなにサービスしてもらうわけにはいかないから、ちゃんとお金を払ってきている。

「明日の昼飯どーすっかな……」

鶏肉料理って種類はいっぱいあるけど、明日は何が一番いいだろうか。

鶏肉と卵だと親子丼になる。親子じゃないけど。でも親子丼はこの間やった。白菜を大量にもらってきたんだよな。

……鍋《なべ》にするか。というわけで翌朝早くから豆腐を買いに行ってきた。豆腐の仕込みはとても早いから前日に電話しておけば朝早くでも用意してくれる。木綿豆腐にがんもどき、ゆば、厚揚げなども買った。焼き豆腐をオマケにもらった。おからも大量にいただいた。

「いいんですか？」

「いいのいいの。佐野君はおから持ってってくれるから。ニワトリが食べるんでしょ」

「ええ、まぁ。俺も食べますけど……」

「それにねぇ、佐野君には感謝してるのよ」

豆腐屋の奥さんがしみじみと言う。なんのことだろう。心当たりは全くなかった。

「？」

「こんなに近くなのにね、私たち養鶏場があんなところにあるなんて知らなかったの」

「えええええ？」

意外だった。離れてはいるが村内のことである。豆腐屋は昔から営んでいたが、養鶏場ができたのはここ十年ぐらいだという。しかも村の東の外れの、山の中腹辺りにあるから交流も全くなくて知らなかったらしい。松山さんも養鶏場を始めた頃は伝手《つて》が全然なくて餌も試行錯誤していたそうだ。それこそ穀類が主で、葉物を入れたりと餌もかなり洗練されてきたらしい。

俺がたまたま、この村の豆腐は水のせいかすごくおいしいですよね、みたいなことを松山さんに言ったことでおからの存在に気づいたという。そういえば豆腐屋ってあるの？　とか以前聞かれたような気がする。

「聞いてないの？」

「全然知りませんでした」

松山さん夫婦も忙しいから忘れていたのだろう。おかげでごみとして捨てていたおからを譲ることができるようになって、豆腐屋さんも嬉《うれ》しいらしい。豆腐屋さんではおからは毎日出るもんな。

「それでね、卵はこの村でも作ってないんだけど、豆腐チゲ？　とかいう料理を売り出したらどうかって言われてね～」

「えええ」

「この鍋のタレみたいなのと絹豆腐を抱き合わせで売ったらどうかって言われたのよ。食べてみてくれないかしら？」

「あ、じゃあ買います……」

「お代はいいのいいの。今度感想を聞かせてね。もちろん卵も使ってみてね」

「はい、じゃあ今回は甘えます。ありがとうございます！」

スンドゥブチゲ（豆腐チゲ）用のセットまでいただき、昼食の予定を変更することにした。卵はある。鶏肉はどうするか。宮爆鶏丁《ゴンバオジーディン》（鶏肉とピーナッツの甘辛炒《いた》め）でも作るかとピーナッツの在庫を思い浮かべた。ピーナッツは好きだからポリポリ食べる用に常備しているのだ。

昼前に相川さんたちが来た。何故《なぜ》か朝ごはんの後で遊びに行ったはずのポチとタマも戻ってきている。時間とかどうやってはかってるんだろうか。太陽の位置なのか？

「佐野さん、こんにちは。今日もお世話になります」

「いえいえ、こちらが頼んで来ていただいているんですから。今日もよろしくお願いします」

相川さんは一人軽トラから降りると、うちのニワトリたちを見た。

「ポチさん、タマさん、ユマさん。うちのリンとテンが動物やザリガニ等を食べていってもよろしいですか？」

「イイヨー」

「……イイヨー」

「イイヨー」

タマは相変わらずしぶしぶという体である。でも動物かー……動物。イノシシを捕食する光景とか想像するだけで怖い。

「ありがとうございます。リン、テン、降りていいよ。ニワトリには絶対手を出すな」

「ワカッテル」

「シタガオウ」

下半身が大蛇なリンさんと、まんま大蛇なテンさんである。なんというか、危害は加えられないとわかっていても圧がすごい。

「えーと、じゃあ川に向かいましょうか」

最初から大きめのバケツを二個ぐらい用意した。かって知ったる川ではあるが、景色が変わっていることもあり今回もついて行った。川の周りの木々はだいぶ色づいてきてキレイだった。秋だなぁと思う。

「この景色、キレイですね」

「写真撮りましょうか」

スマホでばしばし撮っておく。もちろん送る相手は相川さん限定だ。(写ってはいけないものが写っている為。大蛇とかでっかいニワトリとか)写真は全然得意ではないが、それなりにいい絵が撮れた。

「秋ですねぇ」

「ですね」

リンさんとテンさんに任せて、相川さんと戻った。うちのニワトリたちもついてきて、リンさんとテンさんが川に頭を突っ込んだのを見届けると、ポチとタマは再び遊びに行った。なんで戻ってきているのかさっぱりわからないが、そういうものなのだと思うことにした。

「豆腐屋でスンドゥブチゲの素《もと》をもらってきたんですよ」

「へえ。それは楽しみですね」

鍋に湯を沸かし、そこにニラやもやし、白菜、スンドゥブチゲの素と豆腐、卵を落として煮立ったらできるというやつである。鍋っていいいな。白菜の漬物と宮爆鶏丁《ゴンバオジーディン》、ごはんを出したら相川さんはとても喜んでくれた。

「スンドゥブチゲ、いいですね。豆腐屋さんに買いに行こうかな」

「今度感想を伝えに行くので一緒に行きますか」

まだお試しの段階かもしれないし。養鶏場と豆腐屋の話などをしたりして、リンさんテンさんが戻るまで家の周りにいた。

十一月には使っていない家の解体なども頼まないといけないし、やることは沢山ある。ユマは白菜とおからを食べてご機嫌だった。ごはんがあるって幸せだと思う。

スンドゥブチゲ（豆腐チゲ）、なかなかおいしかった。最後にごはんを入れてクッパにしたら最高だった。そういえば元々ごはんにかけて食べるものだったような気がする。素は市販のだったが、豆腐は豆腐屋から買ってきたものである。豆腐がうますぎる。ごはんを食べすぎた。

ごはんは新米である。掛川さんのところから買ってきたものだ。新米はとてもおいしい。実はあの時オマケだと大麦ももらった。米が少ない年は麦も食べることもあるから生産しているらしい。

ちなみに麦を植えるのはこれからなのでもらってきたのは昨年植えたものである。

「最近はなんかー？　健康食品とかで売れるんでしょ？　若い人の感想聞かせてくれる？」

と掛川のおばさんから言われてしまった。みんないろいろ試してて逞しいなと思う。おっちゃんちは自分の家で食べる分程度の米は作っているということは前述した。お子さん家族にも送っているらしい。大麦も栽培しているというので、思ったより残っているという大麦は以前いただいてきた。

「丸麦だから米に混ぜて炊く前に一度煮ろよー」

と言われた。一般に流通しているのは押し麦というやつで、蒸気で加熱し、ローラーで平らに延ばして乾燥させたものらしい。掛川さんのところでもらってきたのはこの押し麦だった。おっちゃんちからもらった丸麦は精白しただけなので熱処理はされていない。

「うちはローラーとかないからなー。そのままだわ」

おっちゃんちは丸麦のまま一度茹《ゆ》でてから使うらしい。ちなみに今日のごはんは押し麦を追加した新米である。

「そういえば麦飯でしたね」

食べ終えてから相川さんが呟《つぶや》いた。

「ええ、押し麦をオマケでいただいたんですよ。麦だけってのもなんなので混ぜて使ってます」

「へえ。どちらの農家さんですか？」

「南側の……どちらかいえば南東ですね」

「麦って言えば、僕小さい頃麦の存在を知らなくて、〝線のあるごはん〟って言ってたんですよ」

「確かに線が入った米みたいですよね」

「うちの親の世代なんかだと麦を食べるなんてとんでもないとか言ってました」

「それは……お店とかでって話ですか？」

「ええ。そんなものに金を払うなんてとんでもないって頭みたいで」

「そっか、相川さんの親御さんの世代だとそうかもしれませんね」

一昔前だと米より麦の比率の方が多かったのだろう。そうしたら麦に金を払うなんてとんでもないと思ったかもしれなかった。

そういえば亡くなったじいちゃんは雑穀米とか出てくると怒ってたな。こんなの人が食うもんじゃねえとか言って。昔は本当においしくなかったとか聞いた気がする。

そんなことを話しているとどんどん時間は経っていく。相川さんは聞き上手だからついつい話してしまうのだ。

暗くなる前にリンさんとテンさんが戻ってきた。

リンさんはバケツ二杯にアメリカザリガニをいっぱい入れてきた。表情ではわからないが機嫌がとてもよさそうである。

「サノ、アリガト」

「サノ、イイヤツ」

近づいてこようとするリンさんとテンさんの前にスッとユマが立つ。うん、危険性はないってわかっててもこの大きさで側に寄られるのは正直とても怖い。

「ユマ、ありがとう……」

ユマがダメ！　というかんじで俺の前に陣取っていたから二人はそれ以上近づいてはこなかった。

「リン、テン、いくら佐野さんが好きだからってあんまり近寄るなよ」

相川さんが苦笑した。

「ザリガニはどれぐらいいた？」

「スクナイ」

「冬眠し始めたのか？」

「ワカラナイ」

「そうか……。あと一度ぐらいお邪魔しても？」

相川さんに言われて俺は頷《うなず》いた。アメリカザリガニを駆除できるなら何回来てくれたってかまわない。

「いつでも、都合が合えば来てください」

「そうですね……じゃあ次は五日後ぐらいですかね。また連絡します」

「はい」

見送りにはポチとタマも戻ってきた。このぐらいの時間に帰るだろうとかなんでわかるんだろう。通じるものがあるのかな。

夜は養鶏場からいただいてきた餌にした。毎日これでもかと餌を食べる。

「そういえばこの餌って……」

ふと養鶏場の鶏たちを思い出した。

あそこで扱ってるのは食肉用なんだよな。つまりこの餌を食べているニワトリは……。ちら、とニワトリたちを見たら、タマにガンつけられた。冗談だよ。ちょっと考えただけじゃないかー。俺がうちのかわいいニワトリたちを食べるはずがないじゃないかー。その前に間違いなく俺が餌にな

るわっ！（弱肉強食）

「確かに……これだけ餌代がかかるんだったら冬は潰《つぶ》すわな」

いくらなんでもうちほどはかからないだろうけど。ブッチャー、大丈夫だよな、とちょっとだけ心配になった。

ペットは金がかかるものだ。相川さんのところは主に肉食で山の中で狩りをしている為餌代はほとんどかからないらしいが、冬はやはり多少かかるらしい。テンさんはそろそろ冬眠するがリンさんは冬眠しないという。

「大事な家族ですからお金がかかるのは当然です」

当たり前にそう言える相川さんがかっこよく見えた。

って基本イケメンなんだけど、最近桂木さんの前でキョドってる姿ばっかり見てたせいかな。それほどかっこよくは見えていなかったのだ。

相川さん、ごめんなさい。

俺は西の山に向かってこっそり頭を下げた。

だんだん寒くなってきた。山の冬はどれだけ厳しいのだろうか。

雪も、降るんだよな。この山に来た頃の寒さを思い出してぶるぶるっと震えた。

だけど。

土間でもふっとなっているニワトリたちを見る。寒いは寒いんだろうけど、うちのニワトリたちと一緒なら大丈夫だろうと思ったのだった。

書き下ろし「うちのひよこはとてもかわいい」

カラーひよこを三羽飼い始めて十日程過ぎた。

四月になると雪の姿も消え、緑がどんどん出てきている気がする。草はまだちょぼちょぼだが油断してはいけないらしい。

「これって……ほっとくとジャングルになるやつか？」

植物はあっという間に伸びていくと聞いている。電動草刈り機は買ってある。焚火台《たきび》も買ってあるからどうにかなると思いたい。

先日雪が降ったとはいっても春の雪だったからもう痕跡《こんせき》もない。ポチ、タマ、ユマは思い思いに家の前の辺りで過ごしている。

首がちょっと伸びてきているがまだまだ小さいひよこだ。

一応ひよこたちが行ってもいい範囲を決めた。木が生えているところには行かない。軽トラの向こうには行かないなど。

まだ行動範囲が狭いので聞いてくれているのかどうなのかはわからない。しばらくは外で見守った方がいいと思った。迷ってうちに戻ってこられなくなっても困るし。

日中は大分暖かいが、どうしても朝晩が冷える。ひよこたちが心配なので、俺も居間に布団を持って行って寝るようにしていた。

俺の目の届く範囲ではあるけど、ポチもタマもけっこう好きなように駆けて行ったりしている。

ユマは俺の側《そば》にいるので、踏まないかどうかちょっと心配だ。

ちょこちょこと俺の周りを歩いている姿はとてもかわいいんだけどな。

「ユマ、ちょっとごめん」

あんまり足にまとわりついてきて危ないからだっこした。

ピイピイとユマが鳴く。なんだか甘えているような声だ。

「ユマは甘えただなぁ」

だっこされるのが好きなひよこ、やっぱりかわいいな。ユマの羽をなでなでしていたら、上の方で鳥が飛んでいるのが見えた。この距離であの大きさに見えるってことは、それなりにでかいんじゃないか？

はっとした。

あの鳥はもしかしたらうちのひよこたちを狙っているかもしれない。

鳥が鳥を食べるのかとか考えたことがあったが、鳥類は哺乳類《ほにゆうるい》ぐらい大きなカテゴリなわけで。

肉食の鳥は弱い物を襲うんだから、ひよこなんて恰好《かつこう》の餌だろう。俺はキッとその鳥を睨《にら》みつけた。

ちょっと遠いからわからないが、あれはもしかして鷹《たか》だろうか。

竹ボウキを取ってきてもいいが、取ってくる間に何かあったら困る。

そうしていると鳥は別の場所へ飛んでいった。それでも油断は禁物である。飛んでくるなんて一瞬だからだ。

俺のかわいいひよこたちを餌になんかしてたまるものか。

ポチとタマがポテッ、ポテッと二、三回転ぶようになったところで回収した。多分もう、かなり疲れているはずである。何もないところでこけたし。

ピイピイピヨピヨとポチとタマには抗議された。

「疲れてるからこけるんだって。土間でおとなしくしててくれよー」

ポチは鳴いているだけだが、タマはつつくから困る。まだそんなに痛くはないんだけどな。

過保護と言われても心配なのだ。それにずっと外にいられると俺が心配しすぎて何もできないし。家のガラス戸を閉めた。ポチは相変わらず玄関の戸の前にいるし、タマは俺をつついたりする。

「少し休んでおけって」

ユマがぽてぽてと近づいてくる。ユマは俺にくっついていたいようだ。土間にいてもらって、ごはんの支度をしたりした。

「……お前らが大きい鳥とかにさらわれたりしないような大きさならいいんだけどさ。俺、お前たちのこと心配なんだよ」

ひよこの餌と野菜くずを適当な皿に載せて出した。大きくなったら餌の皿はボウルでいいだろう。ボウルも買ってこないとな。

ポチが餌をつついてからコキャッと首を傾《かし》げた。

「お前らの大きさじゃ、他の動物に襲われたらひとたまりもないだろ？　だからもう少し大きくなってからなー」

普通のニワトリサイズまで育てばそこまで心配しなくても大丈夫だろうけど、やはりひよこのうちは見ていた方がいい。ひよこたちに餌をあげている間に倉庫から竹ボウキを取ってきた。万が一鳥が下りてきたりした時追い払う為《ため》である。

それでも心配である。

「リードとか？　……ひよこに首輪とかつけらんないよな」

小型犬とかならありかもしれないが、相手はひよこである。ひよこ用のリードなんて言ったら頭がおかしい人だと思われそうだ。それにポチぐらい動き回ってると、紐《ひも》が絡まったりしそうでかえって危険だ。

「うーん、悩ましいな」

午後もひよこたちを外に出して様子を見ていた。

「いっぱい動いて大きくなれよ〜」

疲れてくるとこけるようになるからすぐわかる。回収すると怒られるのだけど、外で力尽きて倒れられても困るのだ。

ポチとタマはまたピイピピイピピヨピヨと抗議していたが、やがてぽてっと倒れた。電池切れのようである。

本当にかわいいなと思った。

ユマはそれまで起きていたけど、ポチとタマが静かになったら舟を漕《こ》ぎ始めた。やっぱりひよこに二十四時間は長いみたいだ。

昼寝から覚めてから、ポチとタマの汚れを軽く取ってやった。ユマは一緒にお風呂《ふろ》に入ってくれた。

ポチとタマはお風呂でおぼれたもんな。って俺が悪いんだけどさ。ユマはまだ小さいので、タライにお湯を張ってそこに入ってもらっている。それをお風呂の蓋《ふた》の上に置いているから一緒に入っているかんじでとてもかわいい。最初からタライに入れればよかったよなー。

満足そうにぱちゃぱちゃ浸《つ》かっている姿は癒しだ。

「ちっちゃいままでもかわいいけど……大きくなってもかわいいんだろうな」

ニワトリが成鳥になるのは二か月以上かかるんだっけか。それまではしっかりガードすることにしよう。

まだ夜は冷える。ユマをよくタオルドライした。風邪を引いたりしたらたいへんだ。

居間に布団を敷いたらユマがピイピイ鳴いた。

「ユマ、一緒に寝てくれるのか？」

ピイピイ
「でもなぁ……俺の寝相で潰しちゃったらまずいしな」

薄手の布団を用意して、そこにポチとタマとユマには入ってもらった。タオルケットよりは厚手の布団である。よしんば汚されたとしても構わない。洗えばいいのだから。

「おやすみ、ポチ、タマ、ユマ」

ピヨピヨピイピイとひよこたちは返事をしてくれた。その声を聞きながら幸せだなと思った。

翌朝、何故《なぜ》かひよこたちは一回り大きく成長していた。

「えええ？」

なんか尾もまた伸びたように思える。ポチが土間で尾をぶんぶん振り、それがタマに当たって怒られていた。

自分の身体《からだ》の大きさが把握できないのだろう。

「……ひよこって、こんなに成長早かったっけ？」

ポチはタマに何度もつつかれ、土間で逃げ回っている。その速度もかなり速い。危ないから土間に下りられない。ユマはマイペースにぽてぽてとトイレへ行った。（新聞紙を敷いてある場所である）

ひよこたちが使った布団はキレイなものだ。汚れるのが嫌なのかもしれない。

でも鳥にトイレなんて躾《しつ》けられるものだろうか。

うちのひよこたちは特別頭がいいのだなと納得することにした。

それにしても、なんでこんなに育ったんだろうな？

そう思いながら今日も俺は竹ボウキを持ってひよこたちを見守るのだった。

書き下ろし「家主がいない間は～佐野、実家へ行く」

その日の朝早く、佐野は出かけて行った。

遠くに行くから、今回ユマは連れていけないと言われた。

でも絶対今日中に帰ってくることを、ユマは佐野に約束させた。佐野が返事をしなかったら、ユマは軽トラの前に陣取るつもりだった。それぐらいユマにとって佐野は大事なのである。

駐車場でしょんぼりしていたら、タマに軽くつつかれた。

ユマはそこで気持ちを切り替えることにした。

そうだ。佐野の為《ため》に獲物を捕まえておくのはどうだろう。

ユマは期待に満ち満ちた目でタマを見た。

残念ながらタマは了承してくれなかった。

コココッ
どうしてかと聞けば、獲物は獲《と》ってすぐでないと人は食べないらしいという。別に獲ってから一日ぐらい放っておいてもいいのではないかとユマは思ったが、タマには手伝わないと意思表示されてしまった。

残念である。

だがポチに頼む気にはなれなかった。

もしポチに頼んだりしたら、どこまでも遠くに走っていきそうだからである。

獲物を狩るとしたらせいぜいこの山の中でにしておくべきだ。そうしないと佐野が回収することができない。

遠くで狩っても無駄になってしまっては困るのである。

ココッ
タマが自分たちの餌を獲りに行こうと鳴いた。

佐野は一応昼の餌を土間に置いてはくれたが、佐野が今夜中に帰ってこない可能性もある。確かに餌の確保は重要だ。

佐野が早く帰ってきてくれることを願いながら、ユマはポチとタマの後について駆ける。途中で優しい風が吹いてきたりしたが、ユマはかまわなかった。

この山では時折こんな風が吹くことがある。それはユマを慰めているようにも感じられたが、ユマには必要なかった。

ユマが求めるのはいつだって佐野である。

山の中で虫や草を食べ、蛇も見つけたので食べた。

日が陰り、だんだん暗くなってきた。

ユマは焦った。

ココココッ！

ポチとタマに先に戻ると伝え、急いで家まで駆け戻った。

だって佐野が帰ってきているかもしれないではないか。

「サノー」

残念ながら、まだ佐野は帰ってきていなかった。

今夜は戻ってこないのだろうか。

そう思った時、軽トラの音が聞こえてきた。

半日だって、ユマは離れていたくなんてなかった。

やがて軽トラの姿が見え、駐車場に停《と》まった。運転席から佐野が降りてくる。

「ユマ、ただいま」

「オカエリー」

ユマはほっとして、ぽてぽてと佐野に近づいたのだった。


おしまい。

あとがき

こんにちは、浅葱《あさぎ》です。

いつも読んでいただきありがとうございます。読者さんには本当に感謝しています。

三巻が出ました。三巻ですよ三巻、嬉《うれ》しいですね！　ひゃっほーい！（落ち着け）

今回は九月の四連休前までの出来事も入れさせていただきました。その他書き下ろしが五十ページ以上あり、ウェブ上で一部の読者さんに人気のある「よその家のニワトリ」も出てきます！　ウェブとは話の展開なども違う部分が多くなってきました。楽しんでいただけると幸いです。

美人のリンさんとかっこいいテンさんも描いてくださったイラストレーターのしのさん、書き下ろしいっぱい入れましょう！　と言ってくださった編集のWさん、校正、装丁、印刷等でこの本に関わってくださった全ての方に、今回もお礼を言わせてください。

「三巻まだー？」と楽しみにしてくれていた家族にも感謝しています。

コミカライズも始まりました！　ニワトリが！　ドラゴンさんが！　動いてる！　と大感激です。

濱田《はまだ》みふみさん、ありがとうございます！

これからもどうぞ、佐野君とニワトリたちをよろしくお願いします。

浅葱

カドカワBOOKS

前略《ぜんりやく》、山暮《やまぐ》らしを始《はじ》めました。3

2023年 7 月10日　初版発行

著者／浅葱《あさぎ》

発行者／山下直久

発行／株式会社KADOKAWA

〒102-8177
東京都千代田区富士見2-13-3
電話／0570-002-301（ナビダイヤル）

編集／カドカワBOOKS編集部

印刷所／大日本印刷

製本所／大日本印刷

●お問い合わせ
https://www.kadokawa.co.jp/（「お問い合わせ」へお進みください）
※内容によっては、お答えできない場合があります。
※サポートは日本国内のみとさせていただきます。
※Japanese text only

Printed in Japan
ISBN 978-4-04-075099-6 C0093

新文芸宣言

かつて「知」と「美」は特権階級の所有物でした。

15世紀、グーテンベルクが発明した活版印刷技術は、特権階級から「知」と「美」を解放し、ルネサンスや宗教改革を導きました。市民革命や産業革命も、大衆に「知」と「美」が広まらなければ起こりえませんでした。人間は、本を読むことにより、自由と平等を獲得していったのです。

21世紀、インターネット技術により、第二の「知」と「美」の解放が起こりました。一部の選ばれた才能を持つ者だけが文章や絵、映像を発表できる時代は終わり、誰もがネット上で自己表現を出来る時代がやってきました。

UGC（ユーザージェネレイテッドコンテンツ）の波は、今世界を席巻しています。UGCから生まれた小説は、一般大衆からの批評を取り込みながら内容を充実させて行きます。受け手と送り手の情報の交換によって、UGCは量的な評価を獲得し、爆発的にその数を増やしているのです。

こうしたUGCから生まれた小説群を、私たちは「新文芸」と名付けました。

新文芸は、インターネットによる新しい「知」と「美」の形です。

2015年10月10日
井上伸一郎